माई
(उपन्यास)

माई

गीतांजलि श्री

राजकमल प्रकाशन

ISBN : 978-81-267-0850-5

मूल्य : ₹495

पहला संस्करण : 1993
सातवाँ संस्करण, 2023

प्रकाशक : राजकमल प्रकाशन प्रा. लि.
1-बी, नेताजी सुभाष मार्ग, दरियागंज
नई दिल्ली-110 002

शाखाएँ : अशोक राजपथ, साइंस कॉलेज के सामने, पटना-800 006
पहली मंजिल, दरबारी बिल्डिंग, महात्मा गांधी मार्ग, प्रयागराज-211 001
36 ए, शेक्सपियर सरणी, कोलकाता-700 017

वेबसाइट : www.rajkamalprakashan.com
ई-मेल : info@rajkamalprakashan.com

मुद्रक : बी.के. ऑफसेट
नवीन शाहदरा, दिल्ली-110 032

MAAI
Novel by Geetanjali Shree

सुधीर के लिए

आभार

कृष्णाजी का
जिन्होंने और बहुत कुछ के साथ-साथ प्रेस कॉपी का नुस्खा देकर मुझे उबारा है।

1

हम तो शुरू से जानते थे कि माई की रीढ़ की हड्डी कमज़ोर है।

डॉक्टर ने भी बाद में यही कहा।

कि हरदम झुकनेवालों का यही हश्र होता है। लगातार झुके रहने के कारण रीढ़ों के बीच का तत्त्व घिस जाता है और नसों पर यहाँ-वहाँ दबाव पड़ने लगता है। कि यों झुकनेवाले को झुके रहने में भी दर्द होता है, तनने में भी दर्द होता है।

माई हमेशा झुकी रहती थी। हमें तो पता है, हम उसे शुरू से देखते आए हैं। हमारी शुरुआत ही उसकी भी शुरुआत है। तभी से वह एक मौन, झुकी हुई साया थी, इधर से उधर फिरती, सबकी ज़रूरतों को पूरा करने में जुटी।

उन दिनों ज़रूरतमन्द काफ़ी थे। राजा की ड्योढ़ी में लोगों की कमी बहुत बाद में हुई। तब तो ड्योढ़ी आबाद थी, घरवालों से, आने-जानेवालों से, नौकर-मज़दूरों से। जिनके बीच माई सारे धागों को समेटती-सुलझाती घूमती रहती।

यह हमारे बचपन की बात है। बहुत बड़ा घर था हमारा। ख़ैर, हम तो यही जानते थे कि उन दिनों सभी ऐसे मकान में रहते थे। जहाँ बड़ी-सी छत पर लंगूर धूम मचाते थे और बच्चे रोशनदानों से नीचे झाँकते थे। जहाँ सुबह-सुबह

मोर बोलते थे और आँगन में भी नाचने आ जाते थे। उनके पंखों को बच्चे खेत से, छत से बीन लाते थे। ढेर के ढेर पंख जिन्हें हम निहारते तो लगता क्या कुछ नहीं बना सकते इनसे। दिन-भर ड्योढ़ी में कोई आता था, कोई जाता था, हम मिलते थे, हम छिपते थे। और रात को जहाँ पेट्रोमैक्स जलते थे।

वह तो बाद में बिजली की लाइन आई। हैंड-पम्प भी बाद में हमारे खेल की वस्तु बन गया। लेकिन पहले तो लोहे और पीतल की बाल्टियाँ थीं जिनमें हैंड-पम्प से पानी भरकर माई या हरदेई, दादी और बाबू और हमारे लिए रखतीं। काँसे का कंडाल था जिसमें भोन्दू, दादा के लिए रोज़ाना कुएँ से लाकर पानी भर देता।

असल में दादा का संडास, स्नानघर सब अलग था। सामने की तरफ़, उनकी बैठक के बाहर। एक घेरेदार आड़ थी—याद नहीं कि पक्की दीवार थी या यों ही कुछ खड़ा कर दिया था—जिसमें छोटी सी, ऊँची सी चौकी (पटरा नहीं था वह), एक पीतल का लोटा और काँसेवाला कंडाल रखा रहता था। लब-लब भरा हुआ, पानी ही पानी से। दादा को कम पानी से नहाना पड़ता तो वे शायद नहाना बन्द कर देते ! चौकी के एक तरफ़ लकड़ी का कमोड था जो भंगी आकर साफ़ कर जाता।

एक बार खेलते-खेलते हम भूल से वहाँ घुस गए थे—चौकी पर पालथी मारकर बैठे दादा, लोटे से पानी अभी-अभी सिर पर उँडेला हुआ, जनेऊ पर बूँदें लटकती हुईं, ज़रा भी विचलित नहीं हुए, सख़्त, संक्षिप्त आवाज़ में—"जाओ"—और हम घबराके वहाँ से निकल गए।

बाक़ी परिवार का संडास वग़ैरह अन्दर था। वहाँ जहाँ दादी बरामदे में बैठती थीं, आँगन की तरफ़ मुँह किए। उसी आँगन में एक ओर नहाने-धोने की कोठरी थी, दूसरी ओर चौका और लकड़ी व कोयले की कोठरी थी। हैंड-पम्प भी आँगन में ही लगा हुआ था। जाड़ों में उसी के पास हरदेई लकड़ी का चूल्हा जलाती थी, जिस पर बड़े-बड़े पतीलों में नहाने का पानी खौलाया जाता था, जिन्हें आँचल के छोर से पकड़े बाल्टी में डालती हुई माई दिख रही है।

बाद में बाबू ने अपने कमरे की एक दीवार तुड़वा दी और वहाँ नया संडास और गुसलखाना बना जिसमें फ़्लश, नल, शावर, गीज़र सब कुछ थे, प्लास्टिक की रंगीन बाल्टी और वैसा ही मग भी।

पर वह तो बाद की बात है। बाद में तो बहुत कुछ बदल गया, हालाँकि दादी अन्त तक आँगन में ही नहाती रहीं—जो डोर नहीं टूटी वह आख़िर तक न टूटी—फिर भी ड्योढ़ी में बहुत कुछ बदल गया।

लेकिन वह सब तो बहुत बाद में हुआ।

मुश्किल तो यह है कि हम कह ही बाद में रहे हैं और हमें हताशा-भरा यह यक़ीन खाए जा रहा है कि बाद में सिर्फ़ याद होती है और याद तो काल्पनिक सींखचों में कैद छवि है, जितना केवल सच नहीं है, पूरी बात नहीं है। डर हमें इतना ही नहीं है कि बात अधूरी रह जाएगी, डर हमें यह भी है कि बात तो तभी तक सलामत है जब तक पकड़ न लें। पकड़ते ही वह हमारे हाथों के दबाव में नया आकार पा लेगी, एक ठोस रूप में ढाल दी जाएगी और फिर वही रूप इतिहास का अमिट हिस्सा बन जाएगा। सारी सम्भावनाओं को यों सिमटाकर हम अनकहे की सच्चाई को मिटाना नहीं चाहते।

पर इससे भी बड़ी मुश्किल है कि कहे बिना हम रह ही नहीं पाते। जहाँ हैं वहीं जड़ हो गए हैं और कहकर ही यहाँ से हिल पाएँगे।

हम माई से कहना चाहते हैं पर 'माई' से 'कहने' तक का रास्ता कुछ इतना दुर्गम है, कुछ इतना विद्रोहियों से भरा है कि हम नहीं जानते क्या होगा और हम कहाँ पहुँचेंगे ?

किसी दुर्गम किले की याद आती है जिसके हम भीतर पहुँचना चाहते हैं 'माई' की तह को पाने। चोर-दरवाज़े, खोह, भूलभुलैया, तरह-तरह की भ्रान्तियों से भरा यह किला ! रोशनी देखकर कदम आगे धरते हैं तो पाते हैं कि शून्य में चीत्कारते हुए गिरे जा रहे हैं; सावधानी से, झुककर, छिपे द्वार से सुरंग में दाखिल हो जाते हैं कि जिधर निकलेंगे उधर कुछ मिलेगा, तो पाते हैं कि एक गोल चक्कर मारकर वहीं पहुँच गए हैं जहाँ शुरू किया था; बढ़-रहे-हैं के उत्साह से आगे होते जाते हैं कि तभी कोई शत्रु कहीं ऊपर से, छिपा खड़ा, खौलता तेल कड़ाहे से उँडेल देता है।

कैसे पहुँचें माई तक ? कैसे उसे पाकर यहाँ से निकाल लाएँ ? और किसी तरह बच-बचाकर जो चिन्दियाँ निकाल लाएँगे, क्या वह वाक़ई में माई ही होगी ? याद और उम्र और समझ के तीरों से उसकी छवि को छलनी न कर दें कहीं। कहीं है माई और वहाँ पूरी है, हम पकड़के, शब्दों में बाँधकर, उसे अधूरा न कर दें कहीं।

माई को छेड़ने की ज़रूरत क्यों इस क़दर आन पड़ी, पता नहीं। पर वह कोई अहसास है जो हमारे अन्दर-बाहर भर गया है और जिसे फेफड़ों में खींचकर हम साँस ले रहे हैं और जिससे घुटकर हम उसे निकालने के लिए साँस छोड़ रहे हैं। शुरू से कमज़ोर माई ऐसे भर सकती है, हमें हैरत हुई।

बाद में।

पर वह बात बाद में !

जहाँ शुरू है—बाद में तो शुरू भी गड़बड़ा गया—वह बाद के पहले का वक़्त है। उस वक़्त हम बहुत छोटे थे, दादी बहुत बूढ़ी थीं, बाबू बहुत बाहर रहते थे, दादा बहुत गुस्सैल थे, और माई बहुत भीरु थी। अपने से ही भरे, फूले-लहलहाते हमारे गुब्बारे-से बचपन में यही थे जो अलग-थलग या साथ-साथ डोल रहे थे।

मकान के चारों तरफ़ तब खेत थे और आम-अमरूद के बाग जिनमें काम करनेवाले मज़दूरों से हमारा बस दूर से देखने का रिश्ता था। आज, जब अपने ही शहर में, पास के बाज़ार में दंगे छिड़ते हैं तो कम से कम सुबह हमें भी अख़बारों से ख़बर मिल जाती है। लेकिन तब, उन मज़दूरों की ख़बर दादा तक ही पहुँचती थी और दादा से जब बाबू तक कतराते फिरते तो हम दो नन्ही जान की बिसात ही क्या ?

वैसे इसका यह मतलब नहीं कि हम कहीं दबे-दुबके बैठे रहते थे। पुराने मकानों की, खुली जगहों की, अपनी आज़ादी होती है, हाथ-पाँव छप-छप चलते ही हैं ! कहीं छत पर छिप के कहानियाँ गढ़ रहे हैं तो कहीं कुएँ पर बैलों को खेतों की सिंचाई के लिए गोल-गोल जुतते देख रहे हैं। पेड़-वेड़ पर चढ़ने में तो हम कभी माहिर न थे पर अमरूद की दो-चार डालों पर लटकना जानते थे ! खेतों में भी कुछ न कुछ मिलता रहता—कभी मटर खा रहे हैं, कभी चने का साग चबा रहे हैं, गेहूँ की कच्ची बालियाँ भी नोच खाते। बहुत जगह थी दादा से बच निकलने की।

दादा से पाला वैसे कम ही पड़ता था। उन्हें आखिरी दिनों तक अपनी महफ़िलों से फ़ुर्सत ही कहाँ थी ! बाहर बैठक में सारे दिन पड़े रहते, उनका खाना भी वहीं जाता, उनका सोना भी वहीं होता, प्रतिदिन मजमा भी वहीं लगता। उनकी आवाज़, अलबत्ता, अपनी पूरी बुलन्दी के साथ ड्योढ़ी-भर में गूँजती—ठहाके, किस्से, नौकरों को डफोरना, और फ़य्याज़ ख़ाँ और अब्दुल क़रीम ख़ाँ के सुर में सुर मिलाना :

"फुलवन की गैंदन मैंका ना मारो रे
हो रे मोरे मीत पीहरवा..."

और हम दूर कहीं बाग में या छत पर बैठे भी अचानक चौंक जाते, फिर हँसकर अन्दर झाँकने दौड़ते।

दादा भी आख़िरी दिन तक अपने भोंपूवाले हिज़ मास्टर्स वॉयस पर सैवंटीएट आर.पी.एम. के रिकॉर्ड बजाते रहे। बाक़ी घर से उनका रिश्ता बस हाँक लगाने का था, "अरे, कोई है, शरबत भिजवाओ !" (बाद में "कोई है, चाय

भिजवाओ'', पर वे खुद चाय नहीं पीते थे)...''ज़रा कोंहड़े के फूल की पकौड़ियाँ तलवाओ,''...''अरे कोई सुनता है, यह लो–गाँव से ढूँढ़ी[1] लाए हैं, इसके संग कुछ नमकीन भिजवाओ।'' यह दादा का ही ढंग था कि यह न कहते 'करो' कहते 'करवाओ' !

दादा की हाँकों का कोई तय वक़्त नहीं था, पर उनका मुक़ाम माई ही होती जो फुर्ती से माँग पूरी करने में जुट जाती। मगर दादा को 'बाहर' मान लें और माई को 'अन्दर' तो दोनों के बीच का पुल थे भोन्दू और हरदेई। मियाँ-बीवी, पर बाहर की सीमा तक भोन्दू का जहान, अन्दर की सरहद तक हरदेई का संसार। वहीं सीमा-रेखा पर चीज़ों, सन्देशों, यहाँ तक कि डाँट-फटकार का भी आदान-प्रदान होता !

उनके अलावा–और हमें छोड़कर–बस बाबू थे जो जब-तब अन्दर से बाहर, बाहर से अन्दर आते-जाते। माई और दादी के पास भीतर, फिर दादा के पास बैठक में। बाबू संगीत के लालच में दादा के पास बैठ तो जाते पर बोलती उनकी बन्द ही रहती–'जी', 'सही', 'बिल्कुल', जैसे एक-लफ़्ज़ी वाक्यों के सिवाय।

दादा से सब डरते थे। दादी को भी हमने दादा के साथ नहीं देखा, तकरीबन कभी नहीं, पता नहीं कैसे पति-पत्नी थे वे। दादी को–जिनसे हमारा खासा वास्ता था–मानो दादा की न होने की, न न-होने की पड़ी है। शायद दादा की नामौजूदगी में ही उनकी ज़बान इस रफ़्तार और तीखेपन से चल पाती थी कि वे किसी गतिरोधक की चाह क्यों पालने लगें ? वे अन्दर के बरामदे में, बड़े से तख़्त पर सफ़ेद चादर बिछाए और बार-बार धुले नीले मसनद से टेक लगाए, सारे दिन ठाठ करतीं। सामने आँगन और चौका और सारा कारोबार। बरामदे में ही हर अहम कमरे का दरवाज़ा खुलता तो उधर की हरकत को भी उनके आँख-कान टोहते। दादी नहाकर, सफ़ेद बाल छितराकर, ऐनक नाक पर चढ़ा, पोपले मुँह में जबान की फुर्ती दिखातीं, चौकन्नी निगाहों से, तेज़ी से सिर इधर-उधर घुमातीं, हर दिशा की मानो खबर रखतीं।

हमें अन्दर-बाहर आने-जाने की मनाही नहीं थी उन बहुत पहले के दिनों में, पर दादा की बैठक में हमारे लिए कोई कशिश नहीं थी। दादा ही कभी भागते देख लेते तो भड़कीली आवाज़ में 'ओ सुबोध,...ओये सुनैना,' करके बुला लेते और गोद में बिठाकर अजगर की तरह हम पर बाँहें कसकर हड्डियाँ तोड़ने लगते या 'आला बाला गरम मसाला' करके नोचने लगते या 'अक्कड़ बक्कड़ बम्बे बो'

1. मेथी के लड्डू।

करके गुलचे मारते या बस अपना हाथ बढ़ा देते कि 'लो, उँगलियाँ चटकाओ।' हम 'आइ-आइ' करते, इधर से उधर बल खाते, पर उनके छोड़ने पर ही अलग होके भागते, मानो मज़ा नहीं भी आया हो तो भी कोई छोटी बात नहीं है कि ऐसे रोबदार शख़्स ने दबोच लिया था!

पर अधिकतर सच यही है कि हमारा नाता औरतों से ज़्यादा पड़ा, आदमियों से कम। न दादा, न बाबू, न कोई और खास। हम अन्दर दादी के लाड़ में भागते, माई के आगे-पीछे चक्कर काटते और बाहर अपनी धुन में मस्तियाते। बाद में हम दादी के चहेते रहे पर हमारी चहेती माई बन गई। ऐसी चहेती जिसे बचाने में, जिसे बचाके निकालने में, हमारे बचपन की सारी ताक़त जुटने लगी।

बचपन से ही उसकी निरीहता ने हमें घायल कर रखा था। धीरे-धीरे हम उसे सबसे बचाने लगे—दादी से, बाबू से, दादा से। बस उसी से, उसे न बचा पाते। उसकी रीढ़ की हड्डी ही जब जवाब दे चुकी थी, डॉक्टर तक ने जवाब दे डाला। कि अब दर्द होगा ही होगा। हम तो शुरू से ही जानते थे उसकी रीढ़ की हड्डी के बारे में। "वह तो बाद में..."

2

माई का ऐसा था कि वह हमेशा झुकी रहती थी। और बोलती कम थी।

जब हम जगते तो वह नहाई-धोई, साफ़ धोती पहने, रसोईघर में पराँठे सेंकती होती। मटर के, सत्तू के, दाल के। आलू के, गोभी के, मूली के। दादा और दादी नाश्ता नहीं, सीधे पूरा भोजन ही करते थे। जो उनके लिए बनता, उसी में से हमारे स्कूल का टिफ़िन तैयार होता। लेकिन बाबू सुबह कुछ हल्का लेते। पाँच अन्न–गेहूँ, मूँगफली, मसूर, चना और मूँग–साबुत भीगा और अखुआ निकला, मुट्ठी-भर रोज़ाना। माई उस पर नीबू और नमक छिड़ककर बाबू को दे आती। साथ में एक बड़ा गिलास मट्ठे का।

ताज़ा मट्ठा तो हमारे यहाँ आए दिन निकाला जाता। मिट्टी की बड़ी-सी हँडिया में लकड़ी की मथनी चलाती माई। वहीं आँगन में पटरे पर बैठकर, एड़ियों के बीच हँडिया दबाए, छल छल छल छल, दही और मलाई की उछलाई होती। फिर ऊपर मक्खन तैर जाता और बड़े-बड़े गिलासों में मट्ठा बँट जाता।

वैसे हर जो काम माई करती थी वह हरदेई भी करती थी। कौन-से काम केवल माई के, कौन हरदेई के, इसकी कोई साफ़-साफ़ बाँट नहीं थी। कभी माई मट्ठा चलाती तो कभी हरदेई, कभी माई चटनी या दाल पीसती तो कभी हरदेई,

कभी माई लकड़ियाँ डालकर चूल्हा फूँकती, कभी हरदेई। इतना ज़रूर था कि भरसक ऐन पकाने का काम माई ही करती और घर का झाड़ू-पोंछा हरदेई करती। इस काम के बाद हरदेई अन्दर कमरों में कम जाती थी, वहीं आँगन-बरामदे तक माई के साथ खटर-पटर करती रहती।

बात यह है कि दादा को नौकरों का घर में घूमना बिल्कुल ठीक नहीं लगता। चोरीचपाटी का डर अलग, ऐसी छूट दी तो मुँह भी लगने लगेंगे। उनको यह भी चिन्ता थी कि अन्दर की बातें बाहरवाले को पता नहीं चलनी चाहिए, घर की बात घर में ही रहे। और यह क़ौम गन्दगी तो फैलाती ही है। इसलिए ड्योढ़ी में कुएँ के पास भिश्ती, भंगी, माली, चौकीदार आदि नौकरों का बड़ा कुटुम्ब होने के बावजूद, घर के भीतर, अनेक रोकटोक के साथ, केवल हरदेई और भोन्दू आ-जा सकते थे। भोन्दू दादा की बैठक और बाहर के बरामदे में काम सँभालता और पीछे के दरवाज़े से हरदेई से लेन-देन करता। दादा के पास जाता तो चप्पल उतारकर, सिर पर टोपी पहनकर जाता। बाल भी क़रीब-क़रीब मुँडवाके रखता, मालिक की सफ़ाई-पसन्दगी की खातिर। अन्दर हरदेई हाथ बँटाती।

माई के साथ।

जो हर काम झुकके करती—धोना, पीसना, बेलना, सेंकना।

पता नहीं क्या था कि हमारे घर में भोजन से सम्बन्धित कामों की निरन्तर धूम रहती। दादा और दादी को गरम, ताज़ा भोजन ही चाहिए, बाबू की पाचन-शक्ति कमज़ोर है तो हरदेई के मैले हाथों से नहीं, माई के ही हाथों से परोसे भी जाना चाहिए, और हम भी कम न थे—बचपन की उमंग, नित निराली पसन्द।

माई कई किस्म के भोजन बनाने लगी। कब से, कह नहीं सकते। दादा और दादी का वही पक्का भोजन—पूड़ी, पराँठे (दादी पूड़ी अधिक पसन्द करती थीं क्योंकि वह हल्का भोजन चाहती थीं और पूड़ी हल्की होकर कड़ाही में ऊपर फूल आती !), भाजी, रबड़ी या दो बूँद घी के सहारे पक्की कर दी गई खीर। बाबू और हमारे लिए दाल या कढ़ी, फुल्के, चावल, सब्जी, सलाद। पापड़, चटनी, रायता, अचार सबके लिए। और कभी यों ही, किसी के आने पर या दादा या दादी की हाँक पर, या बरसात की झमाझम पर, पकौड़ियाँ, फूलबड़ियाँ, चीले, हलुवा, थाली में भर-भरकर उतारे जाने लगते। बाबू परहेज़ी जीव थे—'हल्की' पूड़ी, फूलबड़ी, ललचाके कभी चख तो लेते पर उनका गुज़ारा होता छेना शहद से, मट्ठा और अखुआदार अन्न से। बाद में हमारी वजह से नए किस्म की इंगलिस्तानी चीज़ें भी आईं जिनमें से एक-दो बाबू भी चाव से खाते और जिनमें से सभी

दादी ज़रूर से खातीं–सूप, कटलेट, सैंडविच, आइसक्रीम, केक, बिस्कुट, चॉकलेट।

यानी खाने के बहुत प्रकार थे हमारे उस एक घर में। देहात से लेकर लन्दन तक आबाद था चौके में। उसी पर तो हम पले-बढ़े हैं, यह कोई भुला देनेवाली बात थोड़े ही है। गुड़ भी और केक भी हमारी रगों में ! हम चितकबरे होंगे, कोई नाजायज़ जीव होंगे, अजीबो-गरीब किस्म का फूल होंगे। पर हैं हम। यही हैं।

कितने सायों के तले पले। माई के साए के ऐन नीचे। पर उसी साए के अस्तित्व से यों बेखबर।

माई कब उठती थी, क्या खाती थी, कैसे रहती थी, शुरू में तो हमने सोचा ही नहीं। और बाद में जब सोचने लगे तो हम उसको चाहते और उस पर दया करते। अपनी अलग फ़रमाइशें कि आज माई बाटी का मन है, कि लिट्टी बनाओ ना, कि कब से गुलगुले नहीं खाए, बन्द कर दीं। यहाँ तक कि औरों के भी खाने में हस्तक्षेप करने लगे। माई को सुबोध चौके से खींच लाता, "अच्छा बस, बहुत हुआ, फ़ौरन चलो...तुम निकलो...मैं लौट देता हूँ...।" उसका हाथ बँटाने की कोशिश हम भी करने लगे। और पहले की तरह कि वह बना रही है, हम दादी के संग गपर-गपर खा रहे हैं, यह सब भी बन्द होता गया, "नहीं, हम रुकेंगे...तुम आओगी तभी...होने दो ठंडा।" और तो और, मैं विज्ञान की छात्रा होने की हैसियत से दादी और बाबू को सीख देने लगी, हमारा शरीर ऐसा, उसकी ज़रूरतें इतनी, तला मत खाइए, मीठा बन्द करिए, यह पेट की बीमारी की जड़, वह दाँत की परेशानी। हाँ, दादा से अलबत्ता कुछ नहीं कह पाए। बहुत दिनों तक।

दादा और दादी तो अपने ज़माने के खुर्राटों में थे, एक बाहर बैठक में तख़्त पर विराजमान, दूसरा अन्दर बरामदे में तख़्त पर शोभायमान। दादा के ज़माने में घर में लड्डू और मिठाई की डालियाँ आती थीं–गाँव से लाई गुड़ के लड्डू, तिल के, मेथी के, बाजरे के लड्डू और हलवाई के पास से लाल पेड़ा और बर्फ़ी। बाज़ार से फल लाने का रिवाज़ तो बाद में चला, हमारे कहने पर। बाग में अमरूद, पपीता, केला, जामुन, बेर, शरीफ़ा तो लगा ही हुआ था जिन्हें चलते-फिरते उड़ते सब खाते–हम, नौकर, पंछी। उनका शुमार खास चीज़ों में नहीं था।

पर एक फल था जो अपने मौसम में सारा जलाल लूटता था–आम ! तब ड्योढ़ी में लँगड़ा, दशहरी, चौसा और देसी चुस्सा की बहार होती।

दादा को आमों से कोई बैर न था। मिठाइयाँ तो खैर वे डटकर सूँत जाते। उनका ले-देकर एक दाँत टूटा था, वह भी जब सत्तर और अस्सी के बीच कहीं

उम्र थी, घूमने वे जाते न थे, सख़्त तला और सख़्त मीठा वे खाते थे। ''देख लो मेरे दाँत, देख लो मेरा हाज़मा और रखो अपनी साइंस अपने पास''—कभी उन्होंने हमें सुना दिया।

एक रोज़ दादा घूमने निकले, कोई सात-आठ बूढ़ों के साथ। किसी को पेट का मर्ज़, कोई कमर के दर्द से लाचार, किसी की पाचन-क्रिया कमज़ोर, किसी के जोड़ों में दर्द, किसी को नींद न आए—सबके सब जीवन से बेज़ार। दादा ने बारी-बारी उन बुजुर्गों से पूछा कि आप जनाब कब से रोज़ सुबह टहलने जाते हैं ? एक बोला—बीस साल से, दूसरे ने बताया दस से, तीसरा पाँच साल से सेहत बना रहा था। तो बोले हमारे दादा, ''अब मैं चला, अलविदा ! कल से मैं न मिलूँगा यहाँ, आपको आपकी 'मॉर्निंग वॉक' मुबारक !'' फिर दादा की 'वॉक' बस इतनी कि बैठक से सामने के बरामदे तक और बरामदे से बैठक तक !

दादी अलग खाने-पीने में खरी। अगर कभी वे दादा से मिलती रही होंगी तो ज़रूर इस शौक पर दोनों में खूब छनी होगी। उन्हें तो गरम-गरम, चटपटा, तर माल चाहिए रहता। दाँत नहीं थे पर वक़्त ज़रूरत चूरा करके गप कर जातीं।

जब हमने सेहत-सम्बन्धी नई बातें सीख लीं और उबला दलिया माँगा तो दादी माई को सुना बैठीं, ''काँच दरिया खिलाव ताड़िन। भूजे में त इनकर घर लूट जात बा।''

माई धीरे से बोली भी कि कच्चा नहीं है और घी में भुना ये बच्चे चाहते नहीं।

पर दादी कब चुप रहनेवालीं ?—''लइकन क बहाना खूब मिलेला इ जाँगर चोर (कामचोर) के।''

तब हम बड़े थे। गुस्साए, ''दादी सारे पश्चिमी देशों में बिना घी में भूने ही ये खाया जाता है।''

दादी तिलमिलाईं, ''हाँ उहे त बनावतरी तोहन लोग के—अँगरेज। जेतना कंजूसी करिहन ओतने तोहन लोग क चमड़ी ऊजर होई।''

सुबोध बोल पड़ा, ''क्यों बराबर माई के पीछे पड़ती हैं, उन्हें सुनाती हैं, हमसे सीधे कहिए, हमने ऐसा माँगा था।''

तो दादी की आँखें निकल आईं, ''देख त, ई हो अँगरेजन क चाल-ढाल ह जे केहू क कौनो इज्जत ना कइल जाला...''

सुबोध बीच में बँबका, ''भाई को तो बहुत इज़्ज़त देते हैं न आप सब ?''

''बाह रे,'' दादी मटकीं, ''अब त उनकर गोड़ धोके पियब तबे हमार गुजर होई।''

माई ही घबराकर हमें चुप कराती जाती, "चुप...श श्...श् श् श्...बस... ए...चुप करो सुनि..."

"यही सिखाओ," सुबोध उस पर भी पिल पड़ता, "तुम्हारी तरह चुप रहकर सब सहती रहे।"

बरस पड़ने की आदत होती जा रही थी उसकी।

माई की तरह हम चुप नहीं रहना चाहते थे। सिर झुकाए, आँखें ज़मीन पर गड़ाए, दूसरों की सुनने, दूसरों की मर्ज़ी पूरी करने।

हालाँकि माई की यही एक बात थी जो दादी तक को भाती थी। कम से कम यह एक गुण था माई में जिसके लिए वे कभी-कभी उसके सारे दोषों को माफ़ कर देतीं–कि दिन बीत जाता है और बहू की आवाज़ एक बार भी सुनाई नहीं पड़ती, क्लब भी जाती है पर पल्लू सिर पर रहता है और सब कहते हैं कि माताजी, यह आप ही का पुण्य है कि ऐसी दीन हीन, सुशील बहू मिली, कभी जो आँख ऊपर करती हो।

और दादी हमें सिखलातीं, "अऊर बचवा, असली परदा त इ हे होला।"

माई दिन-भर 'परदे' में रहती, दादी के सवाब में इतनी ताक़त थी।

फिर शाम हो जाती और पेड़ों पर लम्बे साए झुक जाते और हम खेल-कूदकर लौटते तो गिलासों में ताज़े टमाटरों का रस लिये माई खड़ी होती। हमारे हाथ-मुँह धुलाकर, गुलाबजल और ग्लिसरीन का लेप धुले अंगों पर मलवाकर, सबको और हमको खिलाकर, माई हमारे साथ कमरे में आ जाती।

हमारा कमरा, उसका और हमारा।

तब हमारे उस कमरे में–बाबू के कमरे में नहीं रहती थी माई, वहाँ रातों में जाती थी यह हमें पता है क्योंकि हमें बहुत बुरा लगता, उसके लिए डर लगता और हम बारी-बारी से उसे पुकारते, उसे वापस अपने पास बुला लेते–माई अपना वह 'असली पर्दा' धीरे से हटा देती थी।

आज याद आता है कैसे हम तीन हँसते थे, तो लगता है उस कमरे में तीन हमउम्र रहे होंगे। वैसे बहुत अरसे तक माई इसी वक़्त हमारा 'होम वर्क' जाँचती थी। हालाँकि बाबू ने क्लब में किसी से हँसकर कहा था कि इनसे क्या पूछना, पढ़े-लिखों से पूछिए, और हमने कभी माई से पूछा था तो वह बोली थी कि एफ़.ए. पास है। हम आपस में सशंकित, संकुचित नहीं थे, हम खिलखिलाते रहते।

जब पलँग में माई किस्से-चुटकुले सुनाती। कि साहब ने कहा, माली पानी क्यों नहीं दिया तो माली बोला, हुजूर बारिश हो रही है तो डाँट पड़ी कि छाता लेकर दे देते; कि ड्राइवर ने गाड़ी रोकी तो साहब बोले क्या हुआ, पता चला

हुजूर सामने एक गड्ढा आ गया है, तो हुक्म मिला तो 'हौर्न' बजाओ ना !

माई के किस्सों के साहब बेवकूफ़ ही होते। और जो लम्बे किसे सुनाती उनमें बेवकूफ़ समझे जानेवाले निरीह गरीब की जीत होती।

निरीहता में जीत सकने की काबिलियत कुछ है, हमने मान लिया था पर सोचकर सोचा नहीं।

3

सोचते तो हम तब भी थे पर अपनी सोच पर सोचने की तमीज़ बाद में आई। पहले, इसलिए, परस्पर-विरोधी विचार, हमारी मंजूरी पाकर, प्रेम से एक संग हममें निर्वाह करते ! न आपस में तनाव-भरे प्रश्न, न एक-दूसरे में अपना सत्य-सार ढूँढ़ते। हमी ने देखा कि बाबू ने आँख बस उठा-भर दी और माई सिमटकर दरवाज़े की ओट में भेड़ की तरह सट गई और हम उस 'बेचारी' को बचाने के लिए आगे आकर खड़े हो गए। अगले ही किसी पल हमारी तरफ़ उठी आँख के हमले का, वह अपने स्थिर ठवन से कुछ यों सामना करती कि बाबू या दादा, जो भी रहे हों, वहाँ से खिसक लेते और हम बेखटके उसके आँचल के सम्बल के पीछे हो लेते।

जब सोच पर सोचने लगे तब सवालों के डंक मारने लगे—बेचारा क्या, बचाया किसने...? हर जवाब पर एक नए सवाल का बिच्छू चढ़ बैठता। बिच्छू का डंक भी तो ऐसा कि न दवा हो पाए, न मौत ही आए, बस दर्द की तिलमिलाहट और बेचैन, चकराता मस्तिष्क। माई...माई...माई...?...?...?...?

दादी कहा करती थीं कि माई का एक ही गुण है—वह पर्दा करती है। हम उसका वही पर्दा देखकर रो उठते। जो हो सो हो पर पर्दा हम नहीं करेंगे, नहीं

करेंगे। दादी तिक्त स्वर में कहती भी थीं, "अजी अब त परदा ऊ ह जेवन खिड़की दरवाजा पर टाँगल जाला।"

पर हमें हैरत अलग ही है कि खिड़की-दरवाज़े पर टँगे परदे को देखकर हम अच्छी तरह जानते थे कि इसके पीछे एक पूरा, सजा-सजाया कमरा है...घर है...जहाँ किसी के जीवन का स्पन्दन हर चीज़ को स्पर्श करता है। ऐसा भी हुआ है कि कहीं अनजान जगह में फहराता पर्दा देखकर हमारा मन जिज्ञासु हो उठा—क्या है उसके पीछे ? यह तो हमने कभी भी न सोचा कि शून्य में फहराता पर्दा है, न उसके पीछे कुछ, न आगे कुछ। कि बस उसी के फड़फड़ाते सन्नाटे में उलझके रह गए ?

माई का पर्दा देखकर हमें उसके पीछे का खयाल ही न आया।

माई की सहनशीलता और लाज का प्रशान्त वह पर्दा। सबकी सुनती, सबकी करती वह सीरत-पाक छाँह।

दादी की भी, जो ऐसे बात करतीं जैसे रूप, तमीज़, हुनर, ज्ञान, यहाँ तक कि माँ की ममता भी उनकी पीढ़ी तक रहे, फिर कभी नहीं लौटे !

दादी किसी की धौंस नहीं सहती थीं। जिनकी सहनी पड़ सकती थी उनसे सरोकार ही छूट गया था। गोरी-चिट्टी, सुरमई आँखोंवाली, उन्हें अन्त तक अपने रूप पर नाज़ रहा। माई की तरफ़ इशारा करतीं और कहतीं, "ई त जवानिए में ऐसन बाड़ी, हमरा उमर तक आवत-आवत त इनकर रंग अउरि दबि जाई, हम त आजुओ इनका से गोर बानी !" अपना हाथ हवा में फहरा के दिखातीं। "एकरे वजह से त सुनैनवा करिया पइदा भईल, नाहीं त हमार बबुआ राजा त हमार रंग पवले बाड़न, अनगरेजन जइसन लउकेलन।"

मज़े की बात यह कि दादी सुबोध को काला कभी नहीं कहतीं और जब बचपन में मैंने इस बात पर शिकायत की, तो वे अपने उस्तादी अन्दाज़ में, "खैं...खैं..." पोपले मुँह से ठिलठिला पड़ीं, "ऊ त बहरा घूमेला, घामा में, एही से रंग दब गइल बा। वइस हूँ लइका ठहरल लइका, घी क लड्डुवा टेढ़ऊ भला, खैं...खैं...।"

मेरे हाथ अपने हाथों में लेकर कहतीं, "ई जेवन एही उमर में तोहार नस उभर आइल बा, हमार त अब जाके लउके लागल ह, नाही त अइसन सूघर, मुलायम हाथ कि छुवला पर अइसन मन करी कि छुवते रहीं।"

तब वे बतातीं कि उनकी जवानी में दादा के किसी अंग्रेज दोस्त ने कहा था कि तुम्हारी 'मिसेज़' के इतने खूबसूरत पाँव और हाथ हैं, तुम भला मानो या बुरा, एक दिन मैं ज़रूर हाथ मिलाऊँगा। जब दादी का पहला लड़का पैदा

हुआ—दादी ने ग्यारह औलादें जन्मीं पर जिए केवल बाबू और एक हमारी बुआ—तो अंग्रेज़ ने दादी को मुबारकबाद कहकर उनका मलाई-मलाई हाथ झट से उठाके पल दो पल अपने हाथ में दबा दिया !

हमें याद है दादी की चाल में, बुढ़ापे में भी, हल्की-सी ठसक थी। खड़ी होकर बात करतीं तो कमर एक ओर लचकाके, दोनों हाथों को सिर के पीछे अदा से बाँधकर, कन्धों को इठलाकर, सिर को एक ओर गिराकर, खंजर चितवन की मार फेंककर !

वैसे थीं तो दादी हमेशा से बूढ़ी। वही अपने किसी और जन्म की बात करती थीं जब वे जवान थीं ! पर जब ठीक से चल पाती थीं तो कम बूढ़ी थीं, जब लँगड़ाने लगीं तो ज़्यादा बूढ़ी हो चुकी थीं।

एक बार वे बैठी थीं, खड़ी हुईं और धम् से गिर पड़ीं। पैर सो गया था और वे अचानक चलने को थीं। गिरीं यों कि कूल्हे के जोड़ की हड्डी चकनाचूर हो गई। बुढ़ापे में हड्डियाँ हो भी जाती हैं सूखी लकड़ियाँ।

बहुत चीखीं, रोईं दादी, पर उस मौक़े पर डॉक्टरों की अपनी सारी नफ़रत एक तरफ़ खिसकाकर, दादा ने बाबू को घर और अस्पताल के बीच यों दौड़ा दिया जैसे बन्द कमरे में आँधी—इधर, फिर उधर, उधर, फिर इधर।

सिलसिला बढ़ता गया और लखनऊ तक पहुँच गया। कम्पाउंडर और बाबू ने मिलकर दादी को उठाया, किसी की गाड़ी में लिटाकर स्टेशन पहुँचाया और सीधे रेलगाड़ी से लखनऊ के सबसे शानदार अस्पताल की 'ऑपरेशन टेबल' पर पहुँचा दिया।

हम भी साथ थे। पहली बार बड़ा शहर, पहली बार रेलगाड़ी। सख़्त गर्मी के दिन और दादी ने डपट-डपटके चादर से अपने अंग-अंग, कोने-कोने को यों कसवाया जैसे कहीं हीरा है, कहीं मोती है, लुढ़क पड़ेगा। विलायत से लौटे किसी डॉक्टर ने चूर हुई हड्डी को निकाल फेंका और वहीं विदेश से मँगाया हुआ नकली, बेहतरीन जॉइंट' दादी के बदन में फिट कर दिया। तब से वह ठक-ठक लँगड़ाने लगीं।

अधिकतर वहीं बरामदे में नीले गाव-तकिए से टेक लगाए बैठी रहतीं। वहीं जाड़े की शामों में बड़े-बड़े त्रिपाल के पर्दे गिरा दिए जाते और गर्मी की दोपहरों में चिक लगा दी जाती और वे सो जातीं। बदन को ठीक से ढाँपकर। हम सब उनसे गुलटप्पे लड़ाने वहीं आते। दादा के सिवा, जिनसे वे कभी नहीं मिलती थीं।

माई आती थी पर गप्प करने नहीं। वह कभी कुछ पूछने आती, कभी कुछ

करने, कभी चाभी लेने, कभी पैर दबाने, या तेल लगाने। दादी के सारे आदेश उसके सिर पर।

दादी चटोरी भी खूब थीं और खाने के मामलों में न कट्टर, न परम्पराप्रिय ! माई से कचौड़ियाँ बनवातीं, "ऊ कर...ई कर...ऐसे भर...।" सुबह-सुबह हरदेई से भोन्दू को कहलवातीं कि "ली आव गरमागरम जलेबी अऊर समोसा।" हमें भी खिलातीं। और शाम को चाट के पत्ते के लिए दौड़ा देतीं।

वे चीज़ें, जो हमारे आने के साथ ड्योढ़ी में चल निकलीं, दादी उन पर भी फ़िदा थीं। 'कन्डेन्स्ट मिल्क' में पावरोटी डुबाकर, नर्म करके यों डकार जातीं !

मसला अलग था, कि हमने तो एक खाना छोड़ दूसरा शुरू कर दिया—बस एक चीज़ बनी, फरज़ करिए स्ट्यू, वही हमारे लिए पूरा भोजन हो गया—उन्होंने पहला खाना बरक़रार रखा, दूसरा भी शुरू कर दिया ! पहला पेट-पालन और भरपूर तृप्ति के लिए, दूसरा चटोरेपन की अलबेली उमंगों के लिए। जीवन की बहार ही अनेक रंगों में है ! तो हम जो चले थे माई का काम हल्का करने, उसका काम और बढ़ा बैठे। हर वक़्त माई कुछ न कुछ बना रही होती और दादीजान की बदौलत जिसमें घी पड़ता जैसे हलुवा, उसमें मनों घी पड़ता, जिसमें बिल्कुल ज़रूरी न था, जैसे लाई चना, तो वह भी घी में भुनता !

पेट ले न ले, दादी ने खाने के मामले में कोई परहेज़ नहीं माना। डॉक्टर ने हज़ार मना किया पर दादी तो दादी ठहरीं। हाँ, यह ज़रूर करने लगीं कि दूसरे के सामने कभी चटनी-भर सब्ज़ी और मिंजी हुई छोटी-सी रोटी खाकर बोलतीं, "ला भई, अब मत कहि ह कि डॉक्टर क कहल ना मानी ला। देखतनि एको से जान बचि जाला।"

माई परोसने के इरादे से कोई डोंगा उठाती, "और लीजिए," तो दादी पोपला मुँह ऐसी मासूमियत से कँपकँपातीं, "अब का लेईं ? हर चीज़ त मना बाटे। अब त अइसहीं पड़ल रहे के बा, बिना खइले-पियले। पाकल आम बानी, कब टूटके गिर जाइब, के जानत बा ?"

और फिर चोरी से, ठक-ठक करती मलाई चीनी चाटने पहुँच जातीं, कभी मेवे चूरा करके फाँक लेतीं।

और तो और, दादी सामने बैठी गपागप खाती भी रही हों, पर 'मूड' हो अपने फूटे नसीब को रोने का तो कहने लगतीं, "अब देख ए गो कऊर मुँह में गइल बाटे पर इ डक्टर हाथ धोके पीछे पड़ल बा, ह ई न खा, ह ऊ न खा, कम खा। अब देख ल कम खईले त बानी, कवन कमाल दिखावे ला दिन।"

बहरहाल, हमने तो अपनी अलग माँगें बन्द कर दीं और होते-होते कम

टीमटाम किन्तु सेहतमन्द भोजन के अनुयायी बन गए। पर दादी को यह बात न कभी समझ आई, न भाई। यह और कुछ नहीं माई की कामचोरी है, वह हर बार कहतीं। खुद उन्होंने अपनी सास की कैसी बेजोड़ सेवा की थी यह बखानते वह न थकतीं। दाँत न रहे और सास बोलीं कि ''हाय बहू, हो ना पाई, पर बरसात बाटे अऊर बाल (भुट्टा) खाए खातिर मन मचिल-मचिल जात बा।''

तो दादीं बोलीं, ''खइब, अम्मा, भुट्टा खइबू तूँ।''

लाईं खुद खेत से चुनकर नरम-सा भुट्टा, हल्का-सा भूना, हाथों से दाने निकालकर श्रद्धा से मींजे, मसाला मिलाया और अम्माजी को दाना-दाना खिलाया।

अम्माजी भी विह्वल हो उठीं, ''हाँ हो बहू, तू हमरा के आखिरकार बाल खिआई दिहलू।''

''अरे हम करे पर आ जाइब त कुछू कर सकत बानी,'' दादी का कहना था। ''अन्गरेजीए सीख सकत बानी।''

पर करने पर कम ही आती थीं दादी ! माई के सिर में दर्द होता तो भी काम वही करती। बाद में थोड़ा मैं करने लगी, थोड़ा सुबोध कोशिश करता। पर दादी ! दादी अपनी खूबसूरत, बातूनी, चटोरी, वही रहीं !

काम करती माई और ताने कसतीं दादी। सीधे कम, आड़े-तिरछे ज़्यादा।

—''एकरा के खीर कहल जात बा आज के जमाना में !''

हम कहते, ''आह माई, मज़ा आ गया।''

तो कहतीं, ''हाँ-हाँ, अच्छा बाटे, अपना किसिम क बहुत अच्छा बा। दूध अच्छा बा, चाऊर अच्छा बा, त अलगो रहे तबो सवाद त अउते बा। हाँ हमरा जमाना में अउटें क रिवाज जादा रहल। ऊ खीर में दूध अऊर चाऊर क जान एक हो जात रहल। पर केतना समय खराब करत, केतना दूध लूटत, घंटन चूल्हा के आगे मुँह झुलसात रहे...ऊ खीर खइले हईं हमार सास।''

सुबोध ने कहा, ''तभी दादी, आपकी सास जल्दी मर गईं।''

लेकिन दादी के कटाक्ष चलते रहे। बाबू पास हों तब तो उनकी रौनक और बढ़ जाती।

—''अँगुरी चाट के रबड़ी खात बाड़न स लइका। ल तूँ हूँ खा। कम बा त अँगुरिए चाटके सन्तोस कर।''

या

—''ल, का कमाल कइले बाड़ी, लऊकी काँचे रखके कुल विटामिन फायदा बचा ले बाड़ी।''

हमने ही कभी फटकारा था कि ज़्यादा आँच देने से 'न्यूट्रिशनल वैल्यू' घट

जाती है। अब माई कह लें, कहना हो तो, कुछ भी, जो खैर वह कहने से रही। और बुला ले कोई भोन्दू को बताने कि लौकी छत पर चढ़ी बेल में छिपी हुई कड़ी होती जा रही थी, यह तो कहिए आज सुबह उसने देख ली।

दादी निशाने ऐसे छोड़तीं कि कोई यह नहीं कह पाता कि ताने हैं। चावल गीला हो गया तो, "ई ल, हमरा पूरब में हर चीज क कमी एके चीज से पूरा कइ लिहल जाला। भात क भात अऊर खिचड़ी क खिचड़ी।" आवाज़ भोली कि स्नेहयुक्त मज़ाक है यह, या कि और कोई माई को कोसने न पाए इसलिए यों पहले कहकर उन्होंने उसकी तरफ़दारी कर दी है!

कभी बोलीं, "आज सूजी पानी में गलौले बाड़ू। चल ई बढ़िंया तरीका सुझाइ देहलू, गल भी गईल बा, दूध भी बचल, अब तनकी सा दूध ऊपर से डाल अऊर हो गईल काम। नाही, सच्चे कहतानी। हम जउन बनाई ला ओमें त सूजी कुल दूध पी जाला। सवाद तनि बदल जाला पर जे ओके नइखे खइले ओके ई हे बढ़िंया लागी।" हमारी तरफ़ खालिसाना अन्दाज़ से देखतीं मानो चुनौती दे रही हों कि बोलो-बोलो, मैं तुम्हारी माई की निन्दा कर रही हूँ, मैं तो उल्टे मान रही हूँ उसने मुझे कुछ सिखाया। बाबू की तरफ़ नेह से देख मुस्कातीं। बाबू खिसियानी-सी हँसी मुँह में ही बुलबुले की तरह फक कर देते।

बाबू से उन्हें बेहद प्यार था। लाख-लाख बार सुनातीं, आँखें तिरछाके, अपने राजाओं, नवाबों से खूबसूरत बेटे के बारे में, कि लड़कियाँ देखकर यूँ बिछतीं जैसे फ़्लिट के आगे मक्खी-मच्छर।

–"ओकरा के त परी मिल सकत रहे, पर..." तब वे लम्बी आह भर लेतीं, "भाग हमेसा साथ ना देला।" माई आसपास कुछ करती होती। चुपचाप।–"प्रभु क लीला के जान सकेला ? केहू क भाग बइठे-बिठावल बन जाला। खाली हाथ चल आवेला अऊर दूध-दही में नहाए लागे ला।"

महीने, दो महीने में एक बार दादी के बदन में दर्द उठता। दिन में तो वह दादा की भेजी कोई पुड़िया में से फाँक लेतीं। शाम को माई को सिरहाने से ढकेल बाबू के लिए जगह करतीं। तब वह हाय-हाय कर तड़पतीं और हाथ-पैर पटकतीं। रो-रोकर बाबू का हाथ थाम लेतीं। बाबू उनका बदन दबाने लगते–सिर, कमर, पैर। दादी उन्हें दुआएँ देतीं–जन्में ऐसे सपूत सबके। उनकी जाँघों पर सिर पीटतीं, कभी पैरों से लिपट जातीं। ऐसे छटपटातीं कि बाद में फ़िल्मों में जच्चा को चीखते देख हम उन्हें फ़ौरन याद कर बैठे। बाबू पैर दबाते, टखनों से घुटनों तक और वे पसरी पड़ी रो-रोके कहतीं, "अऊर दबाओ...कस के...हाय-हाय... ऊपर-ऊपर...।"

4

बाबू के बारे में प्रचलित था कि वे तो विदेह हैं, जनक हैं, हर हाल में खुश, हर अभाव में सन्तोषी। बाबू ने कहीं कोई एवरेस्ट जीतने के ख्वाब नहीं देखे, कभी कोई समुन्दर पार करने की ख्वाहिश नहीं रखी। जैसे-तैसे पढ़ गए, इंजीनियरिंग में डिप्लोमा लिया और दादा की जान-पहचान के बल पर, शहर के नामी इंडस्ट्रियल कॉम्प्लेक्स में नौकरी लग गई। रोज़ स्कूटर से जाते, स्कूटर से आते। सुबह के निकले, शाम किसी भी घड़ी आ सकते थे। थोड़ी देर अपने कमरे में सुस्ताते, थोड़ी देर दादी के पास बैठते, कभी दादा के पास बैठक में चले जाते और किसी भी दम बाहर निकल गए। अक्सर देर रात से आते।

घर के पीछे एक 'क्लब' नाम की जगह थी। जो हमारे छोटे शहर के पैसेवालों और अफ़सरों की साहबी आकांक्षाओं की बदौलत ज़िन्दा था। वहाँ एक बिलियर्ड रूम था और कुछ हो न हो ! बाबू वहाँ जाके पपलू खेलते। त्योहारों पर वहाँ मेला होता, नए साल पर भी और तब माई भी जाती। हमारे साथ, पैदल, पीछे खेतों के बीच से निकलके, बाउंडरी के तार को लाँघकर। दादा-दादी के बाद माई का क्लब जाना बढ़ गया पर पहले बाबू ही रहते थे क्लब पर।

संगीत बाबू को बैठक में खींच ले जाता, दादा का सौजन्य तो नहीं ही ले

जाता था ! एक तो दादा बात नहीं, एकालाप करते थे; दूसरे, बाबू कम बोलनेवालों में थे। आवाज़ भी उनकी मरियल-सी। माई को पिलपिले से आदेश से देते। पर माई उन तक को अनसुना न करती। हमसे कुछ कहना हो तो वह भी बाबू माई को सुनाते और आवाज़ वही घिसी-पिटी निकलती।

वैसे यह तो हम बाद में समझ गए कि तानाशाही की भी किस्में होती हैं (क्लबों की ही नहीं !)—रोबीले तेवर, भयानक बर्बरता, एक; तो अनदेखा करना, मासूम नासमझी बरतना, दो।

सच तो यह है कि बाबू ने माई को जो भी कहा धीमे लहजे में कहा, गिने-चुने शब्दों में कहा। कोई दावत, कोई जलसा हुआ तो उसे ले गए। और दादा-दादी के बाद जब घर के चलन में उनकी दख़लअन्दाज़ी का ज़माना आया, तो हर सुविधा का 'गैजेट' खुशी-खुशी लाकर दिया। माँगा नहीं गया फिर भी वे खरीद लाए। गैस हो, कुकर हो, हीटर हो, गीज़र हो, यहाँ तक कि वॉशिंग-मशीन भी। फ्रिज तो दादा के सामने ही आ गया था क्योंकि किसी कारण दादा ने आपत्ति नहीं की। और भी चीज़ें बाबू लाते रहे। शहर से बाहर जब गए, माई के लिए साड़ी, स्वेटर लाए, हमारे लिए खिलौने, कपड़े लाए।

पर कोई आभास था मगर-फिर-भी का। दादा की करनी पर शान्त रह जाना, दादी के नुकीले वारों पर उन्हीं से आँख मिलाके मुस्कुरा देना, जब हुआ नज़र फेरके अपने ही में रम जाना। वे कब घर में हैं, कब नहीं, हमें पता नहीं रहता। बाक़ी सबका जीवन जहाँ नियमबद्ध या क़ैदी था, एक वही उनके बीच कबूतर की तरह इधर-उधर जिधर चाहे फुदक लेते, कबूतर की ही तरह दुर्बल, कबूतर की ही तरह आज़ाद। और कहीं किसी से जवाबदेही करने का झंझट नहीं।

बाबू भगवान के परम भक्त थे। पूजा नियमित रूप से करते। माई सुबह ही पूजाघर साफ़ कर देती—दीया, बाती, फूल, गीली मिट्टी के शिवलिंग सब तैयार कर देती। बाबू आते, आसन पर बैठते, नंगे बदन, बस धोती में, दीया व अगरबत्ती को माचिस दिखाते, फूलों को अलग-अलग भगवानों के चरणों में अर्पित करते, आम के पल्लव से हर फ़ोटो और मूर्ति पर गंगाजल छिड़कते, टीका लगाते और 'ओम नोम' पूजा होंठों में बुदबुदाते, आरती करते और कहते हुए निकल जाते कि ले लो परशाद। हम भागकर टीका-लगा पेड़े का टुकड़ा माथे से लगाते।

जाड़ों में बाबू के लिए आँगन की धूप में पानी रखा रहता। वहीं बम्बे पे नहाते तो हमें याद है जनेऊ काँपता और हर लोटे पानी पर बाबू खुद ठिठुर-ठिठुर जाते और दाँतों के बीच से कटकटाते हुए गाते रहते :

"न्हाये शीष मिले जगदीश
न्हाये कान मिले भगवान
न्हाये कंठ मिले बैकुंठ
न्हाये छाती मिले काशी..."

सिर से पाँव तक भगवान का वास !

त्योहारों पर भी पूजा-पाठ होता। ड्योढ़ी में कथा-वथा भी होती। व्रत तो आए दिन रखे जाते जो सारे माई रखती। पर नवरात्रि के व्रत बाबू रखते और जब तोड़ते तो कथा-पूजा करते और भोज सामग्री खाते।

साधु-सन्तों, ज्योतिषियों के चक्कर में भी हमेशा रहे बाबू। अन्धविश्वासी तो ऐसे कि ऑफिस के लिए निकल रहे हैं और सुबोध ने पूछ दिया, बाबू कहाँ जा रहे हैं, आज किताब ज़रूर ले आइएगा, कि वे फाटक पर रुक जाते, "धत् तेरे की, टोक दिया," स्कूटर घुमाकर लौट आते, एक गिलास पानी माँगते और तब दोबारा निकलते। ऐसे ही कभी बिल्ली रास्ता काट दे तो स्कूटर मोड़कर लम्बे रास्ते से जाएँगे, या थू थू थू थू थूकेंगे बिल्ली-कटी राह पर ! कभी छींक आ जाए तो फ़िलहाल कार्य स्थगित ! कुछ न कुछ चलता ही रहता।

बाद में बाबू तूरियातीत बाबा के चेले हो गए—पान, तम्बाकू, मदिरा, चाय, अंडा, प्याज़, लहसुन, सिरका—सब छोड़ बैठे। बाबा के आश्रम से लौटे, रात का वक़्त एक रिक्शा बाहर कंकड़ों को छेड़ता हुआ रुका, देखा कि बाबू उतर रहे हैं।

रिक्शेवाले ने कुछ रिरियाना शुरू किया, "साहब ऐसा अनर्थ न करिए, इतनी रात गए, स्टेशन से दिन में भी पाँच रुपए बनता है।"

पर बाबू आने दो आने का मोलभाव कभी न छोड़ पाए और रिक्शे-विक्शेवालों को गाली देना भी नहीं बन्द कर पाए, "हट पाजी, बेवकूफ़ बनाता है, दिन में दो रुपए से ज़्यादा कभी नहीं होता, क्या मैं पहली बार आ रहा हूँ ?...चुप बेईमान, जानता है यहीं पास में पुलिस चौकी है, बोलूँ किसी को कि पहुँचा दे ? तीन रुपया भी ज़्यादा दे रहा हूँ, लेना है ले, वरना जा।"

निस्तेज आवाज़ में गलियाते हुए बाबू अन्दर आए।

अन्दर आए और दादी के पास बैठे। आँखों में विस्मयपूर्ण भक्ति, बाबा के चमत्कारी व्यक्तित्व का विवरण।

"ऐसे-वैसे हैं बाबा ? साक्षात् प्रभु हैं अम्माजी...। पहले दिन दूर से ही देख पाया, दूसरे दिन उन्होंने पलटकर सीधे मेरी तरफ़ देखा...जैसे 'करैंट' लगा...। तीसरे दिन मेरे बगल से निकले, मैं उनके चरणों पर हाथ बस छुला ही पाया

था कि सुन्न...सुन्न...अम्माजी...ऐसा प्रताप उनका...ऐसा तेज !''

बहुत लोग तूरियातीत बाबा के भक्त थे, अनेक किस्से थे उनकी सिद्धि के बारे में, कैसे अपाहिज चलने लगा, मरता जी उठा, आदि। बाबा की तस्वीर लोग अपनी पूजा में सजाने लगे। बाबू ने भी अपने स्कूटर पर, कमरे में, पूजाघर में, दफ़्तर में, उनके छोटे-बड़े चित्र लटकाए। बाबा के आश्रम से लाई विभूति की पुड़ियों को बाँटते फिरते।

सुना था कि किसी मतान्ध भक्त के घर रोज़ तकिया के नीचे बाबा की विभूति मिलती है। किसी के यहाँ दही जमाओ तो उस पर ओम के आकार में छिटकी मिलती है। हुआ यह कि अपने यहाँ भी बाबा की तस्वीर के ठीक हाथ के मुक़ाम से काला-काला चूरानुमा छितरने लगा। बाबू खुश हो गए और जब सुबोध ने फ्रेम खोलकर कहा कि 'फफूँदी है' तो केवल माई हल्के से मुस्कुराई।

बाबू को हिन्दू धार्मिक ग्रन्थों का अच्छा ज्ञान था और जब-तब दादी को वह उनका कोई हवाला सुनाते। दादी भी बात-बात में तुलसीदास की कोई चौपाई या सूर-रहीम के पद गा देतीं। इसकी भी शिकायत करते वे न थकतीं कि माई कभी कुछ अच्छा पढ़ते-बाँचते नहीं पाई जाती और जैसी माँ मिलेगी वैसे ही तो बच्चे हो जाएँगे।

बाबू मानते थे कि पूरे ब्रह्मांड का ज्ञान, दुनिया के किसी भी कोने में उपजे सिद्धान्त और फ़लसफ़े, सबका मूल स्रोत हमारा हिन्दू धर्म है। अंग्रेज़ों की भाषा तो बाद में आई, पहले रामचरितमानस में आ गया 'निअर आवन' यानी पास आओ। बाद में बना गिरजाघर, पहले आईं हमारी देवी गिरजा, और बाइबल में तो 'ओम' है वहाँ जहाँ खुदा कहते हैं कि 'आई ओम दैट आई ओम', जो फ़र्क उच्चारण के कारण लिख गया है—'आई ऐम दैट आई ऐम'। बाबू ने यह भी बताया कि तूरियातीत बाबा के अवतार का ज़िक्र भी बाइबल में है, बाबा खुद जीज़स हैं और सबूत यह कि जब ईसा ने कहा, ''आई शैल कम अगेन,'' भेड़ ने कहा, 'बा-बा।' ''द शीप सैड बा-बा।''

लेकिन अगर धर्म के मामलों में बाबू ने अंग्रेज़ों को नीचा माना तो यह भी था कि तहज़ीब के सिलसिलों में वे अंग्रेज़ों-जैसे बनना चाहते थे। दादा-दादी के बाद वे ही घर में खाने की मेज़ और कुर्सियाँ लाए, नैपकिन, काँटे-छुरी लगवाने लगे, उन्हें ही सुबोध की अंग्रेज़ी पर गर्व था, वे ही चाहते थे कि मैं लाज-मर्यादा के भीतर तो रहूँ मगर जीन्स में या फ्रॉक में।

संगीत में दादा के योग में अगर उन्हें देशी परम्परा प्रिय थी तो साथ ही उन्हें विदेशी बैंड-बाजा भी भाता। खुद तो न बजाते पर होस्टल से लौटकर सुबोध

विदेशी धुनों पर मुझे 'ट्विस्ट' सिखाता तो बाबू को आपत्ति नहीं हुई, वरन् वे भी कभी घुटने मोड़के हल्के से लहरा दिए ! लेकिन भूल से रेडियो पर लोक संगीत या फ़िल्मी गाने बजने लगें और बाबू को सुनाई पड़ जाएँ, तो वे कहते कुछ नहीं, बस चुपचाप आते और रेडियो बन्द कर देते मानो कि हम वहाँ हैं ही नहीं, रेडियो व्यर्थ चल रहा है ! हम भी चुप रहते। भरसक हर तरफ़ निगाह दौड़ाकर रेडियो चलाते, कदमों की चाप पहचानकर चट से बन्द कर देते।

जब मैं भी होस्टल चली गई तब बाबू ने अपनी यह करतूत बन्द कर दी। मुश्किल यह थी कि तब तक फ़िल्मी धुनों का हमारा शौक़ लगभग पूरा हो चुका था।

बाबू से लड़ना कभी आसान नहीं रहा। जब वे बोलते ही नहीं थे तो एकतरफ़ा भिड़ना क्या मतलब रखता ? वे तो अपने में ही रहते, शान्ति से। दादी के पास आ जाते, दर्द हो तो उनके तलवों में तेल मल देते, दादा के पास सिर झुकाए बैठते, हमसे छोटी-मोटी प्यार की बातें की होंगी जो हमें खास याद नहीं और माई को हमारे लिए चीज़ें लाकर सौंप जाते। उन्हीं की बदौलत माई ने कोयले की अँगीठी छोड़ गैस पर रोटी सेंकनी शुरू कीं, जिसके स्वाद में हम नाशुक्रों को अरसे तक मज़ा नहीं आया। उसी तरह पीतल की बटलोई में पकी दाल का स्वाद कुकर में गलाई अरहर में कभी नहीं आया। पर माई को आराम मिला और बाबू के किए मिला।

बस माई को। हरदेई के संग ऐसा कुछ नहीं हुआ। वॉशिंग मशीन भी आ गई तो भी आधे कपड़े हरदेई पहले की तरह पीट-पीटके धोती रही। रसोई में तो माई ने खुद कहा कि ऊँचा सिंक बनवा दीजिए तो हरदेई को बरतन माँजने में आसानी हो जाएगी पर बाबू ने याद न रखा। शायद इसलिए कि बरतन माई को भूले-भटके खुद धोने पड़ते थे। हरदेई वहीं नीचे बैठकर, पटरे पर अटी, ऊँचे नल से गिरती पानी की धार को, कपड़े से बाँधकर बरतनों की सफाई करती रही।

इसी तरह बीती माई की बाबू के संग। उनकी तीमारदारी—परहेज़ी खाना, स्नान-ध्यान का इन्तज़ाम, कुछ भी माई न भूली। बाबू कहीं से आते, अपने कमरे में गलीचे पर जाते, दफ़्तर का पैंट-कोट बटन खोलके नीचे खिसकाते और उसमें से हाथ-पाँव यों सफ़ाई से निकालके चलते बनते कि उनका डील अभी भी कपड़ों में रह जाता। माई आती, कपड़े उठाके बाबू के आकार को झटकके उन्हें खाली कर देती और अगले दिन के लिए हैंगर में टाँग देती या धुलने को उठा ले जाती।

बाबू से लड़ना इतना मुमकिन नहीं था। हम चाहते थे कि माई उनसे भी

लड़े पर माई लाख ललकारो, न लड़ी। उस औरत की भी बात माई ने हमसे कभी नहीं की, हममें पूछने की हिम्मत न थी, वह तो रात की खुसुर-पुसुर में हमने सुना था कि बाबू उसे लखनऊ ले गए थे। बाद में सुबोध ने स्कूटर उसके घर के आगे, अँधेरे की ओट में रोका–'वह है।' और माई के बुने स्वेटर को पहचानकर भी मुझे यकीन नहीं हो पाया।

न करना चाहा होगा यकीन। पर और भी बात हो सकती है। हम तो बुरी औरत उसे मानते थे जिसका बदन ज़्यादा पके आम की तरह फट पड़ने को हो, जिसकी रानों पर कसी साड़ी में मोटा-मोटी गोश्त उसके चलने पर खदबदाता हो और जिसकी ऊँची चोली के नीचे से, पीठ पर मांस का 'टायर' बाहर को सटक आए।

जैसे दादा के पास आनेवाली हेड-मिस्ट्रेस का होता।

5

दादा की ज़मींदाराना तबीयत तो ड्योढ़ी की शान थी। दादा ज़मींदार ही थे हालाँकि असहयोग आन्दोलन के दिनों में उन्होंने गांधी के प्रभाव में आकर अपनी ज़मींदारी त्याग दी। बाबू के नाम कर दी। फिर एक स्वतन्त्रता सेनानी की पेंशन पर अस्सी से ऊपर की उम्र पार की।

संगीत का शौक़, अच्छा खाने-खिलाने का शौक़, शेर-ओ-शायरी का शौक़, घुड़सवारी का शौक़, कौन-सा शौक़ नहीं उनका ? लम्बे-तड़ंगे, आसमान को छूती आवाज़वाले और उन पर झूल जाओ ऐसी मूँछोंवाले। कामदार किनारी की धोती, उस पर डटा खादी का कलफ़ किया हुआ कुर्ता और कन्धे पर रोब से तहा, कढ़ा दुशाला, यह थी उनकी पोशाक। जाड़ों में खादी सिल्क पहनते।

शहर-भर में दादा की शोहरत थी। मरे तो अख़बार में नाम आया—स्वतन्त्रता सेनानी मर गए, रह गए उनके इकलौते बेटे और बाक़ी परिवार। तब मैंने सोचा था क्यों 'इकलौती बेटी', हमारी बुआ, को लील गया 'बाकी परिवार' ? ख़ैर, मरे तो बहुत बाद में। उसके पहले तो रोबदार दबंग शख़्स थे, ऐसा जलाल जिनका कि अंग्रेज़ों को भी सुना देते। कुछेक अंग्रेज़ मित्र थे उनके, जिनके साथ शिकार कर आए, घुड़सवारी कर डाली, पर किसी बात में दबे नहीं।

पर वे सारी बातें हमारे पहले की बातें थीं जिनसे हमने कोई मतलब रखा नहीं। हमने तो जब देखा दादा बैठक में महफ़िल जमाते थे। पुराने कामदार कोच और आरामकुर्सियाँ, गलीचे, पीकदान और दादा का तख़्त और भारी-भरकम मसनद। दादा की ही दो तस्वीरें वहाँ टँगी थीं, पुराने हाथी-दाँत के फ्रेम में जड़ी। एक में कोट-पैंट बो टेल्स में सीधे अकड़े खड़े, हाथ में पाइप लिये और बगल में 'एल्सेशन' कुत्ते को बिठाए। दूसरी में वे बैठे थे पर इतना तनकर कि लगता तीन हिस्सों में अलग-अलग खड़े हैं—एक पाँव से घुटनों तक, दूसरा घुटनों से कमर तक, तीसरा कमर से सिर तक! हथेलियाँ बेइन्तहा सीधी, जैसी बाईं ओर, वैसी ही दाहिनी ओर, जाँघों पर यों रखीं कि मानो प्लेटें सजी हों मेज़ पर।

इसके अलावा बैठक में उनके संगीत का तामझाम था। और उनके 'चमचे' थे।

दादा के दोस्त नहीं, 'चमचे' थे। इसलिए बस दादा के भाषणों की गगनचुम्बी आवाज़ ही गूँजती रहती। मुसाहिबों को उनके मौन, धैर्यवान, श्रोताई हाज़िरी के एवज में बारम्बार शरबत, नाश्ता, चाय मिलता।

दिन-भर का यही कार्यक्रम। दादा 'हाँक' लगाते, भोन्दू आँगन के पिछले दरवाज़े तक हरदेई के पास पहुँचता, माई हरदेई के हाथ झटपट फ़रमाइशों को तश्तरियों में परोसकर, ट्रे पर लगाके, भेज देती। कभी रात बारह बजे तक यह शृंखला खिंच जाती, खासकर शरबत और चाय की।

दादा तो चाय पीते नहीं थे। सुबह-शाम दूध में काढ़ी हुई तुलसी की सात पत्तियाँ बस। मच्छर उन्हें फिर नहीं काटते थे, मलेरिया-फ़लेरिया का कोई डर नहीं। बाक़ी दिन वे शबरत लेते—बेल का, फ़ालसे का, तरबूज़ का।

दादा को, घर में क्या हो रहा है, उसमें न दिलचस्पी थी, न उसका ज्ञान, यों लगता। पर सरग़ना वही थे और जब चाहें दिलचस्पी ले लेते, न-बोली बात भी सुन लेते। क्या मजाल कि उनकी मंशा के खिलाफ़ कुछ हो। या उनकी चाह टाली जाए। चींटे को कहें शेर तो वही सही, लातों को कहें प्रेम तो वह भी। आदेश दें तो पूरे घर को सिर पर खड़ा होना पड़ेगा। दादा किसी सोच में डूबे, भूल से कह जाएँ, "आज मटर का निमोना और चावल खाएँगे"—तो बना-बनाया खाना एक तरफ़ सरकाके माई दोबारा जुट जाती। फ्रिज नहीं आया था तब भी। अधिकतर यह विलायती गैजेट वैजेट दादा को नापसन्द थे।

दूसरे, उन्हें औरतें नापसन्द थीं। औरतों का घर के सामने की तरफ़ दिख जाना उन्हें खलता। मुझे याद है कि फाटक से घर तक बजरी की सड़क के

किनारे, फ़ालसों की झाड़ें थीं। हम उसके बैंगनी दानों को, कभी कच्चे, हरे, खट्टे, दानों को, चुगते रहते। फाटक खुलने की आवाज़ हुई, मेहमान का जायज़ा लेने के पहले ही दादा फ़ौरन बोले, "सुनैना अन्दर जाओ, कुछ चाय-नाश्ता भेजने को कहो।" मैंने अपने में औरत उस पल देख ली।

दादी, माई, हरदेई कोई उनके सामने न जातीं। हमें तो लगता दादा ने औरत को कभी देखा भी है या नहीं ?

पर वह हेडमिस्ट्रेस आई थीं और किसी ने हमें डाँटकर अन्दर भगा दिया था। दादी लेटी थीं, माई उनका बदन दबा रही थी और दादी औरत ज़ात को बदज़ात करार करने में बड़बड़ाती गईं। अपनी खुद की जात से बेखबर। करते-करते वह माई को कोसने लगीं :

"खोटा सिक्का हमरा कपारे मढ़ दिहलन, हाँ नहीं त। बेचारा राजा। का केहू बोलेला ना त जानेला ना कि का खेल चलत रहे उहाँ ? ना जाने कइसन मइल...उपरोहित क बेटा..."

माई कुछ बोली नहीं, बस उठकर चली गई और कुछ देर बाद तेल की शीशी लेकर आई, दादी के बाल सँवारने लगी।

कोई बहाना किया गया था हमें वहाँ से उठके न जाने देने का। पर बिना समझे जो हम समझे, उसने हमें मौका निकालके छत पर पहुँचा दिया। वहाँ ऊपर से हमने देखा था, तेली, चमकती, भैंसिनी-सी देहवाली औरत, हाथ में शनील और मोतियों का बटुआ झुलाती, तन का पुष्ट मांस हिल-हिल हिलाती। वह आगे जा रही थी और पीछे एक युवक, शायद उसका बेटा चल रहा था।

हम कुछ नहीं समझे और बाद में उम्र ऐसी आई कि जो नहीं भी था वह भी समझने लगे। फिर वह भी उम्र आई कि ज़रूरत से ज़्यादा समझना नाटकीयपन लगने लगा। कुछ इस तरह उलझे ये सारे समझ के दौर कि अब तो कोई सन्तुलित दृष्टि ही नहीं सूझती—क्या समझें तो नाटकीय नहीं होगा, क्या न समझें तो असल होगा, मालूम ही नहीं चलता। बस कभी-कभी, यों ही, उस युवक का, उस औरत के पीछे-पीछे मुँह लटकाए जाना कौंध जाता हैं। उसके चेहरे पर किसी परिचित के चेहरे की पहचान थी क्या ? हमारे घर का कोई उड़ता साया वहाँ चिपक गया क्या ? हमारे यहाँ की नाक, या होंठ, या कुछ और ?

क्या ऐसा हो सकता है ? कोई यों ही अनाम, अनजान रहते-रहते खत्म हो जाता है और किसी को कभी पता ही नहीं चलता कि यहाँ भी एक हर्फ़ लिखा गया था जो मिटा है ? उस किस्से को दफ़ना देंगे तो क्या किसी के पैर से टकराकर वह कभी आह न छोड़ेगा ? कोई भटकाव में वहीं खोदने लग जाए तो बोल नहीं

पड़ेगा अपनी कहानी ?

भयानक है यह। किसी को बेनाम, अदृश्य ही, मौत के पार लगा देना। किसी को 'खाली' कर देना।

खाली कमरे में पर्दा कब लगता है ? कुछ तो हमने भी किया जो इतनी कहानियाँ बीत गईं, अनकही रह गईं, बेआबरू दफ़ना दी गईं। जैसे थीं ही नहीं।

हमने माई को डाँटा था क्यों तुम दादी को इतना सब कहने देती हो। माई ने बताया था वह जो दादी के सिर पर एक जगह बाल उड़े हैं, बुढ़ापे की देन नहीं है। जो भीतर वह बक्सों का कमरा है दादी वहाँ घुस जाती थीं और दादा नशे में उसे खींचते थे। माई ने कहा था दादी और उसकी जात एक है, हमजात को वह ठुकरा नहीं सकती। और मैं अपने रूप में उन दोनों की छवि पाकर एक अजीब-सी कमज़ोरी महसूस करती हूँ। कोस नहीं पाती उन्हें जिनकी शक़्ल-सूरत मेरे चेहरे और बदन पर झलकती है।

वह हेडमिस्ट्रेस बैठक में दादा से मिली थी। कभी वह आई थी, कभी वह ग़ायब हो गई, फिर कभी नहीं दिखी।

ड्योढ़ी का जीवन बदस्तूर चलता रहा। दादा आँखें बन्द किए, हाथ मदहोशी में लहरा-लहराके, संगीत का लुत्फ़ उठाते रहे।

पर हममें से किसी को न गाने की, न नाचने की छूट थी। शायद वह गुसल में थे और माई उनकी बैठक के पास से कुछ गुनगुनाती हुई निकल गई कि वे अचानक निकल आए, बैठक से अन्दर का दरवाज़ा खोला, माई झट से पल्लू सिर पर खींच एक तरफ़ खड़ी हो गई :

"कौन गा रहा था ? कोई गा रहा था ?"

बस इतना पूछा और जवाब का इन्तज़ार किए बग़ैर वापस लौट गए। हमारा दावा है कि माई फिर कभी न गुनगुनाई होगी।

आफ़त तो यह कि हम दोनों पर नाच-गाना सीखने का खब्त सवार हो गया। सुबोध ने अपने स्कूल में गिटार क्लास जाना शुरू कर दिया। मेरे स्कूल में ऐसी कोई सुविधा न थी, पढ़ाई के अलावा एक विषय था, होम साइंस—पकाना, सिलना, बुनना—जिसमें मेरी रुचि नहीं थी। पड़ गई माई के पीछे तो उन्होंने क्लब में नागजी अक्का की बहन से कहकर उनकी बेटी को शास्त्रीय गायन सिखानेवाले नन्हे खाँ उस्ताद को ड्योढ़ी में बुलवाया, पीछे के तार को पार करके, आँगन के रास्ते। जब सब तय हो गया तो नन्हे खाँ ने गुड़गोबर कर दिया। उन्हें मामले की संगीनियत समझाई नहीं गई थी। आँगन से बाहर होके सोच बैठे कि सामने

के फाटक से निकल बाज़ार में रिक्शा पकड़ना ज़्यादा सही रहेगा। दादा ने देखा, बुलाया, हड़काया, टरकाया...!

माई की तैयार, निपटाई बातचीत धरी रह गई। दादा की एक भौंक ने फ़नकार को आजीवन ड्योढ़ी से दूर दौड़ा दिया।

तब दादा ने पीछे के तार और मज़बूती से बँधवा दिए। हमें उन्होंने संस्कृत में कुछ सुनाया जिसका मतलब कुछ इस प्रकार था कि गानेवाली और पैरों में घुँघरू पहननेवाली बुरी औरत है और जिसके दाँत थोड़े बाहर को हैं वह अक़्लमन्द औरत है।

लेकिन हम अंग्रेज़ी सीख जाएँ, उसके दादा पक्ष में थे। दादा ने ही सुबोध को 'अंग्रेज़ी' अफ़सर बना पाने के अरमान से बोर्डिंग स्कूल भेजा जहाँ कई टीचर असली अंग्रेज़ थे। वहाँ से पहली बार सुबोध लौटा तो हिन्दी काफ़ी-काफ़ी भूल-सा गया ! खाने में भिंडी परोसी गई तो उसे याद न आके दे कि उसे भिंडी कहते हैं, "वो...वो...वो...दो...," गूँगों की तरह इशारा करे। माई हँस पड़ी मज़े में।

मुझे भी दादा ने ही शहर के मिशन स्कूल में भर्ती कराया था जिसका नाम हमारे गरम-गरम मुल्क में "सनी साइड कौनवेंट" था ! दादा चाहते थे मैं अंग्रेज़ी सीख जाऊँ।

पर बोलूँ नहीं ! हिन्दी में भी !

जब दादी का पैर टूटा तब भी दादा उन्हें देखने नहीं गए। हमें बुलाकर सारी जानकारी माँगते, बाबू से सब पूछते। हमीं ने लौटकर बताया कि दादी ठीक हैं अब, ऑपरेशन हो गया, बेहोश थीं पर आँखें खोल ली हैं। अब और तब हमने दादा को अपनी मूँछों के पीछे, होंठों ही होंठों में रुलाई से काँपते देखा।

हमें बचपन में दादा का ख़ौफ़ था। काफ़ी बाद तक उनसे कतराते फिरते। जब सुबोध होस्टल से लौटा तो पफ़ स्टाइल, लम्बे, हीरो-कट बाल बनाके। रहा होगा चौदह का, पन्द्रह का। "यह क्या ?" दादा की चढ़ी भृकुटि। उनकी हजामत मालिश करनेवाले नाई को सन्देशा पहुँचाया गया। "बिल्कुल ईसाई लग रहा है।" सुबोध को बाहर के बरामदे में कुर्सी में चद्दर से बाँधकर अटाया गया और सिर का हुआ 'ऑपरेशन'। सुबोध का चेहरा गुस्से और रुलाई से लाल, ज़िल्लत से तन्नाता।

मैंने जाकर माई को बताया था। वह कुछ बोली नहीं, हाथ से आटा धोया, आँचल से पोंछा, सिर पर पल्लू ताना और पर्दे के पीछे से आवाज़ देती हुई बढ़ी,

"सुबोध, इधर आना।"

दादा बैठक में थे। माई आई, साफ़ बोली, "हो गया, हाँ हो तो गया। बस करो। जाओ।" और सुबोध की चादर अलग झाड़ उसे अन्दर खींच ले गई।

बाल तो खैर कट ही चुके थे पर यों सोचें कि दादा ने सिर घुटाने का आदेश दिया था तो समझो कि सुबोध बाल-बाल बच गया!

6

सुबोध मुझसे दो बरस छोटा था। प्यारा, साँवला, लम्बी काठीवाला। हम साथ खूब खेले। शुरू में अक्सर कोई मुझे हिदायत देता, "छोटे भइया का ख़याल रखना।" बाद में उसे हिदायत दी जाने लगी, "अपनी बहन का ख़याल रखना।"

सुबोध पैदा हुआ तो, दादी ने बताया, बाबू रो दिए थे। मुझको गोद में चिपकाकर बोले थे, "मुझे पता था, मुझे पता था...बाबा ने स्वप्न में मुझे दर्शन दिए थे...बताया था, लड़का ही होगा।" दादा भी प्रसन्न हुए थे। सुबोध का नाम उन्होंने ही रखा, बाबू शायद कौस्तुभ बुलाना चाहते थे।

दादी सुबोध को अपनी टाँगों पर लिटाकर, धोती ऊपर खींचके, बैठतीं। दूध में पकाई सरसों सुखाकर, पोस्ता और चिरौंजी के साथ पीसकर, बच्चे की मालिश करतीं। उसकी सोंधी महक दूर किसी लुभावने बचपन से लहराती हुई आती है और मेरे नसूढ़ों में समा जाती है। लेप रगड़तीं, मैल हटातीं, फिर हल्का-सा झबला पहनाकर वहीं आँगन में ऊँ बूँ करने छोड़ देतीं, "सुनैना, आपन भइया क खियाल रखि ह।"

दादी का एक और शग़ल था। काफ़ी बड़ा हो गया सुबोध तब तक वह उसकी मालिश करतीं और उसको पैरों के बीच गुदगुदातीं, "ओए हमार

चुनवा, हमार मुनवा, हमार बचवा...सैतानी मत करिह...दादी के ऊपर गंगाजल जन बहइय...।''

उसी तरह सहला-बहलाकर सुबोध को सुलाती भी थीं, ''देख कइसन नवाब जइसन लेटल बा, अबही से मरद...खैं-खैं...एकर बाप भी एइसहीं रहल।''

माई कहती कि सुबोध को तो दादी ही ने पाला, वह तो केवल उसकी धाय माँ रही। बस दूध पिलाना उसका काम। सुबोध को लत लग गई थी, चलने भी लगा तब भी माई को देखते ही आँचल में मुँह घुसेड़ने दौड़ता। माई कभी डाँट देती तो दादी एकदम चढ़ बैठतीं, ''हाँय-हाँय, ई हो देखल बाकी रहल ? महतारी के अपना बचवा से ज़्यादा अपने पड़ल बा ?''

माई ने कभी दर्द से होंठ भींचे, ''अम्माजी दाँत गड़ाता है, आदत छुड़ानी चाहिए...,'' तो दादी हाँफ़ पड़ीं, ''हरे राम, हरे राम, बचवा का सेहत खराब होखे, इनकर बला से।'' और फिर आँखों से एक-दो अश्क भी निचोड़ दिए !

हाल यह हो गया था कि सुबोध किसी बात पर रोता और चुप न होता तो दादा, बाबू, दादी सब अपने-अपने ढंग से हुक्म का वही एक परवाना भेजते, ''अरे माई को बुलवाओ, क्या बात है, बच्चा आखिर क्यों रो रहा है ?'' माई शर्म से गड़ जाती और अपराधी की तरह सुबोध को अपने आँचल में समेट लेती। रात हो या दिन।

मुझे माई ने एक बार दिखाया भी, सुबोध के लगातार चूसने से लाल, घाव-खाए स्तन।

एक बार पिलाया भी कि लो देखो है भी कुछ जो यह लड़का मुँह में भरे रहता है। कड़वा था या मीठा मुझे याद नहीं। नर्म था और मैंने बहुत ही, बहुत ही हल्के से माई का दूध लिया।

मैं भी कोशिश करती कि सुबोध रोए तो पहले कि ड्योढ़ी माई के लिए आदेश से गूँज उठे, उसे किसी बात में उलझा दूँ। भाई माई को देखे और उसकी नज़र में एक खास चाह मुखर होने को हो कि मैं पहले ही दौड़कर बिस्कुट-विस्कुट कुछ उसके मुँह में डाल देती।

फिर भी सुबोध और मेरी बहुत बनती थी। दिन-भर खेतों में, पेड़ों पर, पेड़ों के नीचे, छत पर, कुछ खेलते, चबाते, बतियाते घूमते रहते। और कुछ नहीं तो गुड़, राब, मिश्री, बूरा पर हाथ साफ कर रहे हैं। मुँह में डाला बूरा और कहा, ''फू-फा''—और बूरे की उड़ी धूल। हम हँसी से लहालोट। पहली बरसात गिर जाती तो हम बारिश में भीगते दौड़ते, बड़ी-बड़ी बूँदों की कंकड़-सी मार पर हँसते, हथेलियों में होती बेहद खुजली पर 'आऊ आऊ' करते, कागज़ की नावें तेज़

बहती नालियों में डुबाते और छत के पाइप से बहते झरने के नीचे साँस रोककर खड़े हो जाते। छप-छप पानी उछालते, हँसी के फव्वारों में उमगते।

बचपन-भर हम दोनों बस 'हम' रहे। 'हम' होने के बाद अलग-अलग होना आसान नहीं था।

पर 'बाद' ही आसान नहीं था।

सुबोध माई और मेरे बीच सोता था और रातों में मैं ही उठकर उसे चद्दर से ढँकती थी। बाथरूम जाना हो तो वह मुझे जगाता। उसे बुखार हो तो मैं हाथ बढ़ा-बढ़ाके अँधेरे में ताप का अन्दाज़ करना चाहती।

मैं स्कूल जाने लगी थी और बाबू मुझसे अंग्रेज़ी में बोलते तो मैं शर्म से आँखें झुका लेती और कोई जवाब नहीं देती।

"अरे बोल बुरबक," दादी ने चिकोटी काटी, "नाहीं त आज के जमाना में केहू तोरा से बियाह ना करी।"

बात आई-गई हो गई, सब भूल-भाल गए। पर सुबोध विचारमग्न हो गया और काफ़ी देर बाद बोला, "दादी, कोई बात नहीं, मैं सुनी से शादी कर लूँगा।"

यूँ सुबोध ने कभी मेरा साथ नहीं छोड़ा। वह ड्योढ़ी से निकल गया पर मुझसे अलग न हुआ। एक ही धुन थी उसकी कि मुझे भी वहाँ से निकाल ले। बातें करता, किताब-कपड़े लाता, कि मैं यहाँ से निकलने के काबिल बनूँ।

एक ही धुन—निकाल लें।

हमारी दोनों की एक ही धुन कि माई को यहाँ से निकाल ले जाएँगे। पता नहीं कब से हमने यह ठान रखा था कि माई का जीवन, खासकर उसका भविष्य, हमारा है। बाबू उसमें नहीं आते, आते तो माई से जुड़े अंश के तौर पर कभी आ जाते, बस ! असल थे हम तीन—माई, सुबोध और मैं। जिनका असल जीवन ड्योढ़ी के बाहर था। जो बस इन्तज़ार में अभी ड्योढ़ी में जी रहे थे।

शामों को, एक कमरे में, माई, सुबोध, और मैं। तब माई हमें किस्से सुनाती और हम लड़ते, झगड़ते, गपशप करते। उस कमरे में और किसी का दख़ल नहीं था इसलिए किसी का क्या काम है, पूर्वनिर्धारित नहीं था। कोई भी पानी लाता, कोई भी मसहरी लगाता, कोई भी दरवाज़े बन्द करता और कोई भी किताबें सजाता।

हम दो के अपने खेल थे। हमारे ज़माने में खिलौनों ने बाज़ार को हड़प नहीं रखा था। तब ढेर से खिलौने कि ये सुबोध के लिए, ये मेरे लिए, नहीं आते थे। न यह कि उसके लिए बन्दूक और मोटरकार और मेरे लिए गुड़िया और 'किचन सेट'। थे खिलौने, लड़कों के, लड़कियों के, पर इस क़दर लिंग-भेद

का रंग उन पर नहीं चढ़ा था।

या क्या हमारे साथ ने उसे धो दिया ? बाबू ने मिट्टी के, लेकिन एकदम सच्चे दिखते फल और सब्जी ला दीं, लकड़ी के बर्तन खरीद दिए और माई ने रुई ठूँसकर, ऊन के बाल लगाकर कपड़े के गुड्डे-गुड़िया दिए। दशहरे के मेले से तीरकमान आए, दीवाली के बाज़ार से मिट्टी की चिड़िया, बिल्ली आए। डमरू, बाँसुरी, कंडील, पतंग और भानुमती का कुनबा जुड़ा हुआ था !

मर्दानगी, ज़नानगी का रंग था तो भूले से झलकनेवाला।

हम मिलकर खेलते घर-घर—मिट्टी का चूल्हा बनाया, सच्ची आग जलाई, भोन्दू को चाय बनाके पिलाई। दुकान-दुकान खेलते, डॉक्टर-मरीज़ बनते। याद भी नहीं कैसे नाटक आप ही रचता जाता, देर तक हम एक के बाद एक संवाद बोलते, घटनाएँ बुनते। कभी तो भाषा ही तज देते और अनेक भावों से लदे-कदे वाक्य बोलते जो बकवास होते, बस ध्वनियाँ होतीं, केवल शब्दों की नकल होती, "गौची पौची, अयं खे फूँ परंडोल कनमीश व्यूँरा !..."

कभी माली होते, कभी बावर्ची, कभी पोता-पोती, कभी पड़ोसी। लकड़ियों, कंकड़ों, तिनकों से दुकानों में माल भरता, पत्तों से रुपयों का काम निकलता, गीली मिट्टी से संसार बन जाता। रही-सही कमी पूरी करते हरसिंगार के फूलों से जिन्हें हम बटोरकर, सूई से पिरोकर, मालाएँ बनाते, जो सिर में जाती न थीं, हाथों में ठहरती न थीं और इधर-उधर के अनुपस्थित तत्त्वों की भूमिका अदा कर देतीं, आज वैद्य की दवाइयाँ तो कल चोर की चोरियाँ ! यही कह सकते हैं कि ड्योढ़ी की हर चीज़ हमारे लिए ताश का जोकर थी—मज़ेदार और ऐसी कि कुछ भी बना लो उसे।

साथ-साथ चल रहा था हमारा बचपन। चौथी तक तो हमारा स्कूल भी एक था किन्तु पाँचवीं से 'सनीसाइड कॉन्वेंट' केवल लड़कियों को लेता। फिर सुबोध को बोर्डिंग में डाल दिया गया, बड़े शहर में, अंग्रेज़ी तहज़ीब पाने।

छोटी ही रही होऊँगी। सुना था कि सुबोध आ रहा है। लम्बे अन्तराल के बाद। पता नहीं क्यों शर्म आने लगी। भागकर छत पर छिप गई। फाटक को देखती रही। सुबोध आया तो पहले से लम्बा, फ़र्क और बड़ों-सा लगा। पतलून, टाई, मोज़े, जूते। शक़्ल वही पर बदली-बदली। अचानक मेरे मन में सवाल कौंधा, "कैसे पता यह मेरा भाई ही है ?" कब छिटका यह अजनबीपन कि फिर उसका आज आना, कल जाना सहज लगने लगा, याद नहीं। बस आता तो यों हो जाते कि रोज़ ही तो साथ था, जाता तो यों हो जाते कि रोज़ ही तो अलग था।

लेकिन जाने से सुबोध की इज़्ज़त हमारे घर में शतगुनी हो गई। दादा और

बाबू तो बात-बेबात में उसके आगे अंग्रेज़ी झाड़ते। पर माई तो अंग्रेज़ी जानती नहीं थी। दादी सीधी हिन्दी भी कहाँ बोलती थीं। तो ज़बानें अनेक गूँजती रहीं ड्योढ़ी के कोनों-कोनों में।

सुबोध अपने स्कूल के बारे में बताता था। वहाँ तैरता, घुड़सवारी करता, फुटबॉल, हॉकी, क्रिकेट खेलता। तस्वीरें दिखाता, 'सिस्टर' स्कूल के साथ सालाना फ़ंक्शन की, नाच-जलसे की। वहाँ उसने 'बॉलरूम डांसिंग' की। मेरी कमर में हाथ डाला, दूसरे हाथ से मेरा हाथ थामा और ऊपर कर, रिकॉर्ड पर बजते तराने पर मुझे नचाया—"ऐसे।" तस्वीरों में किसी लड़की ने आँखों पर हाथ धरके चीख मारी कि कैमरा उसे पहचान न ले, कहीं माँ-बाप को पता चला तो...?

उसके स्कूल में 'केनिंग' भी होती थी। कोई ग़लती हुई, सबके आगे झुको, पतलून नीचे खिसकाओ और तड़-तड़ छड़ी पड़ती, सुबोध गर्व से बताता। हिन्दी का शब्द, हिन्दी क्लास के बाहर मुँह से निकला नहीं कि एक 'तड़ाक'। सुबोध अंग्रेज़ी तड़ातड़ बोलने लगा था, 'हाय मौम, बाय मौम' भी कर देता और बाबू कहते कि "मुझसे अच्छी बोलता है। जब टीचर ही अंग्रेज़ हैं...।"

सुबोध ने वादा किया था, मैं तुम्हें अच्छी अंग्रेज़ी सिखा दूँगा, बढ़िया उच्चारण करा दूँगा, तुम्हें यहाँ से निकाल लूँगा...।

दादी तक उसकी बातों के भंडार से कुछ सुनने को लालायित रहतीं—स्टेशन गए तो क्या हुआ, ट्रेन में कैसा रहा, स्कूल के संग कहाँ सैर की, 'फ़ाउंडर्स डे' के दिन क्या प्रोग्राम हुए, नित्य नई बातें।

फिर सुबोध को जाना होता। तो वह माई से कहता तुम्हारे बेसन के लड्डू के सब दीवाने हैं, 'टक बॉक्स' में भर दो।

आँगन में बेसन के भुनने की सोंधी महक उड़ने लगती, शुद्ध घी में बसी, और कड़ाहे में छनोटा चलने लगता, लोहे पर लोहा टन-टन टनक बजता। तब माई आँचल से अपना तपता हुआ मुँह पोंछते हुए बड़ी-सी परात में बेसन लेकर आती और दादी उन्हें तख़्त पर बैठे-बैठे बड़े चाव से हाथों में गोल-गोल दबा-दबाकर लड्डू सजातीं और हमें भी गरम-गरम ताज़े-ताज़े खिलातीं।

7

सुबोध होस्टल चला जाता तो मैं अकेली रह जाती। स्कूल था, स्कूल की सखियाँ थीं पर उनसे साबका स्कूल में ही पड़ता था। उनमें से जिनके माँ-बाप को बाबू या दादा जानते थे, उनके यहाँ ज़रूर कभी होली-दीवाली पर आना-जाना हो जाता। पर इत्तेफ़ाक से जिनसे स्कूल में मैत्री नहीं थी उन्हीं से स्कूल के बाहर मुलाक़ात होती। यानी जिन्हें मैं अपनी कच्ची दोस्तें मानती ! और उनमें से किसी का तेरह-चौदह बरस या ऊपर का भाई निकल आता तो दादा ने स्पष्ट कह दिया था कि सबको जाने की ज़रूरत नहीं है।

स्कूल से आकर मैं घर के बड़े कम्पाउंड में घूमती। कभी अमरूद के बाग में, कभी छत पर आम की फैली डालों के नीचे, कभी नौकरों की कोठरियों को घूरती, कभी कुएँ से बैलों द्वारा सिंचाई की नालियों में उँडेले पानी के साथ-साथ खेतों तक निकल जाती। दादा देख लेते तो टोक देते 'माई के पास जाओ'। बाबू भी माई से कहते, ''अपने पास रखो, नौकर-चौकर किसी का विश्वास नहीं।'' दादी कहतीं, लड़की की उमर है और मुझे लगता लड़की कोई बला की उमर होती है। गुदगुदाते मन से उस बला को ढूँढ़ती फिरती। कोई क्या रोकता, इतना बड़ा घर-ज़मीन, कौन किस पर कब तक नज़र रखता ?

माई कभी कुछ मना नहीं करती। हम यही समझते उसे ध्यान ही नहीं। पर खाने के लिए बुलाना हो तो माई हरदेई को सीधे वहाँ भेजती जहाँ मैं होती—मड़ैया पर, कमरे में, पेड़ के पास या ऊपर छत पर।

माई डाँटती भी नहीं थी। ऐसी-ऐसी बात्तें होतीं कि हम थर्रा जाते, पकड़े गए तो अब के शामत आई, झूठ बोल देंगे। पर माई को ख़याल ही नहीं आता और हमें झूठ नहीं बोलना पड़ता।

एक बार मैंने पैसे चुराने शुरू किए। स्कूल में 'हाफ़ टाइम' में गुलाबी, नारंगी, रंग-बिरंगी आइसक्रीम बेचनेवाला आता। सबसे स्वादिष्ट, सबसे लोकप्रिय थी पाँच पैसे का पानी और चीनी का लाजवाब मेल ! इधर-उधर से उसके लिए पैसे बटोरने लगी। भोन्दू ने फुटकर हरदेई को लौटाया, उसने माई को, माई ने कहीं आले-वाले पर रख दिया या मुझसे कह दिया रख आओ और मैंने जौहर दिखलाया। फिर माई को एक सन्दूक में दस-दस के नोट रखते देखा तो दो-चार उस गड्डी से कम हो गए।

माई ने पूछा, क्या तुम्हें पता है वहीं पैसा रखा है ?

माई पूछती नहीं थी इसलिए उसके पूछते ही हमारी बुद्धि मात खा जाती। हकला पड़ी, "हँ...हाँ...देखा तो है शायद...एक लिफ़ाफ़े में...मेरी किताब के बीच..."

और बस्ते से जंजाल निकालके माई को थमा दिया।

बात ख़त्म हो गई।

आज विचार आता है कैसे सोच लिया कि माई समझी नहीं ? और माई समझी तो बोली क्यों नहीं ?

माई तो जैसे सोचती नहीं थी। जितना बताओ उतना सुनती, कुरेदती कभी नहीं। एक बार मुझे बाबू के कमरे में अजीबोग़रीब तस्वीरोंवाली किताब मिल गई। छिपकर पढ़ने, देखने लगी। माई आ गई, बिल्कुल शान्त स्वर में बोली, बाबू की किताब पढ़ रही हो, कोई दिलचस्प बात है ? गन्दी है माई, देखो, मैंने उसकी सहज, सरल आवाज़ से प्रेरित होकर कहा और किताब आगे बढ़ा दी। हम्म्...हूँ...अजीब ही है...ऐसी चीज़ों की फ़ौरन बिक्री होती है चाहे पाठक सीखे कुछ नहीं। माई न वहाँ रुकी, न किताब उसने हटाई। मैंने इत्मीनान से देखा, माई का कहा भी घोंटकर पी लिया, सीखने को और किताबों में होगा जो फ़ौरन नहीं बिकतीं, बस इसी में रह गए तो क्या जान पाएँगे ?

माई ने बार-बार हमें इसी तरह छोड़ दिया। शक़ की निगाहों से कनखना उसे आता नहीं था। 'चोरी' अलग रहती, 'बुरी किताब' अलग रहती, और हम

अलग रहते। अलग और अच्छे। उसका यह विश्वास हमें प्रेरित करता।

पर सच, इसी विश्वास ने हमें आतंकित कर डाला, एक भारी ज़िम्मेदारी के बोझ से दबा रखा।

हम तो माई को ही एक बोझ मानते रहे। जब से चेते तब से उसे उठाए, चाहते, सँभालते रहे। उसे ही बचाने की हसरत में बड़े होते गए। उसी के बोझ ने हमें दबाया। उसे बहाना बनाकर दूसरों ने हमें दबाया। वही बन्धक बनी जिसको आगे करके दादा, दादी, बहू—सबने अपनी इच्छाओं-आज्ञाओं की बन्दूक हम पर तानी।

माई का जो हममें घोरतम विश्वास था उसे हमने ताक़त का स्रोत नहीं समझा। हमें तो बस उसकी बेबसी रुलाती रही। बाबू कहते थे कि बिन-पेंदे का लोटा हो, जिधर लुढ़का दो लुढ़क जाए। कहते बच्चे तुम्हें बेवक़ूफ़ बना देते हैं। जब वह उनकी बात हमसे कहते-कहते हमारी सुनने लगती, कुछ कहती नहीं पर चुप ऐसे होती कि हम जो करने चले थे और ज़ोरों में करने लगते।

बाबू हमसे कभी बेवक़ूफ़ न बने, चाहे फ़िल्म, नाटक, देखने की बात हो, चाहे, भाईवाली सखी के यहाँ जाने की बात हो, चाहे 'आर्ट' नहीं, 'साइंस' लेने की ठानी हो। माई आँगन के दरवाज़े से हमें रफ़ा-दफ़ा कर देती और कुछ ऐसा समाँ बनाए रखती कि बाबू यही समझते रहें कि हम यहीं कहीं खेल रहे हैं, छत पर होंगे, अमरूद तोड़ रहे होंगे, गन्ने चूस रहे होंगे। 'बायलौजी' के मेरे 'फार्म' पर दस्तख़त भी माई ने किए।

बाद में तो माई ने और बड़ी-बड़ी पट्टियाँ पढ़ीं, बाबू की ज़बान में। सुबोध की म्लेच्छ मँगेतर की आरती उतारी और मेरे साथ रहनेवाले विक्रम को यों ड्योढ़ी में रखा मानो वहाँ का हक़दार वही हो। माई कभी बाबू की तरह सुबोध की जूडिथ को, शराब-सिगरेट पीने की वजह से, चरित्रहीन क़रार नहीं कर पाई। कुछ था उसमें जो खोल देखकर फ़ैसला नहीं करता था। शायद माई फ़ैसला ही नहीं करती थी। परत दर परत दूसरे को वह अपने आगे खुलने देती, जिस परत में कुछ लगता उसे अच्छा मानती, प्यार जगता तो ममता छलकाती। माई के अटल विश्वास में हम छिछोरे नहीं रह सकते थे।

पर यही विश्वास था जिसने हमारे नाहक उछलने में भी कुछ गाम्भीर्य डाल दिया।

दादी के हड़काने ने नहीं। दादी को मेरा उछलना-कूदना बुरा लगता। किसी भी प्रकार की चंचलता गुस्सा दिलाती।

"ठीक से बइठ, का बेहाया जइसन गोड़ खोलके बइठल बाड़े ?"

वहीं तख़्त पर लेट जाती तो फ़ौरन दादी अपनी चादर से ढाँप देतीं, "सीख उल्लू, आदमी क नजर गिद्ध जइसन होला, खुले में अइसे मत रहु।"

मैंने 'लव मैरिज' का नाम ले दिया तो उन्हें मिर्ची लग गई, "अऊरी भेज अन्गरेजी इस्कूल में।"

ऐसी ही थीं दादी। एक बार मेहतर की बीवी को साँप ने काट लिया। कोई भागा-भागा आया, बहूजी, बहूजी चम्पी को साँप ने काट लिया। सुबोध भी था, उछला और बाहर। मैं भी उछली तो दादी ने डाँट पिला दी, "चुप बैठल रहू, हर जगह कूदके ना जाइल जाला।"

मैं संकोच के मारे बैठ गई, लगा उत्सुकता दिखाना निर्लज्जता है।

बाबू माई से कहते, नज़र रखो। उनके मित्र के बेटी-बेटे के संग हम क्लब में कैरम खेलते, जब सुबोध रहता। मुझे जीतने की धुन थी, उसी बीच एक बार लग आई, ज़ोरों की, पर छोड़कर जाने को मन नहीं माना, जीत के इतने क़रीब थी। अचानक न्यूटन को मात करनेवाली सूझ आई—क्यों न आज यों ही बैठे-बैठे चुपके से कर दें, कपड़ा ही तो नीचे से भीगेगा ! हो गए शुरू ! जिसकी नहीं सोची—उम्मीद करते हैं नन्हे ही रहे होंगे !—वह थी आवाज़, जो लोगों को कानोकान खबर कर देगी। यह क्या ? सुबोध ने झुककर देखा, अरे सुनी, तुमने कर दी। आखिर वह मुझसे भी दो साल छोटा ! नहीं, मैंने तो नहीं की, हठ ही कर सकती थी। हठ में कोई शोर दबाना चाहा पर कुछ चीज़ें शुरू हो जाती हैं तो रुकतीं भी तो नहीं ! हाँ-हाँ, सुबोध भी हठ पर आमादा, देखो ना, कुर्सी के नीचे। वे 'मित्र' के बेटी-बेटे नीचे नहीं देख रहे थे। उसी बेटे से, बाबू माई से कहते, मेरी दोस्ती क्यों हो, उसकी बहन भी तो है ?

सभी को फ़िक्र रहती। बस माई को पता नहीं रहता, हम कुछ करें, कहीं हों। सब मुझे 'असली पर्दे' में बिठाने को बेक़रार, वह जैसे भूल से ही मेरा पर्दा ठीक से बँधने के पहले ही खिसका देती।

फिर भी वह तो अल्पसंख्यकों में थी, जब होता पर्दा हिला देती लेकिन बहुमत ऐसे कसके पकड़ने लगा कि पर्दा पूरी तरह हट नहीं पाता। मैं कुछ अन्दर, कुछ बाहर होते-होते शायद असली पर्दा करने ही लगी। आँखें झुकने लगीं, आवाज़ दब गई, कन्धे भी सिकुड़ने लगे...।

पर तब वह 'लौ' जो पर्दे के पीछे सुलग रही थी, पर्दे के बार-बार हिलने से हवा पाकर भड़क उठी और आग बनके पर्दे को ही जला बैठी।

यह आग माई की लगाई है, दादी कहतीं, सुबोध की करनी है, दादा कहते, और बाबू, दिल का दौरा न पड़े इस कोशिश में सीने पर हाथ मलते रहते।

और माई ?

वह कुछ न कहती। वह तो पर्दा करती थी। उसके पर्दे में लौ सुलगी होगी तो उसे उसने बाहर न बढ़ा भीतर खींच लिया होगा।

यह भी तो एक फ़र्क था माई और मुझमें। उसकी आग अन्दर को गई, मेरी बाहर को निकली। जले तो होंगे दोनों ही...।

8

पर आग की बात बचपन में नहीं। और माई की आग की बात तो कभी नहीं। उसकी आग तो न बचपन, न जवानी, न बुढ़ापे में देखी या जानी। उसने तो आग को भीतर खींचकर ऐसे छुपा लिया कि बाहर निकलती शीतलता में अंगारों का कोई आभास नहीं रह गया। उसकी आग का तो हम भान ही कर सके। बस सोच पाए।

सोची भी तब जब अपने सोच पर सोचने लगे थे। जब विपरीत विचारों का हमारे भीतर परस्पर प्रेम से निर्वाह करना दूभर हो गया। जब शोषकों के जाल में फँसी मौन छाया हमें 'मौन' में निहित अर्थों पर सोचवाने लगी। हमने तो अपने को देखा था उसे आड़ में लिये, सबसे लड़ते-भिड़ते। उसकी आड़ में हम खुद सुरक्षित खड़े हो लेते हमने तब सोचा ही नहीं। या सोचकर नहीं सोचा।

अपने से अलग माई को नहीं देखा। उसका जीवन ही, हमारा मानना था, हमारे बचपन से शुरू हुआ।

वह तो बाद में उसकी आँखों से झरी ठंडी राख मिली। और तब कितनी ही चीज़ों पर उस राख का कोई ज़र्रा पड़ा मिल गया।

माई में हम और माई हमारे लिए, यही हमारा जानना था। तभी उसका सबकी

मंशापूर्ति के लिए कठपुतली बनना, फिर उनके जूठन पर ज़िन्दा रह लेना, हमें क्रोध से पागल किए जा रहा था। दादा को मकुनी और फुलौरा पसन्द तो वह उनका, जब किसी को नहीं चाहिए तो माई का; दादी को धुसका पसन्द तो वह उनका, बासी हो चले तो माई का। बाबू जो छोड़ें वह माई का। हमें जो पसन्द वह चुपचाप माई को नापसन्द। दादा-दादी को तो फ्रिज का खाना भी नापसन्द–ताज़ा के बाद खाना तामसी हो जाता है, दादी कहतीं–तो वह सारा माई का। कभी जो भूले से दिन की चीज़ शाम को खाने में दिख जाए, दादी शुरू हो जातीं, "तोहरा के जवन करे के बा ऊ कर, हम बूढ़न की खातिर दू गरम फुल्का बनावे में जान निकलत बा त कही द, हम अपने आप जुटा लेइब। ऊपर वाले क दया से अबहिन हाथ गोड़ चलत बा, एकदम खराब त नइखे भइल।"

जब से हम होस्टल जाने लगे, चौकन्ने हो गए। घर आते तो माई को उसकी आदत पर लताड़ना शुरू किया। अपनी स्वयं की कामनाओं से खाली, निरी, हमने डाँटा। यह क्रम बन्द करवाया कि आख़िरी उसकी बारी, हमारा और सबका बचाके साथ। दादी भिन्नाईं, माई सीधी बनकर नवाबी करना चाहती है। कोसना शुरू किया पर हमें तो माई में आज़ाद इच्छाएँ भरनी थीं !

एक बार हमने उस पर चाल चली। फल लाए। जाड़े थे और खुमानी, सेब, आड़ू की भरमार। बढ़िया लाल, पके आड़ू। एक में दाँत गड़ाए–'कुछ स्वाद नहीं आड़ू में।' सुबोध ने चखा, "भुसभुसे हैं, मैं तो सेब ही खाऊँगा।"

और देखा कि माई ने चुपचाप और कुछ नहीं छुआ, दो दिन में सिर्फ़ आड़ू खाए !

खूब डाँट खिलाई उसे और दूसरे फल खिलाए डाँटके साथ-साथ !

एक हमीं थे जो माई को खोखला नहीं छोड़ना चाहते थे इसलिए उसमें सब कुछ भर देना चाहते थे। हमारे अलावा था ही कौन उसका ?

एक बार कोई आए थे, सुना कि माई के कोई हैं, दूरदराज़ के रिश्तेदार। कुछ बातें अनहोनी मानी जा चुकी होती हैं तो सामने आकर भी चेतना में नहीं उतरतीं। हमने बात को कोई तूल नहीं दिया।

रिश्तेदार दो दिन रहे। उनके जाते ही पूरी ड्योढ़ी में दादा की भंकार गूँजने लगी। उन लोगों ने आते वक़्त दादा के पैर छुए तो वे बोले थे, "कौन हैं आप लोग ?" हम भी उन्हें नहीं पहचानते थे। जब वे जाने लगे तो दादा बाहर बैठक में अख़बार पढ़ रहे थे। उन्होंने उनके पैर छुए पर दादा को पता नहीं चला, अख़बार पढ़ते रहे।

उनके जाते ही अखबार पूरा हो गया। "कैसे पहुँच गए ये लोग ? कमाल

है साहब, हम उनकी हिम्मत की दाद देते हैं, इतना कुछ बेलाग सुनने के बाद भी सिर उठाए चले आए।''

बाबू को देखते ही दादा का तार और ज़ोरों से छिड़ जाता, ''बेशर्मी देखिए साहब, हम शराफ़त में चुप रह गए तो उसे हमारी बुज़दिली समझेंगे ?''

फिर बात-बात में बोले, ''कहीं बहू ने खत-वत तो नहीं लिख दिया था ? पता करो। आख़िर उनकी हिम्मत कैसे हुई इधर फटकने की ? पहले भी तो वह छिपके लिखती थी, बिना बताए मिलती थी। हम कहना नहीं चाहते पर वे लोग...और पुरोहितजी और उनके साहबज़ादे...।''

जब बाबू दादी के पास अन्दर आए तो माई बोली, कुछ ज़ोर से ही, ''कह देना ससुरजी से मुझे नहीं मालूम था बिट्टन आएँगी, मैं खुद नहीं चाहती कोई आए, उसका अपमान हो।''

बाबू ने मिमियाती आवाज़ में ज़रा गुस्सा दिखाया, ''हमें क्यों किसी की बेइज़्ज़ती करने की चाह होगी ? हम कर रहे हैं ? वह आपके पुरोहितजी के सुपुत्र...''

माई बोली, ''उनको बीच में लाना ज़रूरी होता है क्या ?''

तब दादी ने आँखों से ज्वाला मचकाई, ''अरे एतना गंगाजल जइसन पवित्तर मन बाटे तब काँहे के आग लागत बाटे ? ई भी देखीं, गलती करे—ऊपर से बड़ बूढ़न पर रुआब देखावत बाड़न।''

माई का सिर झुक गया।

हम छोटे थे। माई की सुरक्षा का ख़याल लपककर आया 'मत बोलो माई'—और वह चुप रही।

आज माई की आवाज़ आती है, आग भरी, रोब-भरी कहाँ दादी, वह तो हार-भरी आवाज़ थी। वीरान। विक्लान्त।

हम माई को बचाते रहे। वह कमज़ोर है, कठपुतली है, हमारे अलावा उसका कोई नहीं है। इतनी कमज़ोर है वह कि हम उसके लिए लड़ते हैं और वह ऐन वक़्त पर पीछे हट जाती है और हमारी चीख हवा से टकराकर चारों दिशाओं में छितर जाती। इस तरह—सुबोध ने नाटक के टिकट खरीदे, माई ने रेशमी साड़ी पहनी, बाबू ने निकलते- निकलते टोक दिया—'तुम भी ? क्या ज़रूरत ?' और माई रुक गई, सुबोध बकता रहा, माई ने साड़ी बदली, चौके में चली गई।

ऐसा सब याद है। तभी देख लिया था। जो तब नहीं देखा वह और बात थी। कि दादा ने मुझे होस्टल में भर्ती कराने की ज़िद करते सुबोध पर हाथ ऊपर किया कि माई बैठक में घुस आई, एक ही बार ज़िन्दगी में दादा से नज़र

मिलाई होगी माई ने और हमें आज तक सबकुछ पड़े, थप्पड़ न पड़े। दादा का हाथ नीचे चला गया, माई सुबोध को अन्दर खींच ले गई, सुबोध मुझे होस्टल पहुँचा आया।

फिर हमने उसकी बाँह पर नीले निशान देखे। क्या हुआ था मालूम नहीं तब भी पता था कि नहीं, बस हम भागते जा रहे थे, गेहूँ के ऊँचे खेत थे, क्लब में बाबू थे और पता नहीं कौन थे और वह औरत थी। ''बाबू, माई जा रही है।'' बाबू लौटे थे। रात को माई का हाथ थामकर हम सोए थे। उसने घड़ी उतारकर बाबू के मुँह पर मारी—''दे आओ यह भी उसे।'' कभी हमने पूछा माई कहाँ जा रही थीं तुम ? वह बोली, कहीं नहीं, तुम्हें छोड़कर कहीं नहीं जाती।

हमें छोड़कर माई थी ही नहीं।

9

त्याग करना और कुछ पाना हमारे यहाँ की सदियों पुरानी प्रथा है। माई कष्ट सहके त्याग करती, दूसरे कुछ पा जाते। व्रतों की ही लम्बी फ़ेहरिस्त थी जो सारे के सारे वह रखती थी। अहोई, तीज, ललहीछठ, बृहस्पत, सोमवार, शिवरात्रि, गणेशचतुर्थी, च्यूतिया। कोई पति की मंगलकामना के लिए, कोई पुत्र के लिए, सन्तान के लिए।

दशहरे के नौ दिन बाद पति की लम्बी आयु एवं सम्पन्नता, समृद्धि के लिए माई करवाचौथ का व्रत रखती। दिन-भर निर्जल। शाम को बुआ या दादी के साथ कई बार करवा (मिट्टी की, टोंटीवाली हाँडी) बदलती। उसमें दो-चार सिरकी डालकर उसे पूजा में रखती। शादी का जोड़ा पहनकर पूजा करती, करवा बदलती, ब्राह्मण को दक्षिणा और खाना भेजती। फिर कथा पढ़ती जिसे सुनने हम शौकिया पहुँच लेते। प्यारी एक बहन, सात भाई उसके, जो उसे भूख-प्यास से तड़पते न देख पाए और पेड़ पर चढ़कर, पत्तों के पीछे से, छलनी की आड़ में दीया चमकाकर कह बैठे कि चाँद लो निकल आया बहना, सो व्रत तोड़ दो, जो वह कर बैठी और ससुराल से खबर आई कि पति मर गया। तब किया पश्चात्ताप, प्रकट हुई देवी, विधि बताई उसने, साल-भर बहन ने मृत पति के पास की घोर

तपस्या, करवाचौथ का रखा व्रत, पति जी उठा।

यही कहानी। जिसे पढ़ने के बाद माई चाँद ढूँढ़ने निकलती, हम आगे-पीछे पर झूठा चाँद तो नहीं दिखला सकते ना ? चौथ का पतला चाँद, काँच की चूड़ी का टुकड़ा। उस रोज़ चाँद कभी आठ-नौ के पहले दिखके नहीं देता। दिख जाता तो माई चाँद की पूजा करती, उसी करवे से जल गिराते हुए सात बार घूमती, चाँद की आरती करती, तीन बार आरती लेती, फिर आकर पूड़ी सब्जी, जो उसी ने बनाई थी, खाती।

तीज भी माई बाबू के लिए मनाती। भादों के शुक्ल पक्ष में आती तीज। फिर से निर्जला व्रत। गंगा की मिट्टी मँगाकर उससे शिव-पार्वती बनाती, केले के पत्ते से सजा-वजाकर पूजा करती, फिर फल, मीठी पूड़ी, सादी पूड़ी, सिन्दूर, बिन्दी, चूड़ी, शीशा, कंघा, आल्ता, साड़ी आदि चढ़ाती जो बाद में बुआ को भेज देती। अगली सुबह नहा-धोकर, पूजा करके, पार्वती के माथे में लगा सिन्दूर अपनी माँग में भरती। मूर्ति, फूल, सब गंगा में विसर्जन को चले जाते। ब्राह्मण को खाना और पूजा की सामग्री देकर कोई दस-वस बजे किसी मीठी चीज़ की शुरुआत से व्रत तोड़ती।

और रखती सोम, बृहस्पत, अंड-शंड व्रत। ये उपवास-पूजा आदि बहुत दिनों तक हमारे लिए खेल के दिन रहे। सुन्दर सजी माई के साथ, धूपबत्ती की खुशबू से भरे पूजाघर में बैठना और बढ़िया-बढ़िया पकवान उड़ाना। बाद में हमें समझ आया कि पत्नी की मंगलकामना के लिए कौन व्रत रखता है ? वैसे यह समझ तो आज भी नहीं है।

बहरहाल एक व्रत था जो बाबू रखते थे। नौरात्र के। नौवें दिन तोड़ते। रोज़ व्रत रखते। सुबह स्नान तक मौन रहते। ताली पीटकर हमें, नौकर को, माई को आवाज़ लगाते। फिर इशारों से बताते क्या चाहिए—अख़बार, गुसल का पानी, हजामत का सामान। माई तो पहले ही बोल देती—यह लो, दे आओ, इसी के लिए अभी ताली पिटेगी—और तभी ताली बज जाती ! हमने कभी आश्चर्य किया तो बोली और करती ही क्या हूँ मैं जो इतने साल साथ रहकर न समझूँ उन्हें क्या चाहिए ?

बाबू दिन-भर कुछ नहीं खाते थे। जल भी नहीं पीते थे। भक्ति में बड़ी शक्ति है, बाबू व्रत ऐसे करते जैसे उन्हें ज़रा भी दिक़्क़त नहीं हो रही, पता भी नहीं चल रहा है, भूख है, प्यास है, थकान है। उसी तरह काम, स्नान, ध्यान। न चेहरा उतरा हुआ, न चाल शिथिल।

शाम को सूर्यास्त के पहले ही, माई चौका धोकर, खुद नहाकर, चप्पल उतार,

व्रत का भोज तैयार करने जाती। उस दरमियान हम सबका उसके पास, रसोई में, जाना मना होता। माई खाना पकाती–सात्विक भोजन। सिंघाड़े का आटा माड़के रोटी बनाती, सेंधा नमक डालकर आलू की सब्जी बनाती, कोई हरी तरकारी बनाती, दही का रायता तैयार करती और हलुवा, खीर, रबड़ी, एक न एक मीठा बादाम, मखाना, किशमिश, चिरौंजी से सजा लदा, गाढ़ा करती।

अँधेरे की दस्तक शुरू ही हुई होती कि बाबू उठ जाते, कहीं से। स्नान करके पीताम्बर पहनते और पूजा में जा बैठते। नंगे बदन पर जनेऊ की शान। दीया जलता, पाठ होता, अगरबत्ती का धुआँ आँगन तक लहरा जाता और माई फ़ौरन समझ जाती। उठती, थाली पर कटोरियों में परोसकर खाना पहुँचाती। भोज लगता, आरती उतरती और फिर थाली पर दीये की लौ को टिमटिमाता छोड़कर बाबू अपने कमरे में आ बैठते। वहाँ से उनकी आवाज़ घड़घड़ाती–लाओ भई। तब माई पूजा की थाली उन्हीं के सम्मुख रख देती और जो कटोरी खाली हो जाए उसे फिर भर देती।

उसके बाद हम सबको खाने की छूट होती।

सबसे ज़्यादा मज़ा तो हमें नवरात्र पूरे होने पर आता। नवें दिन, जब खास पूजा होती, और मेरी शान का दिन होता। कभी-कभी बाबू विन्ध्याचल या काशी जाकर यह पूजा सम्पन्न करते। पर ड्योढ़ी में हों तो हमारे ही घर पे सात या नौ लड़कियों का सम्मान के साथ भोज होता। मेरा शुमार भी उन लड़कियों में ! सुबोध की कोई वक़त नहीं होती उस दिन, दादी जो चाहें कर लें !

माई एक कतार में हमें बिठाती। ब्राह्मण कन्याएँ अड़ोस-पड़ोस से बुला ली जातीं और बारी-बारी से हमारे पैर धुलाकर बड़े-बड़े पत्तलों पर हमारे आगे हलुवा-पूड़ी, सब्जी और चना रखा जाता। लेकिन असल शानदार 'आइटम' खाने के बाद होता जब एक-एक करके माई हम लड़कियों के टीका लगाती और फिर हमारे चरण छूती। हाँ-हाँ, माई झुककर हमारे चरण छूती और नमस्कार करती ! और हमारे हाथों में पैसा थमाती।

पैर छूने की बात हमें बेहद मज़ेदार लगती, हम शरमाते, खिलखिलाते लोट-पोट हो जाते। जैसे नाटक हो कोई। माई पैर छूती और हम खी-खी हँसने लग जाते।

उस बार नौरात्र पर बुआ भी आई थीं। और जब कन्याओं की पंक्ति लगी तो अचानक शोर मच गया कि एक कन्या कम है। माई ने भोन्दू को दौड़ाया कि जाओ जल्दी साइकिल पर लिवा लाओ किसी को।

इधर सुबोध और मैंने गिनती की तो पूरी बैठीं। यह बड़ों को क्या ग़लतफ़हमी हुई ? पूरी तो हैं माई, यह देखो, एक दो-तीन..., मैंने नौ गिना दीं।

"अरी बेवकूफ़," बुआ हँस दीं, "अपने को गिन रही हो ? अब तुम कन्या नहीं रहीं, देवियों में तेरी गिनती नहीं भागवान !"

दादी तख़्त पर खैं-खैंकर पड़ीं, "एहर आव बिटिया रानी, हमार बुढ़िया रानी, बड़ा आइल बाड़ी पाक बने।"

सब खिलखिला पड़े।

मैं कुछ समझी, कुछ नहीं समझी पर खून में ज्वर हो आया। सबके आगे आँखें झुक गईं।

तभी माई बुआ से बोली, "क्या करती हो बीबीजी, बच्ची को बच्ची रहने दो।" मुझे हल्के से ढकेलते हुए बोली, "तुम तो हो ही पहली कन्या। कैसे नहीं खाओगी ? चलो, पैर आगे करो..."

यानी माई मुझे गड्ढे में गिरने से नहीं रोक पाई पर सीढ़ी फ़ौरन उतार बैठी।

यानी बचपन जाता रहा पर माई ने जबरन उठाके फिर मुझसे चिमटा दिया।

मैंने हरदेई को जाकर डाँटा था कैसे इस्त्री करती हो, देखो जला दी मेरी फ्रॉक, देखो। हरदेई ने माई के पास पहुँचा दिया और माई ने समझाया था कि अब तुम भी माँ बन सकोगी।

जो माँ बन सकता है वह अपवित्र कैसा ? माई ने ज़िल्लत से उबार दिया।

इसलिए माई ने कभी नहीं कहा कि आज चौके में न आओ, पूजा में न जाओ, पंगत में न खाओ।

कुछ ऐसा ही था हमारा बचपन। बार-बार गड्ढे में गिरता और बार-बार सीढ़ी से चढ़ आता। वैसे तो हमारे यहाँ लड़कियों के बचपन का अचानक चले जाने का रिवाज़ ही है पर अपना गया तो सही, शायद उतनी भी अचानक और उतनी भी आसानी से नहीं गया।

सीढ़ी से हमारा बचपन बार-बार चढ़ आया। इसलिए सीढ़ी का हमारे बचपन में बहुत महत्त्व रहा है।

सीढ़ी और गड्ढे का।

गड्ढे जिनमें गिरने से माई नहीं रोक पाती थी, इतने लोग हर तरफ़ से ढकेलने पर उतारू, पर पीछे से आती, झट एक सीढ़ी उतार देती, हमें उबारने के लिए, लड़खड़ाके फिर उठ आने के लिए।

10

दादा जो ज़मींदार थे और जिनसे 'चरणस्पर्श बाबूजी' करके, बाबू इधर-उधर कतराते फिरते; दादी जो माई की सास थीं और अपनी सास की बहू रहीं; बाबू जो राजा थे जिनको दादी ऐसा सिर-आँखों पर उठातीं कि क्या कोई मुहब्बत करनेवाला करता होगा; माई जो अनपढ़-गूँगी थी और बिन पेंदे का लोटा थी क्योंकि पूर्वाग्रहों से कम, पल-पल सामने खुलते दृश्य को देखकर कोई धारणा बनाती थी; यही थे हमारे बचपन के मिले-जुले रचनेवाले और संरक्षक।

इस बचपन की वही एक बात मानो बाकी हर बात से बड़े, गाढ़े अक्षरों में खुदी रही–कि हम साथ थे, माई को बचाते हुए, खुद ड्योढ़ी से निकलने और माई को निकालने के लिए। हम माई के संग आँगन में आनेवाले मोरों को दाना खिलाते थे और उससे माँगकर परथन का बचा आटा चींटियों के घरों पर बुरक आते, फिर उनकी बेइन्तहा आबादी के करिश्मे देखते। हम औरों के तानों पर माई की तरफ़ से दोटूक जवाब देते। हम पीछे के दरवाज़े से भाईवाली सहेलियों और अनाप-शनाप फंक्शनों में चले जाते, बस माई की जानकारी में, बाकी सबसे कुछ कहे बग़ैर। हम एक कमरे में रहते थे मिल-बाँटकर।

पर चौथी के बाद हमारा स्कूल लड़कों को नहीं रखता था। तब सुबोध दूसरे

शहर चला गया और मैं रोज़ लाल रिक्शे में उसके बिना, 'सनीसाइड कॉन्वेंट' जाती रही। हमारे स्कूल में नन पढ़ाती थीं जो या तो दक्षिण भारत की थीं या आयरलैंड की, लाल चेहरोंवाली। स्कूल में हम क्रिसमस कैरल गाते और मदर मरिया पिआनो बजातीं :

—साइलंट नाइट, होली नाइट,
ऑल इज़ काम, ऑल इज़ ब्राइट...

और

—द फ़र्स्ट नोएल
दी एंजल्स डिड सिंग...

स्कूल में पहला पीरियड मौरल साइंस का होता। रोज़ाना। उसका इम्तहान भी हम देते पर अंक असल 'टोटल' में नहीं जुड़ते। इस पीरियड में ईसा मसीह और बड़े-बड़े पश्चिमी धर्मात्माओं की नेकी की कहानियाँ होतीं जिन्हें पढ़ाकर हममें दिन-भर के लिए सदाचार और सद्‌भावनाओं का संचार किया जाता होगा।

कभी-कभी चर्च के पादरी आकर हमें भाषण देते। तब पूरा स्कूल एक बड़े से हॉल में बैठ जाता और हमें खुशी होती कि दो-तीन 'पीरियड' आज यों निकल जाएँगे।

फ़ादर ने बताया था कि ऐ लड़कियो, खुदा ने तुम्हें सेब-जैसा सुन्दर बनाया है, लाल, गोल, चिकना। पर याद रखो अपनी सुन्दरता बचानी है तो किसी को हाथ मत लगाने दो—बाइट ऐन ऐपल एंड यू मार इट्स ब्यूटी।

यानी हम देखने की चीज़ थे।

वैसे उन्हें किसी ने नहीं बताया कि सेब देखने की नहीं, खाने की चीज़ है। मीठा है। और ले के रख दो तो बस सूख-सिकुड़कर भुरभुरा जाएगा, अन्दर कीड़े सफ़ाया कर देंगे।

यानी उन्हें ग़लत साबित करें तो हम खाने की चीज़ थे।

इस तरह 'ऐपल' बनने की सीख हमें बचपन से दी गई। 'ऐपल' हो, सुन्दर हो, सँभलो-सँभलो, बचो, बचो, काटनेवालों से बचो, सँभलो।

वह नियति कि एक दिन तो कटना है ही, उस पर एक बड़ी-सी चुप्पी, ताले की तरह लटकी रहती।

स्कूल का एक पुस्तकालय भी था जहाँ केवल अंग्रेज़ी की किताबें जमा थीं। पहले ईनिड ब्लाइटन, फिर प्रेम के उपन्यास। बड़े चाव से लाइब्रेरी की नन हमें सलाह देतीं क्या लो—यह वाली...बार्बरा कार्टलैंड का इतना खूबसूरत उपन्यास है...ऊ ऽ ऽ ऽ ऽ । इन कहानियों की हीरोइन सत्रह-अट्ठारह बरस की कमसिन

छोकरी होती, किसी कॉन्वेंट से पढ़-पढ़ाकर अभी-अभी बाहर निकली, खुली दुनिया में पहला थर्राता कदम लेती। हीरो उम्र में उससे खासा बड़ा होता, रईस होता, काउंट या अर्ल या बैरन या ड्यूक। तजुरबेकार भँवरा होता। ज़िन्दगी के थपेड़े खाकर हर आस्था से मुक्त। ज़ालिम औरतें उसने जानीं, धोखे-फ़रेब उसने झेले, हर तरफ़ फैले मतलबीपन और अन्याय के जाल उसने देखे, ढोंग-भरी इस दुनिया के चप्पे-चप्पे से वह वाकिफ़। और अब वह कठोर हो चला है—निष्ठुर 'कैसेनोवा' जो बस मज़े कर रहा है, किसी पर जिसका यक़ीन नहीं ठहरता, जो अपने जीवन को तल्ख़ मुस्कानों और तुर्श फ़िकरों में लुटाता चला जा रहा है। अनगिनत हसीनाओं को वह हिक़ारत से चूमता-चाटता, इधर-उधर आज़ाद-आवारा फिरता है। और तब एंटर-टें ट णें—बच्ची-सी अबोध, फूल-सी कोमल, दुनियादारी से बेख़बर, सीधी, सच्ची, कुछ बेवकूफ़-सी, प्यारी हीरोइन। जो हीरो के कटु प्रहारों पे फफकके रो पड़ती है, झुलस जाती है, सिमट जाती है। और तब वह उसे अपनी बाँहों में भर लेता है और तीन-चार 'पेज' तक चूमता चला जाता। हीरो की जकड़ में हीरोइन को अपने मुलायम बदन का अहसास होता जो हीरो की लौह मर्दानगी से सटा जा रहा है, लिपटा जा रहा है और हीरोइन का सिर मद-भरे गोते खाता और हीरो पकड़ ढीली करता तो वह सुकुमार लता की तरह बेसहारा हो गिरने लगती लेकिन गिर जाता हीरो ही उसके पैरों पर और जहाँ उसकी स्कर्ट ज़मीन को चूमती है वहाँ उसे हाथों से उठाके होंठों से लगाता और नम आँखों से उसे ताकता और भर्राई आवाज़ में कहता—आई लव यू ओनली यू, तुमने जीवन में मेरी आस्था लौटा दी, क्या तुम इस पापी को स्वीकार करोगी और हीरोइन की आवाज़ आवेश में थर-थर काँपती ओह आई लव यू, वह नीम-बेहोशी में फुसफुसाती और दोनों एक-दूसरे में अत्यन्त आध्यात्मिक प्रेम में खो जाते।

यह था साहित्य जो हमारे स्कूल की नन भी पढ़ती रहीं।

पर सुबोध की लाइब्रेरी में अंग्रेज़ी क्लासिक्स मिलते थे—डिकेंस, ब्रौन्टे सिस्टर्ज़, हार्डी और जार्ज एलियट। उसी ने इन किताबों को मेरे सामने रखने का सिलसिला क़ायम किया। उन्हें पढ़कर मेरे बचपन ने गाँव, पहाड़ और मैदानों की जो कल्पना की वह बरसों बाद विलायत में कदम रखते ही सजीव हो गई। आँखें चमक गईं, साँस खुशी से फूलने लगी, दिल मस्ती से धक-धक-धक धकधकाने लगा—यही तो हैं 'हीथ' और 'मैडो' और 'हैदर' और 'ब्रैकन' और 'आइवी' और 'डैफ़ोडिल' जिन्हें मैं बचपन से जानती हूँ। सारी स्मृतियाँ साकार हुईं जैसे।

पोखर में खिलते कमल और रेत पर फैली खरबूजे-ककड़ी की बेलों पर भी रीझे हैं पर उनके साथ 'रोमांस' नहीं था। विलायत से पुराना, रूहानी रिश्ता था।

बचपन में ही उस 'रोमांस' का अर्क घुट्टी में पी लिया था।

अब भले ही सोचती रहूँ कि पहचान आख़िर किससे हुई, हीथ और मैडो से कि कमल और खरबूज़े से ? किसी से भी हुई ? पर तब तो यही जाना कि वह हर चीज़ जो विलायत की मिट्टी पर रची-बसी है वह कितनी अपनी है, नज़दीकी है। और ये सारी अनुभूति मेरे पास सुबोध लाया।

सुबोध आता तो माई बहुत खुश होती—बताओ अपनी बहन को, उसे भी जानना चाहिए।

सुबोध बहुत जान गया था। दादा के मिलनेवाले आते तो वे तक सुबोध को पुकारते। वह उन सबसे बहस कर लेता। अंग्रेज़ी तहज़ीब, बड़े शहर के तौर-तरीके, राजनीति, आपबीती, तरह-तरह के तबसिरों में भाग लेता।

बाबू भी सुबोध के ज्ञान से, खासकर अंग्रेज़ी की उसकी जानकारी से, प्रभावित थे। "इसकी भी अंग्रेज़ी अच्छी कर दो"—उन्हें चाह थी कि मैं भी फर्राटे से बोल पाऊँ वह ज़बान। अगर बोलूँ तो ! सुबोध को भी यह शौक चर्राया कि मुझे तालीम दे।

मानती हूँ मैं ऐसी हो गई थी कि खिचड़ी ज़बान की प्रतियोगिता में विजेता का खिताब पा लेती। भाषाएँ मिलाए बग़ैर मुँह से एक जुमला न निकाल पाती। भाषाएँ भी क्या एक वही 'हीथ' वाली, एक 'खरबूज़े' वाली ! अंग्रेज़ी और हिन्दी ! पूरा वाक्य अंग्रेज़ी का तो कम-इज़-कम एक शब्द हिन्दी का—आई वॉज़ सेयिन्ग कि...

और हिन्दी बोल रहे हैं तो उसमें भी मिला देंगे—वह बिफ़ोर आ गई थी तो मैं तैयार...

इसी नफ़ीस मिश्रण की सुबोध ने आलोचना शुरू की।

वह भी एक सुहाना दौर था जब वह चाहने लगा कि मुझे हिन्दी आए न आए, अंग्रेज़ी ज़रूर आ जाए। ड्योढ़ी के बाहर दुनिया बहुत आगे बढ़ चुकी है, उसके लायक बनो। उतनी विकसित हो जाओ।

हम खाने बैठते और मैंने लब खोले-भर कि 'ज़रा दाल उठाना' कि वह टोक देता, "ऐंड व्हॉट लैन्गुएज मैडम ?"

अक्सर मैं अंग्रेज़ी में तर्जुमा कर देती पर कभी-कभी हठ में चुप हो जाती।

तब वह माई से शिकायत करता देखो तुम हो कि कहती हो बताओ इसे और माई मुझे मनाती बोल दो ना, तुम्हारे भले के लिए ही कह रहा है और मुझे गुस्सा आता कि सब भूल रहे हैं, मैं खुद भूल रही हूँ कि सुबोध से दो साल बड़ी मैं ही हूँ, वह होता कौन है मुझे सिखानेवाला ?

सुबोध बड़े शहर चला गया था, अंग्रेज़ उसे पढ़ाते थे, हज़ारों तरह की चीज़ें उसने देख ली थीं, 'डांस पार्टियों' जैसे अंग्रेज़ी चलन के खुले पहलुओं को वह भोग चुका था। उसने उन पार्टियों की तस्वीरें मुझे दिखाई थीं। मेरे अलावा केवल माई को दिखाईं। ड्योढ़ी में उसका स्तर बराबर ऊँचा होता चला गया, उम्र की नकली दीवारों से परे। वह दादा और बाबू से भी आँख से आँख मिलाकर बात कर सकता था।

बहुत उम्मीदें थीं सबको उससे, बहुत विश्वास था सबको उसमें और कुछ था सुबोध में जो इस सबको बोझ बनाकर वह झुक नहीं गया बल्कि खुद भी अपने पर वही विश्वास, अपने से वही उम्मीदें कर बैठा और उनके पंखों के सहारे उड़ता चला गया, ऊँचा, ऊँचा, आगे और उम्दा। हर साल पढ़ाई में आला दर्जा, खेल-कूद में कोई इनाम और एक दिन देश की तरफ़ से आगे पढ़ने के लिए विलायत जाने का वज़ीफा।

11

हम सबको मालूम था कि स्कूल में अव्वल दर्जा पाने के बाद से ही सुबोध ने विदेश में पढ़ने की ख़्वाहिश पाल ली थी। एक छुट्टी पूरी करने के पहले ही वह कॉलेज लौट गया था कि अपने किन्हीं गुरुजनों से मिलकर 'प्रपोज़ल' आदि तैयार कर ले। ड्योढ़ी में भी देर तक दादा से उनके स्वाधीनता संग्राम के तजुरबे के बारे में सुनता रहता और डायरी में नोट करता रहता।

कहीं कोई इम्तहान देने गया, कहीं कोई 'इंटरव्यू' देने गया। बाबू ने उसकी सफलता के लिए पाठ कराया और जिन दिनों वह नतीजे के इन्तज़ार में डाक की राह बेचैनी से देखता रहता, मैंने डाकिए के आने तक खाने का निवाला मुँह में डालना बन्द कर दिया।

बस यों ही हो गया वह 'व्रत' मुझसे। उसको देखकर मैं भी बेसब्र हो रही थी, बार-बार मन में उठ रहा था—हो जाए सुबोध का, हाय हो जाए सुबोध का। यही दुआ मन में दोहराते-दोहराते एक सुबह कोई कौर मुँह में डालते-डालते रुक गई कि मैं 'सह' लूँ तो वह 'पा' लेगा। ऐसे ही शुरू हो गया यह 'व्रत' और डाक से परिणाम की खबर आने तक चलता रहा। यह कह कि मैं 'डायट' कर रही हूँ, जितना खा रही हूँ पेट पचा नहीं पा रहा और कुछ रोज़ सीधे 'लंच'

ही करूँगी, माई की ज़िद कि सुबह से खाली पेट मत रखो, टालती गई।

इसी तरह कभी और छुटपन में बाबू ने माई को कुछ कहा था। हमने कुछ सुना नहीं, माई ने कुछ ज़ाहिर नहीं किया, वही सहज दिनचर्या चली पर कहीं हम समझ रहे थे और समझकर परेशान हो रहे थे। रात को माई की आवाज़ बाबू के कमरे में सुनी। हमें लगा वह व्याकुल है, व्यथित है। हमने एक-दूसरे को जगाया और मैंने, फिर सुबोध ने, माई को आवाज़ दी—माई नींद नहीं आ रही। बाबू बोले थे सो जाओ, अभी जाएगी माई मेरा सिर दबाने के बाद। पर हम सच ही सो नहीं पा रहे थे। पुकारते रहे। माई को बाबू से बचाके ही माने।

उसी किसी रात आँख खुली तो माई को हमारी मेज़ पर, लैम्प की रोशनी में, कुछ लिखते देखा। एक-दूसरे को कोहनी मार हम देखते रहे चुपके से। आत्महत्या करेगी, भागने की तैयारी है, ऐसी ही अनर्गल बातें सोचते रहे। फिर पुकारने लगे।

और तब एक दिन जब माई ने पूजा की और दीया जलाया, मेरे बेवक़ूफ़ मन में आया—'त्याग'। दीया जलने दो, एक पैर पर खड़े होकर 'सहो', लौ बुझने तक, और माई का सब ठीक हो जाएगा। एक पैर पर हो गई खड़ी। वहीं पूजाघर में तैनात रहती तो लोगों को शुबहा होने लगता, इसलिए कूदने लगी, इस कमरे से उस। लौटकर झाँकती, दीप जल रहा है, 'सहने' की अवधि पूरी हुई कि नहीं ?

सुबोध को भी नहीं बताया। वह हँस पड़ा बिना समझे—क्या करती हो सुनी ? मैंने कहा, देख रही हूँ एक पैर पर कितनी देर खड़ी रह सकती हूँ। उसे कोई दिलचस्पी नहीं हुई, कहीं और मुब्तला रहा होगा, निकल गया बिना ग़ौर किए। आख़िर मुझसे छोटा भी तो था, मुझसे थोड़ा अधिक बेवक़ूफ़ रहा होगा !

मिनटों की बात होगी बहुत हुई तो, पर लगता घंटों से यों 'सह' रही हूँ। तंग आकर मैंने दीये की बाती घी में खींच दी। पर जी कचोटता रहा और मैंने फिर दीया जला डाला। जैसे-तैसे दोनों पैर ज़मीन पर रखने की नौबत आई। जब यों ही उधर से गुज़रते हुए मैंने बाबू को माई से कुछ लेते वक़्त उसका कन्धा अपनी बाँह से लपेटते देख लिया तो उसे 'सहने' का असर समझ डाला।

असर था। मुझ पर। माई का। पीढ़ियों की सारी माइयों का जिन्होंने दूसरों के लिए 'सह' कर, उन्हें सफलता दिलाके, वही अपनी सफलता जानी। जिनकी उन सहती हुई आहों का असर उस हवा में तिर गया जो मैंने अपनी साँसों में खींची। वे आहें जिन्हें मैं बार-बार साँस छोड़के बाहर निकाल देना चाहती पर बार-बार साँस लेके फिर भीतर खींच लेती।

माई, जो हर 'देने' में थी, मुझमें भी आ गई। पर मैं तो लड़ी थी हर 'लेने'

में होने के लिए ?

मैं माई नहीं बन पाऊँगी। वह सिफ़त ही इस सदी से लोप होती जा रही है। मैं माई बन भी सकती तो भी नहीं बनना चाहूँगी। मुझे माई नहीं बनना। जी-जान से लड़ूँगी कि माई नहीं बनूँ। ज़ोर से झकझोरकर अपने अन्दर से माई कों झटका देना चाहती हूँ। हर तरह के 'सहने' को निकाल फेंकना चाहती हूँ। वह ग़लत है, मुझे वह रोकना है।

फिर भी मैं माई, जो मेरा आदर्श नहीं, जो वह है जिससे मैं लड़ती हूँ, जो वह है जो मुझे नहीं बनना, के आगे माथा टेक देती हूँ।

अपनी पिपासा में मैंने पंख फड़फड़ाए। माई नहीं बनना, क़ैदी नहीं बनना, सिकुड़कर नहीं रह जाना।

माई ने आकाश में एक पंछी दिखाया था जो एक ही जगह तीव्र गति से उड़ने की प्रक्रिया में लीन था। 'वह देखो।' पंछी असीम अम्बर में एक ही जगह पंख फड़फड़ा रहा था। लग रहा था सारा आकाश उसी का है। पर तो क्या ? खाली अन्तहीन आकाश किस काम का ?

आप ही झुक जाती हूँ, उस 'अथाह कमज़ोरी' के आगे जिसने मुझ 'ताकतवर' को आड़ दी। मेरी बेड़ियाँ खुलने दीं, आग लहकने दी, गति आने दी। उसकी अथाह कमज़ोरी ने ही मुझे लड़ा दिया।

अनन्त आकाश में बेमतलब घुमड़ती ताकत बेकार होगी पर दूर-दूर तक फैली कमज़ोरी में ताकत का असर हो सकता है, मुझे क्या पता था।

वह तो जब खुली हवा में निकली और उसके मुक्त थपेड़ों में साँस फूली तब अहसास हुआ आज़ादी की घुटन का।

किन्तु वह भी बाद की बात है।

पहले तो आए मेरे भी 'व्रत' जिन्होंने बाबू को माई से प्यार करा दिया और सुबोध को डाक से सफलता का पैग़ाम भिजवा दिया। आत्म-पीड़न शक्ति का स्रोत है, त्याग कुछ पाने का मार्ग है, ऐसी-ऐसी आस्थाएँ कितने निरीह, गुपचुप कदमों से मुझमें भी चली आईं।

सुबोध विलायत पहुँच गया। ड्योढ़ी से लन्दन के बीच एक डोर खिंच गई। उस डोर पर निकलने-निकालने के अरमान और अधीरता से झूलने लगे।

ड्योढ़ी से निकलने की लड़ाइयाँ तो कितनी हुईं। लड़ाई केवल वह तो नहीं जो मुक्का-मुक्की से होती है ?

नवीं-दसवीं तक पहुँचते-पहुँचते सुबोध और मैं दोनों ही अड़ गए कि मैं भी किसी अच्छे शहर के अच्छे स्कूल में पढ़ूँगी। दादा-दादी ने 'नहीं' का फ़रमान

सुना दिया, बाबू भौंचक रह गए और माई ने पूछा, "क्या ज़रूरत है, क्या कमी है यहाँ ?"

"तो सुबोध को क्यों भेजा ?" उसके मेरी तरफ़ न होने से मेरे पैरों में कमज़ोरी समाने लगी।

"मैं कभी न भेजती, यह तो तुम्हारे बाबू और दादा का निश्चय था। कितना भी अच्छा स्कूल क्यों न हो, घर की तरह नहीं हो सकता। खाना-पीना कुछ सही नहीं, देखो कैसे हड्डियाँ गिनी जा सकती हैं उसकी।"

मैं नहीं समझी कि माई साथ नहीं होती तो मैं निरस्त्र हो जाती हूँ।

सुबोध ने डाक से फ़ार्म मँगा लिया। बढ़िया स्कूल, पहाड़ों में, ननों द्वारा संचालित। "माई, तुम दस्तख़त तो करो, दाखिला हो ले, फिर देखेंगे जाना है कि नहीं।"

माई ने दुखी नज़र हम पर डाली और झुककर हस्ताक्षर कर दिए।

दादा-दादी ने आसमान सिर पर उठा लिया, इस घर में अब यह होगा ? बाबू माई से घड़घड़ाते रहे, बच्चों को देखो, मना करो। सुबोध भभकती बातें बोल पड़ा। माई चुप रहती। और मैं कहीं सीढ़ी पर लटकी थी, न गड्ढे में गिरी पड़ी, न उसके बाहर सलामत खड़ी।

कि तभी बाबू ने कथा कराई, तुरियातीत बाबा के नाम, हम सबके मंगलमय जीवन के लिए। अन्दर आँगन में मिट्टी और गोबर से लीपकर एक स्थल साफ़ किया गया। वहाँ आटे का चौक बना, बीच में ताँबे के लोटे में जल रखा, उस पर आम के पल्लव पड़े, उस पर कटोरी में चावल रखा और उस पर, सबसे ऊपर, दीपक जला। माई ने आटा और शक्कर में पाँच मेवों की पँजीरी बनाई, पंचामृत तैयार किया, गाय के कच्चे दूध-दही में शक्कर, तुलसी, पाँचों मेवे, शहद और गंगाजल डालकर और हवन जला। इसके लिए, उसके लिए, पंडितजी ने पैसे चढ़वाए, हम सबने मुँह पूरब को किया और कथा सुनी, कि सत्य और धर्म की रक्षा हो।

हो गई !

मैं नहीं जा पाई—'इंटरव्यू' का बुलावा तारीख टलने के बाद हम तक पहुँचा। जंगे मैदान में उतरने की नौबत ही न आई। स्वाहा !

अब जो बैठी कभी कथा में...!

अन्धविश्वास ऐसे भी तो बनते हैं !

12

दादी हम पर जान छिड़कती थीं पर उन्हें हमारी नई-नई ख़ामख़यालियाँ परेशान करने लगी थीं। सुबोध का पलटकर जवाब देना, मेरा धमाधम इधर से उधर चौकड़ियाँ भरना और निकल जाने के ख़्वाब देखना। माई को ताने देने लगीं कि छिपकर हमें भड़काती है और सुबोध को भी डाँट बैठीं कि दादा को तड़ाक से जवाब देने लगा है।

सुबोध दादा से बोला था कि आप जैसे, जो हमेशा सीख देते हैं कि घर में रहा करो, बाहरवाले को पता भी न चले, ऐसे, असल में वही लोग हैं जो दूसरों की चौखट के पार लगातार झाँकने की ताक में रहते हैं।

दादा औरों की बातें कुछ अतिरिक्त रुचि और जिज्ञासा से करते भी थे। आवाज़ ऐसी पाई थी कि हम सबको पता चल जाता। होने को बदनाम औरतें हैं कि इन बातों में चाव लेती हैं ! मेरी सखी के पिता किन चक्करों में कोर्ट-कचहरी छान रहे हैं, सुबोध की फ़लानी टीचर का चलन कैसा रंगीन है, आदि ऊलजलूल बातें।

और बाबू वहीं बैठे होते तो माई और किसी पुरोहित के साहबज़ादे का भी ज़िक्र आता। बात स्पष्ट न होती पर स्वर ऐसा राज़-भरा कि हम सिर उठाके

माई की तरफ़ देखते।

लोगों की जात-पाँत पर भी दादा के अपने ऐलान होते, "ऐसा है वह। खैर, ताज्जुब क्या, आख़िर कायस्थ है।" "वैसा है वह। भई यही हैं पंजाबी रंग-ढंग।" तारीफ़ भी करते तो जात, क़ौम नाहक जोड़के, "अजी कहने को मुसलमान पर ऐसा वफ़ादार," या "ग़ौर करिए, बनिया है, ढूँढ़े नहीं मिलेगा उस क़ौम में ऐसा दूसरा।"

नाम को लेकर भी उनके मज़ाक थे, "गुप्ता होता ही है कुत्ता, श्रीवास्तव है सिड़ी वास्तव में, खन्ना बस पखन्ना ! सक्सेना पूरी शक़-सेना। पंडित–प का पाखंडी, बाक़ी का आडम्बर।" इस लपेट में भी 'व्यभिचारी' पुरोहित और उनके बेटे खिंचे आते।

कभी हमने दादी से पूछने की ग़लती कर दी कि वह माई की तरह पूजा और व्रत के फेर में कैसे नहीं हैं ?

"जी, हमरा के का पड़ल बा ऊ सब के ? जब हमार भगवान हमरा सामने बाड़न त काहे के पत्थर के भगवान के पूजा करीं ? ई हमार भाग बा कि हम अपना प्रभु क सेवा कर पावत बानी।"

फिर कुछ माई को लक्षित करके कह गईं, "सेवा में कोताही कइला से भगवान भी मुँह मोड़ लेलन।"

और सिर झुला-झुलाकर, आँखें मोटी-मोटी निकालकर हमसे बोलीं, "कउनो खोट हमरे में होई जेसे हमार भगवान हमरा के छोड़के केहू और क पूजा के ओर खींचत बाड़न।"

माई का बुना कार्डिगन हमने भी देखा था...।

वैसे बाबू को माई के संग अन्याय करते हमने तो कभी देखा नहीं। माई से बहुत कम कुछ कहते। हमारे साथ उसका बाहर जाना भी दबे स्वर में, दो शब्द कहके, रोकते, साफ़ आदेश नहीं देते। बल्कि उन्हें ज़रा भी दोष कैसे दें जब माई, उनके आँख उठाके देखने-भर पे खुद ही पीछे हट जाती ? बाबू तो, उनका अपना भी कोई काम हो, बटन लगवाना हो, कुछ फटा सिलवाना हो, तो बस बता देते कि टूट गया, फट गया।

सच तो यह है कि बाबू घर में दखल नहीं देते थे। घर में रहते ही कम थे। दादी से बात करनी हो तब तो दिख भी जाते वरना कहाँ होते हमें ख़बर नहीं। घर में हैं कि बाहर, यही नहीं पता चलता, दादा जैसी शख़्सियत तो थी नहीं उनकी। खाने के वक़्त माई कहती, देख आओ बाबू हैं तो हम देख आते। कभी बाबू रात देर से लौटते तो माई उठकर खाना गरम करती। कभी बाबू कह

देते कि खाके आए हैं।

नहीं, हमने तो देखा नहीं बाबू को चीखते, मारते, डराते। वे बहुत व्यस्त रहते। माई की पीठ में दर्द होने लगा और वह बीच-बीच में मिनट-दो मिनट कमर सीधी करने को बाध्य हो जाती तो वे पूछते, "क्या बात है ?" और जवाब का इन्तज़ार किए बग़ैर निकल जाते। शायद सोच नहीं पाते कि कुछ हुआ है। बीमारी हो तो ऐसी कि बदन में कोढ़ फूटे, नासूर बहे, तो समझ में आए। माई की तो बीमारी वैसी कि न तो ताप चढ़ा है, न नज़ला-ज़ुक़ाम ही आवाज़ को मार बैठा है, बस अन्दर कोई चिलक है जिसे कोई नाम देते, पहचान देते, संकोच होता है।

या बीमारी वह जो दादी को होती थी और उन्हें चिखाती थी, दर्द से हाथ-पैर पटकवाती थी, जब तक बाबू न दबा जाते।

बाद में—यह पहले और बाद की गुत्थी हमसे न सुलझने की—माई की पीठ झुक गई। पर वह तो बुढ़ापा था जो खुद ही बीमार है।

बाबू ने नई-नई सुविधाएँ जुटानी शुरू कर दी थीं, माई के लिए, और फ्रिज में जमाई बर्फ़ का चस्का तो दादा-दादी को भी लग गया। फिर भी माई को झुकके करनेवाले काम ही रास आते। दिन-भर के चाय-खाना, शरबत-नाश्ता से फुर्सत मिलती तो पापड़ बिलने लगते, बड़ियाँ सुखाई जाने लगतीं, अचार डलता और मसाला कुटता। देशी गुलाब की पंखुड़ियों का गुलकन्द तैयार हो रहा है, नहीं तो आँवलों का मुरब्बा बन रहा है। क्लब में लेडीज़ कुकिंग सैशन की बदौलत जैम, जैली, सॉस भी पक रहा है, बोतलों में हिफ़ाज़त से बन्द किया जा रहा है। कोई पूछे खाना खाना खाना, और कुछ नहीं हो सकता करने को ?

हमने पूछा। तो चिढ़ भी गई माई—तुम समझते क्यों नहीं, मुझे मज़ा आता है, घर की चीज़ें हैं, सबको अच्छी लगती हैं, यह न करूँ तो क्या स्कूल-कॉलेज जाऊँगी ?

'यह' न करती माई तो आँगन में बैठके ऊन घुटनों पर लपेटती हुई लच्छे बनाती, फिर धोती, फिर बुनती। और तब भी झुकती।

दादी को हमारी यह फ़िक्रमन्दी भी नागवार गुज़रती। उन्हें लगता होगा कि बूढ़ी वे, प्यारी वे, बेचारी वे, और हम हैं कि माई को सिर-आँखों पर बिठाए फिरते हैं, उन्हें बात-बात पे टोकते हैं।

दादी और कर्कशा हो चली होंगी। मैंने ज़िद की थी कि 'बायलॉजी' लूँगी, डॉक्टर बनूँगी और माई ने फ़ॉर्म पर दस्तख़त कर दिए। मैं हाई स्कूल कर चुकी थी, विज्ञान से।

दादी सुनतीं, "चलल बाड़ी डॉक्टरनी बने पचपन नम्बर के बल पर। सब कहेला कि ए बिसय में सौ में सौ मिलेला पर हमार के सुनेला ? हम त खूसठ बुढ़िया बानी। जब महतारी ही लइकन के कुआँ में ढकेलत बाड़ी..."

बड़बड़ाती जातीं, "डक्टरनियाँ का होलीसन हमहूँ जानत बानी। आवेली सन त ऊ, आज तक बियाह ना हो पाइल, का हो पाइल ओकर ई लइकन के आगे मुँह मत खुलवाव। लइकन के अपने राह पर चलावे चलल बाड़ी। ऊ पुरोहितजी से सलाह कई ल, इन करो वारा न्यारा कई द। हाय भगवान, उठा लेस हमरा के..."

एक बुआ थीं जिन्हें मैंने उस नौरात्र के लिए कभी माफ़ नहीं किया था। वे भी दादी की हाँ में हाँ मिलातीं। हमने कभी बड़ी-बड़ी औरतों के नाम गिना दिए—मैडम क्यूरी, सरोजिनी नायडू, वरजिनिया वुल्फ़—और वे हँस पड़ीं—हाँ हाँ, ज़रूर बनो, क्यों न हमारा सीना फ़क्र से चौगुना होगा कि हमारी बेटी ने इतनी प्रसिद्धि पाई, पर सारे दिन बाग में घूमना मैडम क्यूरी बनने का नुस्खा है क्या ?

बुआ यह भी कहते न थकतीं कि जिसको बनना है वह चूल्हा, लकड़ी, आटे के बीच भी बन जाता है। यह तो बहाना होता है कि इनके कारण हम आगे न बढ़ पाए।

सुबोध ने कभी मोटे गनपत राव की, भीड़ ने जो आवभगत की, उसका विवरण सुनाया और मैं पूछ बैठी—कौन है वह ?

"हाय सुनी, तुम अपने स्टेट के चीफ़मिनिस्टर का नाम नहीं जानतीं ?"

दादी खें-खें हँस पड़ीं, "अरे डक्टरनी ई जान के बनल जाला का ?"

तब बुआ बोल दीं कि क्या तुम्हीं हो जो कुछ बनना चाहती हो ? मैं भी बहुत पढ़ना चाहती थी, फुँक गई न पढ़ाई चूल्हे में ? चूल्हे से पढ़-लिखकर ही कौन औरत बच जाती है ?

कहाँ गई वह हेकड़ी कि जिसे बनना है वह कहीं भी बन जाती है, यह मैंने नहीं पूछा। मुझे शर्म से चुप रहना याद है। चूल्हा फूँकने के प्रति घोर हताशा और अपने ही प्रदेश के मुख्यमन्त्री को न जानने का अज्ञान, एक ही सिक्के के दो पहलू बन बैठे। उसी के बाद से दादा की नई 'हाँक' शुरू हो गई, "अरे भई, कौन उठा ले गया अख़बार ?"

लेकिन बुआ मन की बुरी नहीं थीं। हमको चाहती भी बहुत थीं। मेरे लिए साड़ियाँ काढ़तीं, सुबोध के लिए कुर्ते-पाजामे सिलतीं। जब आतीं धनिया की पँजीरी बनातीं। आ हा हा हा।

जब आतीं, माई और बाबू उनके संग रात-रात तक जागते। उन दिनों बाबू सबको कभी बाज़ार, कभी मन्दिर, कभी नदी, कभी क्लब, रिक्शों में ले जाते। बुआ खूब हँसमुख थीं, ठठाकर बात-बात पर हँस देतीं। हमारे किसी फ़िरंटी ख़याल का दादी मज़ाक उड़ा दें तो भी।

फूफाजी बुआ के आगे मरियल-से थे, तन से भी, मन से भी। किस्से बुआ सुनातीं, फूफाजी की बातें बीच में काटतीं और उनकी बुराई करतीं। अभागे फूफाजी रह-रहके कोई वाक्य शुरू ही करते कि बुआ किस्सा ले उड़तीं। हाँ, कौमा और विराम की तरह उनकी आवाज़ बुआ के कथनों के आगे-पीछे जुड़ती रहती—ऐसा है कि...(अब बोल रही हैं बुआ)...वैसे तो...(फिर बोल रही हैं बुआ)...अरे साहब, कहते हैं (चालू हो गई हैं बुआ)। कभी कुछ बोल भी पाते तो कहीं बीच में ही बुआ बात घुमा देतीं और अपना अनुलाप छेड़के उनकी निन्दा कर देतीं।

अब जैसे फूफा ने बताया किसी के बारे में और छिड़ गईं बुआ, "उस शख़्स की मुझसे पूछो। ऐसा आदमी कि चेहरे पर ज़रा भी झलक नहीं उसके दुख की। और दुख ऐसा-वैसा उसे ? एक बेटा जेल में, दूसरा परलोक में, बीवी भी छोड़ गई। पर हमेशा मुस्कुराता चेहरा कि देखो तो तबीयत खिल जाए। हमेशा मितभाषी। दूसरे के दुख में दुखी, दूसरे के सुख में सुखी। अरे अम्माजी थीं तो कोई तो साथ था, ठीक है एक गठरी खाट पर पड़ी थी, बस, पर कम से कम दिन में दो मरतबा अम्माजी-अम्माजी कह तो पाता था। वे भी अभी चल बसीं, घर न काटता होगा ? ज़बान तालू से चिपकी न रह जाती होगी ? पर किसी को जो अपना दुखड़ा सुनाता हो।..."

उधर फूफाजी के 'पंक्चुएशन मार्क्स'—"अरे साहब"..."खैर"..."क्या कहें"..."ऐसा है"..."वह तो।"

कि तभी बुआ गाड़ी घुमा देतीं, "एक ये हैं, ज़रा-सी मुसीबत आई कि नगाड़ा लेकर शहर में निकल पड़े। मैं कहती हूँ घर की बात घर में रखो, मुहल्ला हँसता है, दुख में साथ नहीं देता, पर यह...।" ऐसे हैं, वैसे हैं !

फूफाजी इस अचानक मोड़ के लिए तैयार न रहते। सिटपिटा जाते, सिर कुछ पल आप ही 'हाँ हाँ' संवेग से हिलता रहता, फिर एक खिसियानी-सी मुस्कान देकर झेंपी-सी भंगिमा में हाथ लहराकर वहाँ से खिसकते बनते।

ऐसा था बुआ का दबदबा उन पर। कभी वे बोले थे कि जो हँसता है हँसा करे, मैं जानता हूँ सबकी लिफ़ाफ़िया शेखी है और ज़्यादा या कम मात्रा में सब मर्द अपनी जोरू के गुलाम हैं और उसी मात्रा में खुश हैं, जितने गुलाम, उतने

प्रसन्न ! वह सबको अंक देते कि कौन कितना गुलाम है, इसलिए कितना मगन है। अपने को देते शत-प्रतिशत।

सुना कि फिर भी उनमें कुछ चीज़ों को लेकर कहा-सुनी हो जाती थी। एक तो बुआ भाई के पास और अधिक आना चाहती थीं पर फूफा, अकेले, नौकरों के हवाले होकर, एक दिन भी रहने को तैयार नहीं थे। बुआ उनकी छुट्टी के हिसाब से ही आ पातीं। लड़कों को भी, बुआ की मर्ज़ी के खिलाफ़, फूफा ने होस्टल भेजा था, उस पर भी गरमागरमी हुई।

पर सबसे ज़्यादा, सुना कि पैसे को लेकर बुआ की थुक्का-फज़ीहत होती। फूफा अपने बटुवे को बगल में दबाए घूमते और 'इन्फ़्लेशन' की हर माँग का उल्लंघन करते हुए महीने के खर्च के लिए वह देते जो बीस बरस पहले से देते आ रहे थे। हमने भी देखा फूफा का बटुवा नोटों से ठुँसा। ग़लती से, मिनट-दो मिनट, बाथरूम जाते वक़्त या दादा की अचानक 'हाँक' पर, फूफा बटुवा भूल से छोड़ जाते तो बुआ चील की तरह झपट्टा मारतीं, दस-बीस रुपए कुछ भी अपने ब्लाउज़ में खोंस लेतीं। फूफा को शायद अन्दाज़ा नहीं था कि दादी भी ऐसे पल चुप रहेंगी। बटुवा उठाके बुआ को पकड़ा भी दिया हो गाहे-बगाहे तो ताज्जुब नहीं। और तो और, फूफा हमें भी चॉकलेट, आइसक्रीम के लिए रुपए देते तो जो बचता हम बुआ को दे देते। उन्होंने कभी कहा नहीं हालाँकि। बस वह पैसों का जुगाड़ करती रहतीं, लड़-झगड़ के, चोरी भी करके और इतना तो हम कहेंगे ही कि घर पे ही खर्च करती थीं वे, कोई अपने साज-शृंगार पर तो नहीं।

बुआ कहती थीं चाहा तो था पर शादी के बाद वे बी.ए. पूरा नहीं कर पाईं। मेरी अभिलाषाओं पर पानी फिरता देख शायद तभी वह मुस्कुराने लगतीं। मेरी बाहर जाने की चाह पर मुँह बिचका देतीं। फिर भी प्यार तो करती थीं, खूब-खूब। कपड़े निरे बनाके देतीं।

कपड़ों से जुड़ा एक नंगेपन का अहसास है जो बचपन के किसी चरण में मुझे होने लगा। बुआ को भी खुला गला, खुली बाँहें, खुली टाँगें नापसन्द थीं। मन्दिर में घुस रहे थे तो उन्होंने मेरे वी-नेक पुलोवर के ऊपर मुझे अपना शॉल ओढ़ा दिया—'खुला सीना मन्दिर में !' अपनी फुफुआ सास के घर ले जाते समय मुझे बाहर से लौटाकर ले आईं और अलमारी से एक शलवार निकालकर मेरी फ्राक के नीचे पहना दी। हरी फूलदार फ्रॉक, नीली चारखाने की शलवार। फ़ैशन की इस बेक़द्री पर मैं भन्नाई और लौटने पर जब माई ने पूछा तो रो पड़ी।

यों भी चलते-चलते बुआ कभी मेरा कपड़ा नीचे खींच देतीं, कभी बटन लगा देतीं, कभी मुड़ी आस्तीन सीधी खोल देतीं।

बुआ के साथ लगता कि मैं एक बदन हूँ।

बुआ के साथ बचपन से जी होता कि बुरका पहनूँ।

13

कपड़ों को लेकर काफ़ी चलती थी हमारे यहाँ। दादा को मेरे फ्रॉक और पैंट-शर्ट आदि पश्चिमी लिबास नहीं पसन्द थे। बाबू को थे। इसलिए मैं तरह-तरह के कपड़े पहन पाई। बाद में सुबोध ने बेलबॉटम और मैक्सी और मिडी पता नहीं क्या अनाप-शनाप पहनवा दिया। घर से निकलती तो पैंट-शर्ट पर दुपट्टा, फाटक छूटा नहीं कि दुपट्टा बैग में ठूँसा।

माई को भी कभी उलटे पल्लू की साड़ी पहना दी। बाबू ने आँखों में कुछ लेके देखा था। माई ने पल्ला सीधा कर दिया।

हम बहुत कुनमुनाए—इत्ती अच्छी लग रही थी माई, सलोने ढलवानोंवाला बदन। सीधे पल्ले में तो कोई आकार ही नहीं रहता, झोले में ढुकाना-जैसा। सिर तक तो पल्लू लिपटा जाता है। पफ़ स्लीव और बेल-बूटीवाला जम्पर छिप जाता है।

लेकिन बाबू को मेरा साड़ी पहनना, बी.ए. में भी, बुरा लगता। कहते, बड़ी लगने लगती हो, माँ-बाप को चिन्ता होने लगती है। शायद तब भी फ्रॉक पहनती तो वे मना नहीं करते ! बशर्ते कि पूरी लम्बाई की फ्रॉक हो।

बदन ज़रा भी झलकाया न जाए इस पर सभी एकमत थे। लड़की का बदन।

औरत का बदन।

बदन न हुआ आफ़त का परकाला हो गया।

दादी—बीमार न हों अगर !—तो बाबू के आगे भी पल्लू खिसकता तो झट ठीक करतीं। जम्पर पर मिल की महीन धोती पहनतीं जिसमें से लेस-वेसवाला उनका पेटीकोट झलकता।

हमारे आगे तो ख़ैर क्या नहीं खिसका देतीं ! "पीठ तनी खजुवाव।"

न जाने दादी की कितनी आकांक्षाओं के स्वरूप बाबू थे जो इस क़दर उनसे ओत-प्रोत रहतीं। फिर दादा सिरे से ही पहुँच के बाहर थे, बाबू आते-जाते पायताने बैठ तो लेते थे। दादी को बिला शक दिन में कम-से-कम एक बार दर्शन ज़रूर दे देते थे। सम्भव है सारी बातों का जोड़-जमा यह हुआ कि दादी के भगवान बाबू ही हो गए। और कोई किसी की मुहब्बत में यों आवला-बावला दिखे तो न जाने क्यों एक वही खास महक आती है। पता नहीं इसे हमारी नज़र का दोष मान लें या कोई मूल सत्य। जिसका तर्क यह है कि इतने नज़दीक से आकर तरह-तरह के रिश्तों की अलग-अलग पहचान ही जैसे लोप हो जाती है।

बाबू सामने आते और दादी चहक उठतीं, "आव राजा, बइठ...अरे केहर बारी तोहार माई, थकल मादल लइका आइल बा, कुछ खाए-पिए के ना पूछिहें का ?"

"अऊर ल बेटा, अऊर ल," इसरार करतीं।

कभी बाबू ने तले या मीठे पर ऐतराज़ किया तो ज़ोरों से प्रतिवाद कर बैठीं, "सरीर साथ कइसे देई ? काम करे वालन के घी चीनिए ताकत देला, ई तू ना, तोहार मेहनत खात बा।"

बाबू सामने हों तो थके और कमज़ोर नज़र आते, वहाँ न हों तो 'अन्गरेजन जइसन हमार लइका बा' हो जाते।

"ल बेटा ल, घरे का घी बनउले बानी। एकरा से कबहूँ केवनो हाजमे क सिकायत होखेला का ?"

हाय वह ड्योढ़ी का घी ! गाय के दूध का पीला घी और मक्खन। अपने यहाँ तो ज़माने तक हर चीज़ असली माल में बनी। होली की गुझिया और मालपुआ, दीवाली के गुलगुले और बर्फ़ी। डालडा आता था त्योहारों पर, नौकरों में बाँटने के लिए मिठाई बनाने।

यों खिलातीं हमारी दादी बाबू को और यों उल्फ़त से ताकती रहतीं।

किसी से कोई बात कहनी हो, कहतीं बाबू की तरफ़ देखकर। माई के बारे

में तो खैर, बड़े चाव से, बाबू से ही कहना रहता। पर हमें भी खाने-वाने के लिए कहना हो तो बाबू से, ''ल, तोहरे संग लइका भी खा लीहन, बुलावत बानी खाए खातिर।''

वे चुप ही नहीं होना चाहतीं, बाबू से अनवरत बोलती रहना चाहतीं। बेमतलब संवाद, ''दरवाजा के ऊपर कीड़ा लग गइल बाड़न सन।''...''अरे कूकुर भूँकत बाड़न सन।''...''पेट गुड़गुड़ात बा, अजवाइन फाँक लीं।''

और बाबू जो कह दें कुछ, भूले से हमसे ही छेड़छाड़ कर दें अंग्रेज़ी 'एक्सेंट' झाड़ते हुए कि हैलो मिस्टर सुबौड टेवारी एंड यू मैडम सुनैना टेवारी, तो दादी यों खिल-खिल हँसतीं, नन्ही-सी बालिका हों जैसे और जैसे उन्हीं के संग किसी चहेते ने मीठी चुलबुली की है। मैडम डाडी टेवारी !

'टेवारी' की भी दास्तान है एक। बाबाजी की कथा ने कुछ बरस तो हमारे होस्टल जाने पर टोना कर ही दिया पर मैं सतर्क हो गई और बाबू के किसी पाठ-हवन में फिर न बैठी। एम.ए. में होस्टल चली गई !

और बाबू ने बैंक ले जाकर मेरा पहला बचत खाता खुलवाया कि पैसा बिना डर के घर से भेजा जा सके और खर्च भी न हो ! ज़रूरत हो तब ही निकालूँ। इतनी बड़ी हो गई थी पर पहलेपन ने बच्ची बना दिया। कुछ इसी बात का गर्व कि मुझे दस्तखत करने हैं और इसी ग़रूर ने प्रेरणा दी कि लम्बे से लम्बा दस्तख़त करूँ, कलाकारी में हाथ घसीट के। पर बाबू ने छोटे से ही नाम पर रोक दिया—बस इतना काफ़ी है।

ज़िल्लत का आभास वक़्त-बेवक़्त मुझे हो जाता। मैंने माई से कहा तो उसने समझाया कि बाद में नाम बदलेगा तो क्यों लिखो ? और मुझे लगा अभी मैं हूँ ही नहीं या फिर सुनैना तिवारी है तो केवल मिटने के दिन के लिए है और तब होगी अगर होगी।

शायद पर्दा फिर हिला था, हवा के झोंके से आग और भड़की होगी। 'तिवारी उसी दम जलके ख़ाक हो गया, न वह रहेगा, न कोई उसे बदलेगा, उसकी जगह लेगा। सुनैना है। सुनैना होगी। बस।

तब भी हमारे मन में सन्देह नहीं उभरा कि औरों के भी नाम थे जो पुँछ गए होंगे।

हम माई से लड़ने लगे थे—कहती क्यों नहीं हो कुछ ? तुम्हारी अपनी मर्ज़ी नहीं ? तुम सोचती नहीं ? डरती क्यों हो ? कमज़ोर क्यों हो ?

हम तो ताक़तवर हो रहे थे। हम नहीं डरते थे। सुबोध को दादा के तरजने का डर न था, वह फट उत्तर दे देता। मैं बेधड़क होके सामने घूमती और

फाटक खुलने पे जब दादा कहते अन्दर जाओ तो चली जाती बेशक, पर धीरे-धीरे चलती, देर तक वहीं सिर ऊँचा किए, सरज़ोर नज़रों से आनेवाले की पैमाइश करती जाती।

ड्योढ़ी से निकलने को अजीब अकुलाता मन। खुली हवा की अजीब ढुकास।

इंटर पास किया, जाने के लिए फिर शोर मचाया। बाबू शहर के डिग्री कॉलेज से फ़ॉर्म ले आए। माई ने दुखी होकर कहा, तुम तो घर छोड़ने को उतावली हो गई हो। मैं चुप हो गई, हार गई, दब गई।

माई न माने तो हम कहीं के न रहते।

बाबू ने कहा अंग्रेज़ी लो। मैंने कहा, मैं डॉक्टर बनूँगी, बायलॉजी लूँगी। दादा ने भृकुटी तानी। दादी खें-खें हँसीं, पचपन परसेंट की वाहवाही में आँखें मटकाईं। माई ने बाबू की दलील दोहराई—लड़कियों के लिए सांइस में कोई भविष्य नहीं है। और हमने माई को 'पट्टी' पढ़ाई, लड़कियों के भविष्य में क्या होता है? डॉक्टरी देखते हैं वे उनके भविष्य में ? या ?

तब माई ने फ़ॉर्म पर हस्ताक्षर कर दिए और मैं सबकी आँख बचाकर पीछे के दरवाज़े से निकल गई, तार लाँघकर सुबोध का इन्तज़ार करने लगी। वह सामने से स्कूटर पर निकला और घुमाके पीछे ले आया और हम कॉलेज में मेरा दाखिलनामा जमा कर आए।

सेकेंड डिविज़न, माई द्वारा बच्चों का सर्वनाश, ड्योढ़ी में प्रलापों के स्वर गूँजने लगे। माई के ख़िलाफ़ हवा सर्राने लगी। पर मैं डिग्री कॉलेज में विज्ञान की छात्रा बन गई।

मेरे कॉलेज की लड़कियों पर एक भूत सवार था, कैसे दुपट्टों में बदन को ग़ायब करें, कैसे ग़ायब करने की प्रक्रिया में बदन का इज़हार करें। कॉलेज के फाटक पर लड़कों से बातें करतीं तो हँसतीं और दुपट्टे को मुँह पर दबा लेतीं। लड़के तो मिलते ही थे, किसी के भाई, कोई फाटक पर, कोई रिक्शे के साथ अपनी साइकल पर। मैं पीछे के दरवाज़े से निकल जाती और बाबू और दादी के सामने न पड़ने की फ़िक्र करती माई।

सुबोध आता तो उसके कुछ दोस्त आते। तब मैं क्लब में बैडमिंटन खेलती। नाटक, संगीत सम्मेलन, फ़िल्म, इनमें भी जाती। माई से साथ चलने की तक़रार होती। कभी हम जीतते, कभी वह।

बाबू माई से कहते साथ रहा करो, जाके देखो। माई बहुत कम 'जाके' देखती। कभी नाटक या फ़िल्म साथ जाके देख आती।

चाहे भी तो कोई कहाँ-कहाँ साथ रह सकता है, कॉलेज, लाइब्रेरी, कहाँ-कहाँ

मना कर सकता है ? माई तो पीछे का दरवाज़ा भी खोले रखती। उसके आगे न सुबोध को मेरी सहेलियों से बोलने में दिक़्क़त होती, न मुझे उसके दोस्तों से गप्प लड़ाने में झिझक। बाबू आ जाएँ तो, अलबत्ता, मेरी ज़बान फँस जाती। बगल के कमरे में भी आ बैठते तो मेरी आँखें झुकी रहतीं, होंठ चुप रहते और हम सभी की धड़ल्लेबाज़ी बन्द नहीं पर कम हो जाती।

सुबोध होस्टल लौट गया तब भी उसका मित्र किताबें लेता-देता रहा। बाबू मिल जाते तो उनसे सुबोध के बारे में गपियाके लौट जाता। न मिलते तो पीछे के रास्ते से अन्दर दादी से हँस-बोलके माई के पास पहुँच जाता। मैं भी वहाँ आ जाती।

एक बार वह कोई किताब लाया। बाबू ने रोक लिया, क्या है ? सुनैना को पढ़नी थी, वह बोला। लाओ, बोले बाबू। बाबू उसके हाथ से किताब ले रहे थे और वह किताब से एक कागज़ निकाल रहा था। पर तब तक सब कुछ बाबू के हाथ में। कागज़ खोला, लम्बा क़लाम था, बन्द किया और ठीक है मैं दे दूँगा, सुनैना तो अभी है नहीं, हर बार की तरह झूठ बोल दिया।

मेरे चेहरे पर हवाइयाँ। बाबू ने मुझे देखा ही नहीं, माई से बोले, रमेश था...क्या किताब है ? फ़ॉर हूम द बैल टोल्स। कागज़ अलग से पकड़ाया, देख लेना, क्या है ?

माई ने कागज़ पर मेरा नाम देखा। मुझे थमा दिया—'तुम्हारे लिए।' अन्यमनस्क स्वर।

मैंने प्रेम-कविता खोली। युवाकाल की बेतहाशा बाढ़ का उन्माद पढ़ा और यह विश्वास करते हुए कि कुछ बहुत ही बड़ा, बहुत ही नाटकीय घट रहा है मेरे साथ, किसी की ज़िन्दगी और मौत की डोर आ गई है मेरे हाथ में, मैंने गम्भीर होकर कहा, "क्या बताएँ माई, कितना कठिन है सबकुछ, कभी बताएँगे।"

माई ने नहीं पूछा। हमीं अन्दर पलँग पर गिरके रो दिए—ओह नो नो नो, ही लव्स मी सो। उस बेचारे के दर्द के पूरे-पूरे हमदर्द। हम तो अभी कहीं ठहरना नहीं चाहते, कुछ नहीं दे सकते तुम्हें, हम तो उड़ जाएँगे, जल्दी ही, फुर्र से।

दादा ने भी कभी उसे देख लिया और गूँजे—कौन हो, किससे मिलना है ?

"वोह...सुनैना की किताब..." वह हकला पड़ा।

"सुनैना !" दादा गरजे।

मैं आई।

"यह कौन है ?"

मेरी ज़बान लड़खड़ा गई, "मैं नहीं जानती।"

दादा ने मुझसे झूठ कहलवाया, इसके लिए मैंने उन्हें कभी माफ़ नहीं किया।

पर उसने मुझे माफ़ कर दिया ! जब मैं एम.ए. के लिए होस्टल जा रही थी तब तक वह क्लब में, कम्पनी बाग में, यहाँ-वहाँ मुझसे मिलने लगा था। जाने के पहले एक बार करीब खिंच गए। पहला चुम्बन, बचपन की जवानी में सिहरता।...

14

इनमें से कुछ बातें सुबोध को मालूम थीं। वैसे भी जब दो ही साल का फ़र्क हो तो अनुभवों की काट खुद ही एक-सी होती है। हम साथ-साथ बढ़ रहे थे। बाबू का माई से 'साथ रहो' और दादा का हमसे 'अन्दर जाओ' और दादी का मुझसे 'पैर ढाँपो' के बावजूद ड्योढ़ी में खिंची सीमाओं के भीतर और बाहर भी, लड़कपन दौड़ा ही। जब जीवन को नहीं कोई बन्द कमरे में खत्म कर सकता तो फिर तारुण्य तो गैस का गुब्बारा है कि डोर कसके पकड़े रहो तो भी उमंग से झूम रहा है; डोर छूट जाए, जो छूट ही जाती है, तो ऊपर बादलों में उड़ रहा है।

हम एक दूसरे से खूब बातें करते ! कैसी-कैसी बातें। छत पर चढ़कर, गम्भीर होकर 'सेक्स' पर विचार-विमर्श करते ! गन्दा है कि पवित्र, पर कैसे कोई किसी दूसरे के संग ऐसा कुछ भी होने दे सकता है, कि प्यार क्या हवस ही होता है असल में, कि 'सेक्स' न हो तभी प्यार प्यार होता है या क्या...? या क्या...? कभी गम्भीर होना सहज होता, हमें सुध नहीं रहती और हम सवालों की ऊहापोह में डूबते-उतराते। गहरे उतर जाते और वहाँ गहराई में चेहरों पे अजीब तनाव खिंच आता, होंठों पर हँसी आना चाहती और हम खुद से ही झेंपकर उसे ढकेलते रहते

और तब किसी मामूली हरकत पर, जैसे दोनों को छींक आ जाए तो या दूर सड़क पर रिक्शेवाला चिल्ला पड़े—ए भइया तनि हेधिर हो जा—पर गुब्बारा जैसे फूट जाता, हमारी गम्भीरता की हवा फुस्स से निकालता हुआ और हम ठहाका मारकर हँस देते। जैसे बड़ा ही मज़ाकिया वाकिया घटा !

इधर-उधर से सुने कुछ बेहूदे मज़ाक भी थे जो हमारी मित्र-जमात में खासे लोकप्रिय थे। जैसे जहाज़ में मच्छर घुस आए, सबको काटने लगे सो एक युवती ने अपना कपड़ा उठाया—यह तुम्हें मच्छर के काटे की फुंसियाँ लग रही हैं ?

कभी माई पकवान लेकर उसी बीच पहुँची तो हमने उसे भी यह चुटकुला सुनाया। वह मुस्कुराई पर बोली कोई बहुत मज़ाकिया तो नहीं है, बस वर्जित विषय का ज़िक्र कर दो तो हँसी नहीं आ जाती। तब उसने एक चुटकुला सुनाया कि धरतीवालों की किसी और लोकवालों से चली मुलाक़ात; वे अपना जौहर इन्हें दिखा रहे थे कि यह देखो यह हमारा वह, वह हमारा यह, हम ऐसे यह करते हैं, वैसे वह करते हैं, इस तरह ढाई मिनट में बच्चा पैदा कर देते हैं। तब पृथ्वीवालों ने बताया कि हम ऐसे यह करते हैं और वह वैसे करते हैं, वह देखो, यह देखो, और नौ मास में बच्चा बनाते हैं। तो उस लोकवाले दंग रह गए—नौ महीने लगने थे तो यह उतावली किस बात की ?

बहुत हँसे हम। माई ने कभी बाबू के संग क्लब में सुना था। माई ने सुनाया इसलिए और हँसे। कहीं मन खुशी से चिहुँक उठा कि यह इस बात का द्योतक है कि हम तीन एक टोली हैं।

फिर भी अपने हर पल तो कोई खुद ही को नहीं बताता, दूसरों की छोड़िए। हम न माई को, न ही एक-दूसरे को ही सबकुछ, सबकुछ बताते। सुबोध छिपाता था मुझे मालूम था। रंजना और अंजन की जीजी उसको अपने ऊपर लिटा लेती थीं, मुझे पता था। जब सुबोध छुट्टियों में आता तो जीजी रात बिताने हमारे यहाँ रह जातीं। गर्मी में हम आँगन में सोते थे, मधुमालती और चमेली की खुशबू से घिरे। दादा सामने के बरामदे में टेबल फ़ैन लगा के पड़ जाते और बाबू भी। माई हमारे पास सोती। एक कतार में माई, फिर मैं, फिर सुबोध, फिर अंजन, फिर रंजना और कोने में जीजी। वह किसी न किसी बहाने सुबोध का सिर प्यार से खींच अपनी मोटी छाती में घुसेड़ देतीं। सुबोध ने बताया था सुनी, सो जाता हूँ तो आती हैं, मेरा हाथ अपने कुर्ते में डाल देती हैं।

यह सब हमने माई से नहीं कहा। यह भी नहीं बताया कि बाबू से मिलने जो बेरी महाराज आते हैं, मोटे, मक्खन से चिकने, मुझे 'आओ बालिका' करके पास बुलाते हैं और मेरी अल्हड़ बाँह हाथ में भरके उसी की आड़ में मेरे सीने

को टटोलने की कोशिश करते हैं। एक बार पास बुलाके बोले ये नम्बर अलग-अलग पढ़ दो, मैं देख नहीं पा रहा। मैंने अंग्रेज़ी में पढ़ दिए तो बोले, हिन्दी में पुत्री। मैंने हिन्दी में पढ़ा—एक, सात, दो, दो। और वे हँसते चले गए और उनकी आँखें अंगारों-सी दहकने लगीं। माई नहीं समझी कि मैं क्यों उनसे भागती थी और क्यों सुबोध उन्हें देखकर कुत्ते-सा भौंकता उन पर लपकता।

दादा और बाबू हमें भरसक कहीं जाने नहीं देते थे वैसे। रात कहीं ठहरना तो असम्भव था, रात का न जाने कैसा डर था उन्हें। पता नहीं किससे बचाते थे हमें। क़ैद में न कृतियाँ, न विकृतियाँ रुकी हैं।

बाबू और दादी और दादा पता नहीं कहाँ-कहाँ हमें ढाँप देना चाहते थे। क्या हमें न दिख जाए, क्या हमारा न दिख जाए !

कभी जीजी—हाँ-हाँ वही जीजी—अपना नया-नया बच्चा लेकर पहुँची थीं और माई ने उसे चुमकारते हुए उसके होंठों को प्यार कर लिया।

"अरे...नहीं..." बाबू दंग रह गए। कुछ नहीं, गुस्से से चीखती आवाज़ नहीं, पर भर्त्सना से लैस। "बच्चों का भी ख्याल नहीं," जीजी से बोले।

लोगों को पकड़-पकड़कर मुँह पर चूमने लग जाएँगे जैसे !

और कभी दादा के किसी मिलनेवाले ने अपने बेल के शरबत का गिलास सुबोध के गिलास से खनकाके 'चियर्स' कर दिया था। दादा आग-बबूला हो गए—"बच्चों के आगे मज़ाक में भी ऐसे नहीं करना चाहिए। ऐसा ख़याल ही उनके ज़ेहन में नहीं आ पाए।"

अपना वह आलम था कि रात को कितनी ही बार माई के आगे पानी का गिलास भी टंकारते—'चियर्स।' मीठी सिगरेट तो बाबू ही लाते थे जिनको मुँह में दबाकर बचपन से हम धूँ-धूँ धुआँ निकाल रहे थे।

'असल' चीज़ पीने-पिलाने का हमारे यहाँ वैसे, खास क़ायदा नहीं था। चर्चे सुने कि दादा पीते थे कभी। वे खुद अपने अंग्रेज़ दोस्तों के संग 'वाइनिंग एंड डाइनिंग' की बात कर चुके थे। बाबू क्लब में पीते थे और कभी अपने कमरे में फूफाजी या किसी अन्य अतिथि के साथ या अकेले भी, भूले-भटके, पर हमारी नज़रों से बचकर। दादा और दादी के गुज़रने के बाद ज़रूर कमरे के बाहर हमने उन्हें 'दवा' लेते देखा।

अजीब बात है पर उस बचपन में 'दवा' को हमने दवा ही जाना। शराब तो नहीं ही जाना। 'शराब' लफ़्ज़ ही हमारे यहाँ वर्जित था, जैसे 'टट्टी' और 'पेशाब' ! हम तो 'बिग बाथरूम' और 'स्मॉल बाथरूम' करते थे ! हरदेई और भोन्दू भी हमारे सामने वही करने जाते, अकेले जिस भी स्तर पर उतर जाते हों

भले ही। उसी तरह शराब कोई नहीं कहता था।

ताज्जुब यह है कि 'दवा' भी हम नहीं कहते थे। वह 'दवा' बाबू के कमरे में, कपड़ों की अलमारी में ताली के अन्दर बन्द रहती। माई कभी हरदेई को निकालकर देती तो हरदेई भोन्दू को देती, जो ट्रे पर गिलास और पानी और बर्फ़ के साथ उसे सामने बैठक में ले जाता जहाँ अब बाबू और उनका जमघट बैठता था। हमारे बगल से बोतल लिये हरदेई निकलती तो न जाने क्यों हमारी घूरती आँखों से आतंकित होकर 'दवा' को और अपनी धोती की आड़ में घुसाने लगती।

हमसे किसी ने यह भी नहीं कहा कि 'दवा' बुरी चीज़ है पर हमें मालूम था वह हमें कभी नहीं दी जाएगी। यही नहीं मालूम था कि कैसे पता था कड़वी है। कब सूँघा कि बदबूदार है। पर था कोई रहस्य उसे लेकर हवा में तिरता। तभी जब बुआ हमारे संग बैठी थीं और हरदेई माई के साथ बाबू की अलमारी खिसका रही थी और अन्दर बोतल टूटने का ज़ोरदार शब्द हुआ तथा गाढ़ा, महकता, तत्त्व बाहर को बह चला तो क्यों हम दोनों, सकपकाए, क्यों बेहूदी सफ़ाई देने में बोल पड़े 'अँह यह क्या है, अजीब चीज़...' और इस डर से कि इसका जवाब न मिल जाए, छत पर चले गए।

हमने तो माई के बगल में भी कभी, देर रातों में, गिलास पाया, महकता गिलास, खाली गिलास, जब बाबू नहीं थे घर में।

क्या सोचा होगा हमने बचपन के उन दिनों में पता ही नहीं, क्योंकि जो सोचा उस पर सोचते नहीं थे तब। कुछ फ़िल्में देखी होंगी, नाटक देखे, किताबें पढ़ते थे, और कभी मस्तियाकर, कलम से चेहरे पर दाढ़ी-मूँछ रँगके, हम दोनों भी पानी-शरबत चढ़ाके पिनकते चलते—ज़बान लटपटाकर, कदम डगमगाकर, आँखें ऊपर घुसाकर नाटक करते और खिलखिलाके हँसने लगते।

हमने नाटक करके यह नहीं सोचा कि कहीं असली शराब है, न उस शराब को कभी 'दवा' से जोड़ा, न 'दवा' को बाबू से, न बाबू को माई से और न माई को गिलास में आती महक से, और न उस महक को किसी के जीवन में कहीं से आती हवा से...।

15

हमने तो जोड़ा तो बस माई को अपने आपसे जोड़ा। उसके खाली अन्तस में खुद को डाल दिया। उसके कमज़ोर डरपोक व्यक्तित्व में अपनी हिम्मत भरनी चाही।

होते-होते हम माई के साथ कुछ ऐसे हो गए जैसे पालतू कुत्ते होते हैं, पहरा देते होशियार खड़े ! पहले जब हम डरते थे तो कोई उसे कुछ कहता, हम तड़ से नज़र ऊपर करते, आँखों में घबराहट और हमदर्दी लिये। फिर हम गुर्राने लगे। फिर वक़्त ज़रूरत भौंकने लगे। और करना पड़ता तो अगला कदम भी ले लेते—काटने का !

हम माई के लिए डरने लगे थे। उसे भी अपने साथ निकाल लेना चाहते थे।

इसलिए जब वह गिर पड़ी तो बहुत ही डर गए हम। हमारा दिल धड़-धड़-धड़-धड़ करने लगा, करता रहा।

माई बेहोश हो गई थी, उठाके उसे पलँग पर लिटाया गया, बाबू डॉक्टर को लेने दौड़े, दादा आसपास चक्कर काटने लगे, दीदी हाय-हाय करने लगीं।

माई बीमार पड़ी थी।

हमें याद नहीं कि इसके पहले वह कभी बीमार पड़ी। हमें बस याद है उसका झुक-झुककर काम करना, हर किसी का सबकुछ सुनते-सहना। व्रतों के दौरान सिर में कभी दर्द उठा भी तो बस चेहरा ज़रा सिकुड़ जाता, रंग फीका पड़ जाता। पर काम उसी तरह करती जाती। सिर-दर्द और दिन भी होते रहे होंगे इस बात से समझ आ रहा है कि व्रत के सिर-दर्द में हम उसे ऐस्प्रो या सैरीडौन देने की कोशिश करते तो वह मना कर देती। यानी और कभी ली होंगी यह गोलियाँ। पर जब सिर-दर्द ने दिनचर्या नहीं बदली तो हमारे ज़ेहन में बात टिकी ही नहीं। नहीं इसके पहले माई बीमार कहाँ पड़ी। वह तो दादी को अधिकार था कि महीने-वहीने में कभी तड़प लेतीं, "हाय-हाय, हे भगवान्, उठा ल हमके, अरे बिटवा, का बताईं कइसन दरद बा..."

तो माई गिरी तो हम फक रह गए।

उसने बताया कि अचानक पैर काँपने लगे, कि अक्सर उसके पैरों में दर्द होता है और पीठ में भी होता है।

डॉक्टर ने पीठ ठोंकी-ठाँकी, बाबू ने कहा कह रहे हैं ऐंक्सरे लेना पड़ेगा, पर अभी नहीं, अभी माई को कुछ दिन, बिना तकिए के, तख़्त पर, बाँध या निवाड़ की खाट पर नहीं, चौबीसों घंटे लेटना होगा और पीठ और पैर दोनों के लिए दर्द की गोली खानी होगी। वैसे, डॉक्टर ने दिलासा दिया, यह कोई बीमारी नहीं है, बस झुकने के कारण हो गया है।

दादी ने यह बात बार-बार दोहराई कि वैसे यह बीमारी नहीं है, बस झुकने की वजह से हो गया है। स्वर में हमदर्दी और राहत और साथ ही शिकायत भी कि इतना हंगामा क्यों और बराबर माई के आगे-पीछे क्यों, यह बीमारी थोड़े है ?

बाबू माई के लिए अस्पताल, बाज़ार, आगे-पीछे दौड़ गए। दादी का दिल उन्हें देखकर पसीज जाता, "हाय बेचारा राजा के ऊपर केतना काम आ गइल बा। दफ्तर भी देखे के बा, घर भी देखे के बा, डक्टर क सारा भाग दउड़ करे के बा, हाय कइसन थाकल-थाकल लागत बा बिटवा।"

एक बेचारा बिटवा और एक बेचारी बिटवा की अम्माजी ! क्योंकि पहली बार दादी पर रसोई का कुछ भार आ पड़ा। मुझे सुबह से पढ़ने जाना होता था, हरदेई के हाथ में वह बात नहीं थी, तो दादी को हाथ लगाकर काम कराना पड़ रहा था।

खाना दादी ने ज़ोरदार बनवाया। घी का भरपूर प्रयोग। माई के लिए हल्का पर मन से बनाके चीज़ें भेजतीं—साबूदाना, लौकी, परवल का रस, मूँग की खिचड़ी।

दिन-भर उनकी आवाज़ आती, "अरे उल्लू एतना जीरा झोंक दिहले ? एके बार में चार आना क मार ?"

"ओह हो हो, देखत न बिया गदही, दूध उबलके गिर गइल, इहाँ तक महक आवत बा, कम से कम नाहीं त एक रुपया जरा दिहलस।"

"आय हाय ऐइसन बरबादी, तेरा मरद क पइसा ह का ?"

सुबह से शाम हिसाब, कि कितने पैसे हरदेई खा गई, कितने रुपए भोन्दू निगल गया। जो उनकी थालियों में लगाकर दो वक़्त खाना देती थीं, उसका अलग पाई-पाई जुड़ता।

"तोहनी के खा लस ना, सबेरे क दाल ओकरा के देबे के पड़ल। छटाँक भर से कम घी ना पड़ल होई।"

"एतना महँग पालक, जान बूझके ऊ सील बढ़िंया से ना धोवलस ह, मार किरकिर करत रहे, सब ऊहे दूनन ले उड़लन सन। ठाठ बा उनहन के !"

माई को सख़्त आराम की ज़रूरत थी। डॉक्टर का कहना था माई को बहुत दर्द होता है। जब उसे उठने दिया गया तो बाबू माँगे की गाड़ी में उसे अस्पताल ले गए, ऐंक्सरे कराने।

डॉक्टर ने कहा कि झुक-झुककर काम करनेवालों का यही हश्र होता है। लगातार झुके रहने से रीढ़ों के बीच का तत्त्व घिस जाता है और नसों पर ग़लत दबाव पड़ने लगता है। कि यों झुकनेवाले को झुके रहने में भी दर्द होता है, तनने में भी दर्द होता है।

मेडिकल भाषा में डॉक्टर ने बताया कि 'स्पाइनल कौलम' में रीढ़ों को जोड़नेवाला 'डिस्क कुशन' बिगड़ गया है। बाहर की ओर 'ऐन्यूलस फ़ाइब्रोसस', भीतर को नर्म 'जेलाटिनस' तत्त्व है, 'न्यूक्लीयस पल्पोसस'। इसी 'कुशन' के सहारे 'स्पाइन' में 'फ़्लैक्सिबिलिटी' आती है पर ग़लत मुद्रा में बैठने, खड़े होने से और ज़्यादा काम करने से, 'स्ट्रेन' करने से, 'डिस्क' घिस जाती है और रीढ़ की हड्डी अपनी सही जगह से हटकर तिरछी होकर नसों पर दबने लगती है।

दर्द तो लगा रहेगा अब, डॉक्टर ने बताया। हाँ 'बेल्ट' पहन लें, 'ऐक्सरसाइज़' बताता हूँ, करती रहें, थकने के पहले थोड़ी-थोड़ी देर को आराम कर लें और तब भी दर्द हो तो 'पेनकिलर' ले लें।

वैसे, डॉक्टर ने कहा, यह कोई बीमारी नहीं है। औरतों को अक्सर हो जाता है।

और क्या, दादी ने सुकून की साँस ली और यही कहा। बोलीं कि जो उन्हें हुआ था वह तो हम बच्चों को याद भी नहीं होगा, कि जीवन-भर नकली जोड़

लगवाके लँगड़ाना पड़ रहा है।

और हम ? हम तो शुरू से ही जानते थे, माई की रीढ़ की हड्डी कमज़ोर है...।

उसकी कमज़ोरी पर दया करते रहे, उसे बचाते रहे और एक दिन उसकी निर्बलता पर कुछ हल्की-सी घृणा भी करने लगे।

16

'एक दिन' हम कह तो गए, पर कौन-सा दिन था वह, हम न कह पाएँगे।

होते-होते हुआ होगा पर याद करना चाह रहे हैं तो लग रहा है अचानक ही ड्योढ़ी में इतना कुछ बदल गया। माई बेल्ट बाँधकर चलने लगी थी पर पहले से ज़्यादा चलने लगी। इसलिए कि घर के बाहर भी चलती थी, सामने की तरफ़ भी, जहाँ बस दादा की स्मृति-भर विचरती थी अब। अन्दर भी चलती थी और दादी का हस्तक्षेप दादीसमेत जा चुका था।

माई का बुढ़ापा आया तो वह एक ही झटके में मालकिन बन गई।

दादी सुहागन मर चुकी थीं। वे कहा करती थीं कि "ऊपरवाला से ऐतने सा भीख माँगत बानी कि उनकरा से पहिले हमके उठा लेस।" उनकी ठोढ़ी, जिसकी हड्डी कब की गल चुकी थी, उनके ओठों के काँपने से झूलने लगती। हमको हँसी आती कि ज़िन्दा हैं दादा तब तो इन्हें उनकी पूछने तक की नहीं सूझती।

जो भी हो, दादी थीं तो डटी रहीं। डॉक्टर की मनाहियों को आएँ-बाएँ-दाएँ सरकाकर वे चोरी से, धड़ल्ले से, खाती रहीं पर उनका जीवन नहीं घटा। वे अपने वक़्त से मरीं और सत्तर पार करके मरीं। अब कोई यह कहे कि जब मरें वही

वक़्त होता है तो फिर हम खामोश हो जाते हैं। खैर, दादी मरीं और दादा फूट-फूटकर रोए और कुछेक बरस बाद वे भी चल बसे।

हमें कुछ ज़्यादा याद नहीं। फूल याद हैं, पंडित का पाठ याद है, भीड़ याद है। याद है कि जिस दिन दादा या दादी मरे, हमें क्लब के किसी जलसे में जाना था और हमें अफ़सोस हुआ था कि नहीं जा पाएँगे। अँधेरा हो चुका था और हम बाहर थे जब बाबू तेज़ कदमों से घर लौटते नज़र आए। हम जानते थे बाबू हैं पर अँधेरे में उनके उजले कपड़े बस दिख रहे थे, मानो बिना सिर का भूत बढ़ा आ रहा हो और हम अन्दर चले गए। फिर याद है कि किसी दिन हममें से एक ने कहा कि बैठक में लगी दादा की फ़ोटो को घूरो तो पीछे उनके पदचाप सुनाई पड़ेंगे और हम बैठक में जाने लगे। और याद है कि अकेले ही छत पर मैं चली आई थी, दादी का नीला मसनद कवर तार पर सूखने को पड़ा देखकर, और रोई थी।

माई ने नौकरों-मज़दूरों से बातचीत शुरू कर दी और दादा की बैठक के सामने लगी मेहँदी की झाड़ें—जिनमें मार्च में सफ़ेद फूल और हरे दानों के गुच्छे भरने लगते और जिनके पत्तों को पिसवाकर हम दोनों बचपन में अपनी हथेलियों पे चित्रकारी करते—छाँट दी गईं। मेहँदी के घेरे में उगती जंगली घास के गट्ठर बनाके निकाले गए और वहाँ ज़मीन खोदी गई, फिर उस पर 'रोलर' चला, बरसात में उस पर दूब बिछी और माई के लॉन का उद्घाटन हुआ। क्यारियाँ बनीं और अंग्रेज़ी गुलाब खिलने लगे। और क्यारियाँ बनीं और अनेक किस्में—कैंडीटफ़्ट, फ़्लौक्स, पिटूनिया, नैस्टर्रशियम—तरतीब से लहलहाने लगीं।

लॉन में एक चबूतरा था जहाँ दादा कहा करते कि लम्बी घास के सहारे चढ़कर साँप सरसराते हैं। वहाँ अब हर शाम भिश्ती आकर मश्क से पानी छिड़कता और भोन्दू चार आरामकुर्सियाँ और एक गोल मेज़ लगा देता। उस पर मेज़पोश पड़ता और पीतल का भारी राखदान रखा जाता। बाबू और उनके मिलनेवाले वहीं चाय मँगवाते। शरबत का रिवाज़ अब कम हो चला था।

कोई न होता तो माई अपनी सिलाई-बुनाई लेकर वहाँ बैठती, मज़दूर उसके पास आते, वह उन्हें ताकीद देती। हम भी पैर झुलाते साथ बैठते। फाटक खुलता तो माई तपाक से उठकर अन्दर चली जाती।

फिर भी अब अन्दर-बाहर का नाता बढ़ गया था। यहाँ तक कि माई अन्दर से ज़्यादा बाहर नज़र आने लगी—लॉन में, खेतों में, गमलों-क्यारियों पे झुकी।

दादा और दादी का जाना उतना नहीं याद—जबकि हम तब छोटे नहीं रहे—जितनी उनके जाने के बाद की ड्योढ़ी याद है। सख़्तियों का मौसम जो

बदल गया !

चौके की क़ैद भी ढीली हुई। बाबू पेट के मरीज़ थे ही, कम खाते, सादा खाते। पर इतना भी कम नहीं कि माई अब निठल्ली बैठे। कचौड़ी-पकौड़ी नहीं पर सादा चूड़ा-मटर छुँकता, फलों की चाट बनती। बाज़ार से मिलनेवाले तैयार नाश्ते ने भी आसानी बढ़ाई। अचानक जो बाबू के मित्रों की आमदरफ्त शुरू हुई उनके लिए दालमोठ, बिस्कुट, स्क्वॉश, चाय पहुँच जाता।

कुछ तो था जो माई की दुनिया का विस्तार बढ़ गया।

नए सिक्के-सी चमकती सुबहों में सिर पर पल्लू लिये माई कहीं खेतों में बात कर रही होती, कहीं केले के धुले पत्ते पर पूजा के लिए गुड़हल, गेंदे, बेला के फूल तोड़ती, तो कहीं अपने पौधों को सींचती-सँवारती, फुनगियाँ तोड़ती, सूखे पत्ते झटकती, पाइप से पानी देती।

तभी कभी हम भी उसके पास सरसों के महकते खेत की मेंड़ पर बैठे थे।

"कितने सुन्दर हैं न माई," सुबोध घर लौटा था, "फूल देखकर मन हमेशा खुश हो जाता है।"

माई दिल्लगी के अन्दाज़ में मुस्कुराई, "हमेशा नहीं। पपीते के फूल देखकर मन खराब हो जाता है। नर है, फूल न देगा !"

कम ज़मीन नहीं थी ड्योढ़ी में। आठ-दस एकड़—गेहूँ, अरहर, मक्का—सब खेतों में उगता। अप्रैल में पकी सुनहरी बालियाँ ! आँगन के पिछवाड़े सब्ज़ियाँ होतीं। वहीं केले और आँवला और बड़हर और चम्पा और पपीते और नीबू और कटहल के पेड़ थे। केले के गुच्छे मकान के कमरों में यहाँ-वहाँ, कहाँ-कहाँ टाँगे जाते, पकने को, कि बस उछलकर जहाँ हाथ मारो वहीं फल हाथों में !

पीछे ही करौंदे की झाड़ें थीं जिनका अचार माई ऐसा बनाती कि बस वही बना सकती थी।

सामने, बैठक के बाहर भी माई ने बल्ले गड़वाकर अंगूर की लता चढ़ा दी—मई-जून में हरे गुच्छों का रेला लग जाता।

पहले दादा का खेतों से नाता था। शाक-भाजी, अनाज-गल्ला, आम-अमरूद तब भी मिलते। कटहल की सब्जी और अचार तब भी बनते। पर माई ने बाग को छूकर उसमें औरत-सुलभ निखार ला दिया।

इन पहले से बाद के दिनों में हमने माई को शान्त पर अपने-में-लौटी, घूमते देखा। हम जल्दी उठ जाते तो सुबह का पवित्र सम्मोहन हमें भी छू जाता। एक निर्मल रमणीयता जिसमें कोयल की कूक है और चिड़ियों की चहक है। हरसिंगार, गुलाब, चमेली की महक के साथ नीम के फूलों की भीनी सुगन्ध है। हल्की-हल्की

श्वेत शीतल हवा और निखरा-निखरा ताज़ा भोलापन। दूर कुएँ पर बैल काम में लगा दिए जाते और वहीं कहीं से पुआल और गोबर की मोहक गन्ध उड़ती। नौकरों के घरों के बाहर झाड़ू की खस-खस सुनाई पड़ती और दातुन चबाता कोई दिख जाता। आँखों में मृदुलता लिये माई इस सुबह का सुहाना हिस्सा होती।

फिर भी हम नहीं मानते थे कि माई के लिए अब अच्छा हो गया। चूल्हा या अँगीठी, स्टोव या गैस सब पर कहानी वही एक दोहराई ज़ाती हमें दिखती।

हम तो फाटक के बाहर हो चुके थे, उसे भी निकलना था। दादा ने कहा था, फाटक के बाहर ज़हर से भरी दुनिया है, बचो। हम पहले ही पूछ चुके थे कि आप कैसे बचे ? या ज़हर कैसा अगर कोई नहीं बच सकता और आप बच गए ? हम बच्चे हैं, नहीं समझ पाएँगे, पर माई दादी क्यों अज्ञानी हैं कि वे भी न समझेंगी और इसलिए उन्हें भी अन्दर, बचे रहना है ?

हम बच्चे नहीं थे अब। हमारा बचपन नहीं था, दादा-दादी नहीं थे अब। हम बाहर निकल आए थे और अकेले बाबू निकले-हुओं को कैसे भीतर लाते ? अब तो पीछे के दरवाज़े का भी इस्तेमाल कम होता—न भोन्दू कोयले की कोठरी के लिए बोरी में कोयला लाता, न मैं सबसे छिपाकर, बस माई को बताकर, कहीं जाती, न वह नौबत आती कि बाबू लौटने पर देख लें और कहें बड़ों से पूछकर जाना चाहिए, तो कहना पड़े विद्रोह-भाव से तभी तो माई से पूछ गई थी पर डर लगे कि माई को डाँट न पड़ जाए तो झूठ जोड़ दें उसे बचाने के लिए, कि इम्तहान की तैयारी करनी थी, सहेली गाड़ी में आई थी लेने, तभी माई ने जाने दिया।

वे दिन अब नहीं थे। पर वे दिन अभी भी थे कि हम सोचें हमने माई को बचाया है और हमें माई को बचाना है।

17

तो जब न बचा पाते, हम चिड़चिड़ाने लगते कि माई हमारा साथ नहीं देती। हमारे साथ कहीं निकलते-निकलते, बाबू से उसकी नज़र मिल जाए तो वह लौट जाती, कभी-कभी तो उसी के लिए बनाए प्रोग्राम को यों गुड़गोबर करके।

ऐसे ही हम उसे पहाड़ों में, अपने किसी मित्र के यहाँ, मना-वनाके ले जा रहे थे। वह घबराई पर हल्की-सी लाली दौड़ गई उसके चेहरे पर। उसने पूछा था क्या वह मन्दिर वहीं पास है और हमने बताया था कि हाँ टैक्सी करके घंटे-भर में पहुँच सकते हैं, बड़े तीर्थवाली जगह है। हमने कड़ी आवाज़ में बाबू को बता दिया। कह दिया कि मोल-भाव, समझौते, की दुकान नहीं खोली है कि लम्बी बात करें, बस बता रहे हैं कि सब तय है और टिकट कटाने जा रहे हैं। टिकट लेकर आए तो माई कहती रही टिकट लौटा दो, तुम लोग जाओ, तुम्हें तो मना नहीं करती, नहीं है मेरा मन, ज़बर्दस्ती खींच ले जाओगे तो क्या फ़ायदा ?

सुबोध बड़बड़ाने लगा, "ज़बरदस्ती कोई कर ही क्या सकता है ? जब वह ही नहीं चाहती, खुद ही साथ नहीं देती। सुनी, शी इज़ सच अ वीकलिंग।"

सुनी और सुबोध 'वीकलिंग' नहीं रह गए थे। एक तो वे अकेले थे और अकेलों को जवाबदेही केवल खुद से करनी पड़ती है। दूसरी बात इसी से जुड़ी है—जहाँ बस खुद का सवाल है तो खुद को तो दी ही जाती है खास तरजीह। खुद अकेला बड़ा ताक़तवर होता है, मेधावी होता है, हर चीज़ से मुक़ाबला कर सकता है। इसलिए क्यों बरबाद करे अपनी ख़ासियत को सादे, सपाट मसलों में ? जितना जटिल हो मुद्दा, जितनी हों गाँठें, उतना ही अकेले के अहम् के लिए बेहतर। बड़ी-बड़ी लड़ाई, बड़ी-बड़ी जीत। बड़ी-बड़ी हार।

पर शायद मैं अभी न उतनी खुदी में, न उतनी अकेली हो पाई थी। क्योंकि जब छुट्टियों में घर आती और बाबू मेरे ख़त खोलकर मुझ तक पहुँचवाते तो मैं कितने दिनों तक कुछ नहीं बोल पाई। बस अन्दर मन में हवा सनसनाती रही और खुले हुए, पढ़े हुए, मेरे नाम आए ख़त मैं पढ़ती रही।

फिर कभी कुछ हुआ होगा। जिसका ख़तों से कोई सम्बन्ध न था, शायद किसी चीज़ से कोई सम्बन्ध न था। पर किसी बात पर आवाज़ चटक गई और आँसू छलक पड़े और एक आँसू का निकलना था कि आँसू से सम्बन्धित अनेक बातें याद आ गईं और बाकी आँसू भी शेर हो गए और बरस पड़े, गरज पड़े। आपे में नहीं, ऐसे रोई थी, ज़ार-ज़ार रोई थी। माई घबराके थाम बैठी, बाबू हड़बड़ाके वहाँ आ गए और मैंने टूट-टूटकर शब्द जोड़े—इन्हें विश्वास नहीं... खत...खुले...। और माई ने बाबू की तरफ़ प्रश्न से देखा। बाबू ने खिसियाकर कहा, "भूल से खोल दिया होगा,...नहीं करेंगे भई..."

भूल से हमने भी खोला था एक ख़त। जो माई के कंघी-तेल के आले पर हमारी तस्वीरवाले फ्रेम में था। सुबोध ने कैमरा ख़रीदा था और सबकी ढेरों तस्वीरें खींची थीं और हमने चाहा था कि दादा और दादी की तस्वीर फ्रेम में साथ-साथ लगा दें। अपनी फ़ोटो का फ्रेम खोल दिया। उसमें निकला था वह कागज़ का पुर्ज़ा, माई के नाम।

माई के नाम तो ख़त नहीं आते, हमें ताज्जुब इसका न हुआ। कभी। बल्कि इस पर हुआ कि एक भी ख़त माई के नाम कैसे ? माई के नाम ख़त कैसा।

और भूले से खुला था वह ख़त जो हमें समझ नहीं आया था, कि कौन है जो उसे याद करता है, करेगा, उसको उसके विवाहित जीवन में खुशी की दुआ देता है, बस, जो 'घर' जाता रहेगा और उसकी खोज-खबर पाता रहेगा, जो ज़िन्दगी का हर सुख उसके लिए चाहता है कि कभी किसी मोड़ पर अनजाने तुमसे सामना हो जाए तो तुम्हारे चेहरे की खुशी देखकर मैं समझ जाऊँ

यह तुम ही हो, वही मेरी अपनी, और तुम्हारा पता-नहीं-क्या घुचा-मुचा एक हस्ताक्षर।

पीला, चूरा होता कागज़ का वह पुर्ज़ा हमारी उँगलियों को जलाता-सा लगा और हमने जल्दी से फ्रेम में कागज़ की तहों में उसे फिर से दफ़ना दिया।

माई के चेहरे पर छाए समाधिस्थ शान्त को छेड़ने की तो हमारी हिम्मत कभी नहीं थी।

18

सुबोध तो मज़े में ड्योढ़ी से बाहर होता चला गया था, अपने मुँह से अपने लिए उसे कहना नहीं पड़ा। अंग्रेज़ोंवाले बोर्डिंग स्कूल से पास होकर बी.ए. करने वह दूसरे, और भी बड़े शहर की यूनिवर्सिटी में आ गया था। उसी ने वहाँ पूछताछ शुरू की और एम.ए. करने में भी वहाँ पहुँच पाई। अलग-अलग होस्टल और कॉलेजों में लेकिन फिर से एक ही 'स्कूल' में हों जैसे। फिर सुबोध विलायत चला गया।

ड्योढ़ी से मुझे निकालने का श्रेय मैं सुबोध को देती रही। वही हमेशा मेरे लिए भिड़ा था, दादा से, दादी से, बाबू से भी। मैं बस एक तरफ़ बैठी आँसू बहाती रही। माई चुप बैठी रहती, कभी इनको देखती, कभी उनको। इधर की सुनती फिर उधर की सुनती।

पर सुबोध टस से मस नहीं हुआ।

दादा चीख़ा करते थे कि इनका भाई स्टेट में फ़र्स्ट आया है, इन्हें क्या मिला है जो इस तरह उछल रही हैं बाहर जाके पढ़ूँगी ? हमें नहीं बिगाड़ना है अपने बच्चों का भविष्य जो ऐरी-गैरी जगह भेजें। सबकी बेटियाँ यहीं पढ़ रही हैं, उनके दिमाग़ ख़राब हैं क्या ? बाबू रोए और सुबोध पूछने लगा, सुनी, नाटक तो नहीं

कर रहे ? माई ने अकेले में बहुत कुछ कह डाला—सोच लो सुनी, बाबू को कहीं कुछ हो गया तो...? मैं तो चाहती ही हूँ तुम लोग कुछ बनो, नाम करो। पर अच्छे से सोच लो, जाना कितना ज़रूरी है ? तुम बड़े हो गए हो, दुनिया को समझते हो, मैं क्या जानूँ कहाँ जाने से क्या मिलता है। जाने को कितनी उत्सुक हो, क्यों हो, खुद सोचो-समझो।

और मेरे हाथ-पैर कमज़ोर पड़ने लगे। कितनी उत्सुक हूँ, वाक़ई इतनी बड़ी बात है वहाँ एम.ए. करना, क्या बनूँगी, कुछ बन सकती हूँ क्या ?

वह तराजू कहाँ मिलेगा कि अपनी इच्छा को, बात की अहमियत को, एकदम सही-सही तोल पाऊँ—इतने तोला, इतने माशा, इतने रत्ती ? पर हो भी ऐसा तराजू तो क्यों इतना तुलवाती हो ?

वहाँ तरह-तरह की चीज़ें सीखेगी माई, आत्म-विश्वास बढ़ेगा, पढ़ाई ही तो सबकुछ नहीं। सुबोध दृढ़ आवाज़ में समझाता गया। यहाँ वही घिसी-पिटी पढ़ाई और सिकुड़ती-सहमती लड़कियाँ।

घर के बाहर औरत के लिए बस बदकारी है, ड्योढ़ी की दीवारों से टकराकर किसी के बोल फिसले और हमारे देखते-देखते माई एक निर्णायक ख़ामोशी में चली गई। बाबू पीछे पड़े रहे किसी भी तरह करो, तुम्हारी वे सुनते हैं, ऐसा बिगाड़ दिया है कि दूसरों का तिरस्कार करते हैं, याचना करो, धमकी दो, तुम समझाओ, ख़ानदान को सर्वनाश से बचाओ, उसके पैरों पर गिरके गिड़गिड़ाओ, मारो उसे, माँ हो, हक है तुम्हारा...वे सुनेंगे तुम्हारी...।

बाबू इस गूढ़ बात को समझते थे कि किसकी हम सुनेंगे। पर हम इतना नहीं समझते थे। हम तो सुबोध के निकाले निकले। सबकी आँखों में आँखें डालनेवाला वही था। माई तो बोली नहीं, कुछ उसने किया नहीं।

किसी के कहे की अनुगूँज न बनना, उसके आदेश को बुत की तरह बस सुन लेना, इनका भी कोई श्रेय हो सकता है, हमें सोचने की फुर्सत नहीं थी। एक बार माई कह देती 'रहने दो सुनैना' तो सुनैना के पैरों को लकवा मार जाता, सुबोध बिलबिल करता रह जाता, ये हमारी समझ के बाहर था।

माई चुप रही।

मैं निकल गई।

दादा चल बसे थे।

बाबू आजीवन माई को कोसते रहे।

बार-बार हम बाबू को आँखें दिखाते—माई को क्यों बुरा-भला कहते हैं ? यह हमने किया।

सुबोध उम्र में छोटा था पर दुनिया देख चुका था, अकेले आता-जाता था, तरह-तरह के लोगों से मिलता रहा, बाबू का स्कूटर चलाता। दादा-दादी भी उसकी राय को बालिग वक़्त देते थे। यह तो उसी के बूते का था कि मुझे निकाल पाया।

मैं ड्योढ़ी से रोती हुई निकली थी। पर ट्रेन में बैठी और सामनेवाले ने अपने जूते खोले, पैसों का बटुवा उनमें डाला और सिर के नीचे तकिया बनाया कि हम दोनों हँसने लगे। नई ज़िन्दगी शुरू कर पाने का हर्षोल्लास मुझे छुए बग़ैर न रह सका। ट्रेन चल पड़ी तो फिर तो ड्योढ़ी छूट ही गई और आगे हज़ारों-हज़ारों परिन्दों की बेताब, ललकती, फड़फड़ाहट थी।

उस पहली बार घर की याद आई न होगी। खन-खन-खन-खन नए-नए सिक्के मेरे दामन में बरस रहे थे, एक तरफ़ डर और संकोच, दूसरी तरफ़ विस्मय और उत्साह की चमक। हर चीज़ का डर था, हर चीज़ का जोश था। कितने ही दिनों तक अकेले और वयस्क होने को नाटक में अपने रोल की तरह महसूस किया। सड़क दाएँ-बाएँ देखकर पार करना, लेटर बॉक्स में हाथ डालकर, थोड़ा ऊपर उचकाके, झुकते पल्ले को खिसकाके माई के नाम ख़त डालना, और थ्री-व्हीलर में बैठके मन ही मन पूर्वाभ्यास करते चलना—वहाँ जाना है...कितना हो गया...यह लीजिए। तब तो इसी की खुशी थी कि तमाम अनजान लड़कियों से सुबह मुँह धोते, ब्रश करते, मुलाक़ात होती है।

उसी हॉस्टल में 'रैगिंग' हुई थी और मेरी चड्डी जो माई बनाती थी—सफ़ेद मारकीन की, झालरदार, नारेवाली—एक लम्बी डुंडी पर झंडे की तरह फहरा के मुझसे 'लेफ़्ट-राइट', 'लेफ़्ट-राइट' कराया गया, जहाँ हुआ किसी सीनियर ने रोका—'हौल्ट, वन टू, अटेंशन...यह क्या है फ्रेशर ?''

''मेरी चड्डी !''

मैं भी हँसी और माई को तफ़सील से सारा कुछ लिखती रही।

सुबोध दूसरे कॉलेज में था। उसके यहाँ कायदे-क़ानूनों की कमी थी इसलिए वह ही ज़्यादातर आता मुझसे मिलने। अपने यहाँ के नियमों पर तो खैर अलग किताब भर सकती हूँ। हर चीज़ तय—बाहर जाने का वक़्त, गिनती से हफ़्ते में इतना, छुट्टियों में इतनी देर और, इसकी मनाही, उसकी इजाज़त, पहले से इत्तिला करो, शाम को लौटो तो वॉर्डन की मंज़ूरी का 'स्लिप' दिखाओ, 'लोकल गार्जियन' के यहाँ नहीं जा रहे तो अकेले नहीं जाओगे बाहर, 'लोकल गार्जियन' के यहाँ गए हो तो उनके हस्ताक्षर करवाकर लौटो, रोंआ, साँसें, आँसू, पेंग, हर एक की रिपोर्ट।

जल्दी ही हम सब खुद अपने 'लोकल गार्जियन' बन गए और जितने माँगो उतने हस्ताक्षर पेश ! या साथ निकलते, बाहर अपनी-अपनी डगर पकड़ते, साथ लौट आते। थोड़ी धुकधुकी लगी रहती कि बाज़ार-वाज़ार में सामना हो गया नियमरक्षकों से तो क्या कहर बरपेगा ! पर बड़ा शहर था जिसका आरपार नहीं, बढ़-बढ़के चारों ओर पृथ्वी को समेटता हुआ। हमारे हौसलों की तरह।

हमारी हिफ़ाज़त के लिए यहाँ फाटक के अलावा रात आठ बजे हाज़िरी होती जिसके फ़ौरन बाद हॉस्टल की इमारत का ले-देके एक बाहर को जानेवाला दरवाज़ा–कॉलेज का फाटक दूर था–चौकीदार बन्द कर देता। बाहर से।

अन्दर चारों तरफ़ कमरे, बीच में अहाता। दरवाज़े में एक-डेढ़-बाइ-डेढ़ फुट की खिड़की थी जिसमें से सिर बाहर निकालकर चौकीदार-चौकीदार चिल्लाया जा सकता था। कभी बिजली की तार में से चिनगारियाँ फूटीं और हम सब घबराई भेड़ों की तरह दरवाज़े से सट गए और आतंकित होके चीखते रहे, दरवाज़ा खोलो, आग लगनेवाली है।

हर तरह के नियम थे यहाँ भी हमें बचाए रखने के लिए। सिगरेट पीनेवाले को कॉलेज-निकाल मिलेगा (डस्टबिन में पता नहीं कौन फुँके सिगरेटों की ढेरी लगा देता। या देतीं !) लड़कों से परहेज़ जो न करेगा वह...(काँच-जड़ी दीवार लाँघकर रोमांस ही रोमांस होते, डेढ़-बाइ-डेढ़ फुट बरक़रार !) यह नहीं, वह हाँ आदि (पर यह हाँ वह नहीं भी होता !)

कभी हमारे नाम एक प्रेम-पत्र आया पता नहीं किस आशिक का, कि आपकी नीली आँखों में मैंने न केवल खूबसूरती पाई है बल्कि बुद्धिमानी भी और मैं जिस दिन आपके दर्शन पा लेता हूँ धन्य हो जाता हूँ, जिस दिन न देखूँ खुदकुशी के ख़याल आते हैं, परसों आप बैडमिंटन खेलने नहीं आईं, खेलेंगी मेरे साथ, क्या आप मिलेंगी मुझसे, सिर्फ़ 'इन्टैलिजेंट' दोस्ती के लिए, इश्क पर ज़ोर नहीं, है ये तो आतिश ग़ालिब...। मैंने दोस्तों को वह ख़त दिखाया, नीली आँखें और ग़ालिब न होते उसमें तो मेरी काली आँखों में हल्की-सी रमक तैर ही जाती, और फिर प्रिंसिपल के कमरे में अपराधी-सी झुकी मैं खड़ी थी, ख़त उनकी मेज़ पर, सुबोध, जिसे खास सन्देश देकर बुलाया गया था, एक तरफ़ खड़ा और रसिया कन्हैया भूखंड के न जाने किस बिन्दु पर नीली आँखों के ख्वाबों में लहराते, गोल।

मुझे 'वॉरनिंग' मिली थी।

मैंने माई को बताया था। उसने चिन्ता से लिखा कि सँभलकर रहो, कोई ऐसा काम न करो कि किसी को उँगली उठाने का मौक़ा मिले पर लोग फ़ालतू

में कहने लगें तो तूल न दो, बस तुम अपनी तरफ़ से सचेत रहो और क्या चाहिए लिखना, कितने रुपयों की ज़रूरत है, कुर्ते में बटन लगा लिए कि अभी भी पिन खोंसके चला रही हो, एक-दूसरे का ख़याल रखना और कब आ रहे हो, सुबोध ने लिखा है उसे दो-तीन दिन रुकना पड़ेगा, अकेले कैसे आओगी ?

कुछ हो, हमारी उत्फुल्लता को तब कोई नहीं घटा सकता था। माई की याद ज़रूर कभी मन को मथ देती पर ड्योढ़ी याद आ जाती तो मानो कारावास याद आ गया।

छुट्टियों में हम घर लौटते थे, माई के पास। मैं भी सुबोध की तरह ड्योढ़ी आती और जाती। हम साथ खड़े होते, स्टेशन पर, ट्रेन के इन्तज़ार में, फैली गन्दगी में भी उतने ही उत्सुक जितने पटरियों के बीच फुदकते बड़े-बड़े वे चूहे, सूटकेस में ड्योढ़ीवालों के लिए उपहार भरे।

मैं भी हॉस्टल पहुँच गई थी। सुबोध ने बोलकर और माई ने चुप रहकर मुझे वहाँ पहुँचाया था। मैं पनप पाऊँ इसलिए। कुछ बन पाऊँ इसलिए। उम्मीदों के साथ।

याद करती हूँ उस गुड़िया को जिसे तरह-तरह की कलाएँ सीखने की नई धुन में मैंने हस्तकला के क्लास में बनाना शुरू कर दिया था। हाथ बनाए, पैर बनाए, जिस्म बनाया, रुई भर-भरके उन्हें सिल डाला, पूरी काया तैयार कर दी, सुडौल और सुचारु। पर सिर जोड़ने की बारी आते-आते वह मेहनत व्यर्थ ल ने लगी। धड़ अलग और सिर अलग, पता नहीं कहाँ फिंक गए।

19

ड्योढ़ी में हम जाते तो रहे, होली, दीवाली, हर छुट्टी में माई के पास, अपनी बाहर की दुनिया की उत्फुल्लता लेके। पर कुछ था जो बदलने लगा था, अनजाने ही।

यह नहीं कि माई को निकालने के हमारे इरादे डाँवाडोल होने लगे। पक्के नहीं रहे। थे, बिल्कुल थे, बस पढ़ाई हो जाए, किसी हीले से लग जाएँ और फिर माई कभी सुबोध के पास, कभी मेरे पास रहा करेगी।

घर जाते तो उसे पहले से बहुत ज़्यादा इधर-उधर घुमाने ले जाते। उसको घर के बाहर सब करने-कराने की सीख देते। आखिर हमने भी बाहर आने पर ही सीखा टिकट लेना, खरीदारी करना, बस में चढ़ना।

हम जानते थे वक़्त लगेगा, माई को दुनिया में चलना सीखने में वक़्त लगेगा। जब उसे खींच-खाँचकर बाहर ले आते तो माई नन्ही-सी बच्ची बन जाती। हमारा हाथ पकड़कर सड़क पार करती, भीड़ में घबराई-सी घुसती और जहाँ होता वहीं अपने आपको हमारी ओट में अदृश्य बनाने की कोशिश में पकड़ी जाती।

हमारा शहर छोटा था पर था तो इस सदी का ही और यहाँ होती तरक्की की मसाहत करना कोई आसान काम नहीं। धकापेल नई-नई चीज़ें। पहली छूटी

नहीं, दूसरी आ गई, फिर तीसरी, फिर चौथी भी और दसवीं आई तो किसी ने आँका कि जो दूसरी आई थी उसमें फ़ायदे कम, नुकसान ज़्यादा थे पर अब तो हम हर ग़लती को पीछे छोड़ चुके हैं !

बस हमारे छोटे शहर को भी तरक्कीपसन्द होना ही था, आज के ज़माने में। पिक्चर हॉल के नमूने देखते ही यह बात एकदम स्पष्ट हो जाती। नई, शानदार इमारतें, अजब बत्तियाँ-शत्तियाँ, कहीं 'एयरकंडिशनर'—जो दर्शकों के हॉल में बैठने और फ़िल्म के चालू होने तक ठंडक देता रहता—और कहीं 'एलिवेटर।' जिसमें माई हड़बड़ाके घुसती और हर तल्ले पर दरवाज़ा खुलने पे अपना पूरा शरीर, बाहर भाग निकलने की उतावली में, आगे को झुकाती !

जैसा कि बदा होता है ऐसा मिज़ाज हो तो, माई को ही लिफ़्ट में फँसना था एक दिन ! लाइट फ़ेल और माई और मैं और एक छोटा बच्चा दो तल्लों के बीच, अँधेरे में, गर्मी में। सोचते ही मेरा दम फूलने लगता मानो यही है पाताललोक का साँस-घोंटू अँधेरा और मैं बौखलाके लोहे के दरवाज़े को खड़खड़ाके पुकारने लगी। फिर लाइट चालू और लिफ़्ट वहीं का वहीं, बीच अधर में ! दस-बारह साल का लड़का था जो रोने लगा ओ गौड, माई गौड करके कि उसके मम्मी-पापा का क्या होगा, उन्हें कैसे पता चलेगा। दूर दर्शकों की भीड़ में लगता था हमारा शोर पहुँचा ही नहीं होगा। फ़िल्म की धक्कम-धक्का अलग। माई ने बच्चे का हाथ पकड़ा था और बताया था कि उसका बेटा ऊपर टिकट लेके रुका है, वह जानता है हम यहाँ हैं, वह खुलवाएगा, मैकेनिक बुलवाएगा अगर ज़रूरी हुआ और मैं साफ़ आवाज़ में चिल्लाने लगी हम यहाँ लिफ़्ट में हैं, कोई है, सुबोध !

कहीं ले जाएँ माई को तो उसका सबसे बड़ा डर लेकिन, लिफ़्ट नहीं, टॉयलेट को लेकर होता। गन्दा जो उसे लगता सो अलग—वह पैर से धक्का देकर टॉयलेट का दरवाज़ा खोलती और दो उँगलियों से करीबन बिन-छुए बाहर निकलती, फिर पानी की एक ही बूँद सही, से हाथ रगड़ लेती—कहीं जाते तो झिझकके मारे एक जगह बस बैठी रहना चाहती वह। घर से चलने के पहले वह नियम से बाथरूम में घुसी होती ! इसके बावजूद बाहर कभी जाना ही पड़ जाए तो माई मिन्नत करती—एई, चलो न मेरे साथ। नहीं, हम लोग सुदृढ़ स्वर अपनाते, खुद जाओ, तुम्हें मालूम है कहाँ है। वह मचलती रहती कि नहीं, अकेले याद नहीं रहेगा, तुम चलो, अच्छा अबके चलो, बस इस बार।

ऐसे ही कभी डाँट-डपटकर हमने उसे टिकट की खिड़की पर खड़ा कर दिया—तुम लोगी टिकट। घबराती हो इसलिए। तभी ठीक होगी। वह बच्चों की तरह मिनकने लगी—करना पड़ेगा तो कर ही लूँगी, अभी क्यों करूँ ? पर हम

तो टस से मस न हुए। फिर मैं तुम्हारे साथ आऊँगी ही नहीं, जाओ, उसने डराया। हम तो भी न माने। आखिर वह हाथ में पैसा लिये काउंटर पर खड़ी हो गई।

पर 'बोलिए' टिकटवाले ने कहा कि उसकी बोलती बन्द हो गई। एकदम संज्ञाहीन चेहरा उसने हमारी तरफ़ घुमाया और सुबोध के मुँह से खुद ब खुद निकल पड़ा, "तीन, बाल्कनी।"

ऐसी थी माई जिसे हम सिखाने लगे थे, जिसको जीने का मौका देने की फिक्र में थे हम। हमारी मुट्ठियाँ अभी भी बचपन से चलती हमारी साधना में भिंची थीं—बचाएँगे, निकालेंगे।

पर कुछ था जो इतने धीमे से बदलने लगा था। बाद में कि बाद के बाद में। बिल्कुल प्रच्छन्न भाव से। वरना क्या हम उसे रोक न लेते ? हल्की-सी जुगुप्सा, एक किस्म का अधैर्य, अजीब तरह की खिजाहट, माई के प्रति हमारी चिन्ता में।

हम फ़रार हो चुके थे। खुली हवाओं में तर्ज़ बनके डोल रहे थे। इतना ज़्यादा जान चुके थे हम। अब मुझे भी पता था कि मोटे गनपत राय किस इल्लत को कहते हैं ! दुनिया में क्या है न्याय, अन्याय, क्या बराबरी, क्या असमता, सब हम परख चुके थे। हम अपनी शख्सियत के घेरे में कुछ ऐसे पड़े थे कि जो देखते उस घेरे के गुबार के बीच से ही देखते ! फिर वही अक्स प्यारा लगता जिस पर उस गुबार का रंग चढ़ गया हो। या जो अक्स प्यारा लगाना था उस पर उस गुबार का रंग चढ़ा लेते।

तो कभी जब माई का अक्स मानो ज़िद करके फ़र्क दिखने लगता तो हम हिल जाते।

हम सही थे, हम समझते थे और इसलिए जो हम नहीं कुछ और थे, वे नासमझ ही हो सकते थे। और ग़लत भी।

माई आखिरकार हम-जैसी तो नहीं थी।

माई तो पर्दा करती थी। बता तो चुके हैं कि माई पर्दे में है माने कि कोई है जो पर्दा करती है, यह दस्तक हमारे ज़ेहन पर नहीं हुई। हमारे लिए वह पर्दा ही हो गया, जो कुछ था।

उस पर्दे से हम बचपन से नफ़रत करते आए। उसी नफ़रत का कोई कण, माई के प्रति हमारी दया में घुल गया।

वह समझती ही नहीं थी। निकलने को, बदलने को, तैयार ही नहीं होती। बार-बार हम उसके लिए लड़ते हैं और वह ही हमारे संग दग़ा करती है। बाबू, जिनसे हम उसे बचाते फिरते, उनके लिए वह आप ही झुक जाती। उनके डील

को केवल उनकी उतारी शर्ट-पैंट से ही झटकती।

फँसी। बँधी।

हालाँकि दादा और दादी के बाद ड्योढ़ी में जो बाबू के मिलनेवाले आने लगे उनमें काफ़ी सारे अपनी बीवियों को भी ले आते। माई के भी मेहमान बन निकले।

माई पहले से ज़्यादा बोलने लगी थी। माई क्या, बाबू ही बोलने लगे थे जैसे पहले कभी नहीं। किसी के मरने से जेल के फाटक खुल गए मानो ! माई बाबू के साथ ज़्यादा आने-जाने भी लगी।

उन्हीं दिनों रात की खुसुर-पुसुर भी बढ़ी। अफ़सोस कि हम बड़े हो गए थे, अब बेधड़क आवाज़ नहीं लगा पाते। फिर भी हम बेचैन हो जाते क्योंकि हमें यक़ीन था वहाँ माई खुश नहीं है। हम परेशान होते पर खुद पर ज़ब्त रखते। लगता, फुसफुसाहट में गुस्सा है, दर्द है, फुफकार है।

माई और बाबू की लड़ाई नहीं होती थी। हमें लेकर जो झगड़े ड्योढ़ी में गूँजे उनमें भी आमने-सामने उन दोनों के सवाल-जवाब नहीं चले। हमने उन्हें लड़ते नहीं देखा। न प्यार करते देखा।

पर साथ देखने लगे। जब और लोग मौजूद हों तो साथ हँसते-बोलते भी देखा। अकेले में—रात के रहस्य को छोड़—वे साथ नहीं रहते थे। उनके कमरे अब भी अलग-अलग थे। हम आते तो माई के कमरे में—हमारे बचपन के कमरे में—उसके साथ रहते।

फिर भी माई बाबू के लिए पहले जैसी झुकी रहती। पीसने, पकाने, कुछ लगाने। हम डाँटते, पीठ की दुहाई देते पर माई हमें ही अनसुना कर देती। बाबू की बात की, हुक्म में ढलने से पहले, तामील कर देती।

यहाँ तक कि हम बाबू के प्रति उदासीनता दिखा दें तो माई के चेहरे पर क्षोभ झलक जाता। कभी कह भी देती, "अब तुम लोग बड़े हो गए हो, अकेले रहते हो, तुमसे क्या कहा ज़ा सकता है, अपना अच्छा-बुरा खुद समझते हो।"

सुबोध बाबू को सामन्तवादी, दकियानूसी सिद्धान्तों को बताकर टोकने भी लगा था, "बिना सोचे कह देते हैं कि इतने लोग आ गए हैं, सब खाना खाएँगे। कभी सोचने की कोशिश की है कि अन्दर किस पर बीतती है, कौन बीमार हो रहा है ? अपनी सेहत इतनी प्यारी कि रोज़ सूर्य नमस्कार और न जाने क्या-क्या करेंगे। अन्दरवालों की खैर की परवाह की है कभी ?"

बाबू कुछ न बोले पर माई की आँखों में अपमान का बोध छलक आया, "तुमसे तो नहीं कहते हमारे जैसे बनो, तुम क्यों ज़बर्दस्ती हमें बदलना चाहते

हो ? हमारी दीवार रेत की भित्ति पर खड़ी होगी, खुद ही टूट जाएगी, तुम क्यों लात जमाते हो ?''

कभी बाबू ने सरासर सहज आवाज़ में माई को अज्ञानी कह दिया। हमारे बचपन से उठता, वेदना-भरा इतिहास उद्वेलित हो उठा। तब भी कभी क्लब में माई को 'अनपढ़' बताया था। आज क्या हम चुपचाप सुन लेते ज्ञान-अज्ञान की बात ? भड़ककर बोले, ''आप तो पढ़-लिखकर अज्ञानी हैं, अन्धविश्वासी हैं।'' और अंग्रेज़ी में ठोक दिया, ''यू टॉक लाइक अ फ़ूलिश इलिट्रेट।''

माई ने डाँट दिया, ''अंग्रेज़ी में अटर-पटर कुछ भी कहने की छूट मिल गई है क्या ? अपने पिता की इज़्ज़त नहीं कर सकते तो यहाँ आने की कोई ज़रूरत नहीं। रहो इंग्लैंड में या जहाँ भी चाहो।''

हमीं को नकार बैठी माई ? हमारी आँखें डबक आईं। जब कोई अपनी बेड़ियों से खुद ही बँधे रहना चाहे तो हम कैसे छुड़ाएँ ?

अज्ञानी को मेधावी नहीं बना सकेंगे, यह हमने कहा नहीं, न साफ़-साफ़ सोचा, पर हमारे उस मौन ऐक्य में, छत से चुपचाप खेतों के पार डूबते सूरज को देखने में, यह परोक्ष भाव मिलने लगा था।

20

कभी हम सोच ही नहीं पाए कि बाबू ने माई को अज्ञानी कहा और हमने भी मिलता-जुलता इससे, सोच लिया। हम तो बाबू की इस बात का प्रतिवाद करते। उनसे।

हमने कह दिया था, किसी बात पर कि माई ऐसा नहीं सोचती। बाबू ने घड़घड़ाते हुए, कभी हमारे पीछे देखकर, कभी हमारे बाएँ, कभी दाएँ, जवाब दिया कि जिसको कोई ज्ञान नहीं, संसार का तजुरबा नहीं, वह कुछ भी सोच सकता है। उसकी सोच में कट्टरता नहीं लेकिन परिपक्वता भी नहीं होगी। तभी, वे बोले, तुम बच्चे उसे कुछ भी समझा देते हो।

समझाना तो था ही हमें, बहुत कुछ माई को।

माई अभी भी ड्योढ़ी में साया-सी विचलती, झुकी हुई पर लालित्य लिये, व्यस्त पर नई-नई चीज़ों में भी। सिलाई-बुनाई-बोआई की पुस्तिकाएँ उसके पास आने लगीं। ड्योढ़ी के नौकरों की बीवियाँ भी पिछवाड़े से आने लगीं। माई के साथ मशीन पर कपड़ा सिलतीं या स्वेटर-शॉल बुनतीं। माई की मउनी (ढक्कनदार डलिया) वहीं बरामदे में रखी रहती और उसमें धागे, ऊन, लत्ते भरे रहते।

टेलीविज़न का ज़माना आ गया था और बाबू की ग़ैरहाज़िरी में नौकरों के

औरतें-बच्चे हिन्दी फ़िल्म देखने पहुँच जाते। जमादारिन भी बच्चों की टोली लेकर पधारती।

दादी के राज में यह नामुमकिन था। उनको तो मेहतर के बदन से जन्मजात बू आती, "सरकार बड़ बना दी त का, देहि पर इतर मलिं का ?" माई ने हमसे मेहतरों के बारे में कभी कुछ नहीं कहा। उनके बीवी-बच्चे औरों से अलग बैठकर टी.वी. देखते। पर जब हरदेई को गाँव जाना पड़ा था तो बाबू से छिपाकर माई ने बूढ़ी मेहतरानी की छम्मकछल्लो बहू से हाथ अपने सामने साबुन से मलवा-मलवाके धुलवाए और हरदेई के लौटने तक उससे कपड़े फिंचवाए।

माई यह सब साया बनी रहकर ही करती, न चोरी-भाव से, न हीरोइन बनके।

रही होगी माई ऐसी कि ज्ञान नहीं तजुरबा नहीं, पर करने लगी थी नई-नई चीज़ें। क्लब में और बीवियों के साथ समाज-सेवा के कार्यों में जुट गई थी। कभी थोक में ऊन खरीदी गई और अनाथों के लिए स्वेटर बुने गए। कभी क्लब में मेला लगा, दुकानें सजीं, माई ने गाजर का हलुवा बेचा, लकी डिप, रैफ़ल, ऐन शैन स्टॉल लगे जिनमें बीवियाँ दुकानदारिनें बनीं, बाजे बजे, बत्तियाँ जगमगाईं और जो पैसा आया वह चन्दे के डब्बे में टनटना के गिरा और विधवाश्रम पहुँचा दिया गया।

लड़ाई छिड़ी तो जवानों को ढाढ़स दिलाने की ठनी। किसी ने गेंदे-गुलाब की मालाएँ पिरोईं, किसी ने बड़ी-बड़ी केतलियों में चाय गरम की, कोई पूड़ियाँ लाया, कोई छोला लाया और गाड़ियों में लदकर सारी औरतें स्टेशन पहुँचीं। हरे मिलिट्री लिबास में मुस्कुराते जवान रेलगाड़ी से उतरे, उनकी हिम्मत बढ़ाने को औरतों ने उनके माथे पर तिलक लगाया, राखियाँ बाँधीं, मालाएँ पहनाईं और चाय-नश्ता कराके रणक्षेत्र के लिए विदा किया।

एक बार तो क्लब में फ़ैशन शो तक, इन महिलाओं ने फ़ेमिना, ईव्ज़ वीकली पढ़कर, करा दिया ! हम नहीं थे वहाँ पर माई ने बताया और वाक़ायदा चलके दिखाया कि कैसे 'मौडेल' बनी लड़कियाँ यों लहराती हुई स्टेज पर आईं, यों फिरकी-सी घूम गईं, यो आँचल फहरा दिया और यों गर्दन एक तरफ़ फिराके बिजली-सी मुस्कुरा दीं।

लेकिन हमारी तो नज़र ठोस हो चुकी थी, जो मंज़र उसमें बचपन से क़ैद था, वही हमारे आगे रहता। हमने तो देखा तो झुकी हुई, हतोत्साह परछाईं देखी जो आग के आगे कुछ बना रही है खुद को जलाकर।

हम उसके पीछे पड़ जाते—छोड़ो यह सब। पढ़ा करो। वह कहती काम खत्म कर लूँ तभी तो पढ़ने में मन लगेगा। हम ज़िद करते, क्या ज़रूरी है इतना टीमटाम

करना, एक-दो चीज़ बन गईं, काफ़ी है, तुम हो कि चटनी भी पिसे, पापड़ भी भुने, रायता भी हो, मीठा भी हो।

तब वह हमसे छिपाकर 'टीमटाम' करती। जैसे किसी शरारती बच्चे की अचानक आवाज़ न आए तो सब दौड़ते हैं कि क्या गुल खिला रहा है, वैसे ही जहाँ हम पाते कि माई की न तो खटर-पटर सुनाई पड़ रही है, न वह खुद नज़र आ रही है तो उछलकर उसे ढूँढ़ने चलते।

सही समझे ! वह मिलती, धीमे से दरवाज़ा उड़काके, चटनी पीसती, बथुआ उबालके मसलती, या कुछ !

हम हँसते। डाँटते। चिढ़ते।

पर असल चिढ़ होती उसे बाबू के संग देखकर। वह उनसे कभी ज़ोर से नहीं बोलती थी, उनकी तरफ़ आँख ऊपर ही कम करती, पर एक ख़ास अन्दाज़ था सिर्फ़ उनके लिए। हमसे भी कहना हो बाबू को यह दे आओ तो वही स्वर–आह भरता हुआ, पीड़ित, शहादत से भरा।

एक चीज़ और वह करती। बाबू के पास कोई आता तो हमसे कह देती 'रिकॉर्ड प्लेयर' धीमा कर दो। फिर वह ध्यान से अपनी बुनाई, कढ़ाई-सिलाई पर झुक जाती लेकिन जितनी देर बैठक में मेहमान रहता वह बस कान हो जाती। और मान लें बाबू राजनीति के लम्पटों की बात करते हुए कह देते कि अजी किसी का भरोसा नहीं आज के युग में, मुँह में राम, बगल में छुरी, तो माई यों आह भरती जैसे उस पर निशाना लगाया गया हो। बाबू क़ानून बघारें और कहें भई खून का रिश्ता यह हक तो नहीं देता कि सब हड़प लो, मेरा अपना भी मुझे दाँत दिखाएगा तो मैं अपने बचाव में उसे मारने को हाथ उठाऊँगा कि नहीं ? तो माई मायूसी से सिमट जाती जैसे उसने नहीं बाबू ने संगीत धीमा कराया हो ताकि वह उनकी धमकी सुन ले और सँभल जाए वरना समझ ले कि हाथ उठेगा और क्यों।

ऐसे ही एक और भी उसका तरीका था। गुसल के पहले बाबू पूछते कि हजामत का सामान कहाँ रखा है तो अपने काम में यों दत्तचित्त रहती कि मानो सुना ही नहीं। चुप है। वे फिर पूछते तो नीची आँख किए, आहत स्वर में कहती वहाँ पटरे पर। पटरा आँगन में, बाबू के लिए रखे नहाने के पानी के पास होता। (गर्मियों में बाबू अभी भी जब-तब बाहर नहा लेते, हैंडपम्प से निकले ठंडे पानी से) पर वह जानती थी बाबू समझ बैठे हैं अन्दर बाथरूमवाले पटरे पर। वह कनखी से देख रही है, बाबू ग़लत पटरे की तरफ़ जा रहे हैं, पर लीन है अपने काम में। पल-भर को एक सन्दिग्ध-सी तृप्ति की छाया उसके होंठों के कानों प अंकित।

बाबू खीझकर कहते, कहाँ है भई, यहाँ तो नहीं ? आँगन में, कहा तो—वही गैरहाज़िर आवाज़।...'यहाँ' मैं चिल्ला पड़ती। बाबू कुछ बड़बड़ाते सामने से जाने लगते तो वह तड़पकर उठती, झटके से 'शेव' का सामान उठाती और धम-से उनके आगे रख देती—सुनते हैं नहीं...।

हैरत से थक जाते हम भी कभी कि आख़िर यह माजरा क्या है ? माई बाबू के लिए व्रत रखती, रातोरात उठकर उनके मेहमानों के लिए कुछ बनाती, उनकी हर सहूलियत का ख़याल करनेवाली को क्या हो जाता है रह-रहकर ? यह लड़ाई है ? खुलकर न लड़ पाने का खामियाज़ा भुनाती है क्या ? क्यों ? देते-देते क्या दहक उठता है उसमें।

हमारा पशोपेश गहराता गया। कुछ ऐसा हुआ कि उससे हम कभी पूरी तरह उबर नहीं पाए। हर 'देने' में हमें उसकी याद आके डरा देती कि चेत जाओ, शहीद न बनो। पर हर 'लेने' में हमें उसकी याद अपराधी महसूस करा देती। उसकी लड़ाई पता नहीं क्या थी, पता नहीं क्या हो गई हमारी लड़ाई ?

आते रहे हम कि उसे भी निकाल लेंगे। बार-बार धचका देकर वह हमें ही गिरा देती और हम दया के साथ ज़रा-सी हिक़ारत घोल, एक तरफ़ हो के उसे देखने लगते।

हम बड़े हो गए थे।

जिस तरह सुबोध बहुत पहले मुझसे बड़ा हो गया था, हम माई से बड़े हो गए थे।

21

ड्योढ़ी की दीवार के बाहर पुराना बाज़ार था जहाँ से हम कुछ नहीं ख़रीदते थे– लोहे-लक्कड़ की दुकानें, बिन्दी-रिबन और हरे गुलाबी प्लास्टिक की चीज़ों की तमाम दुकनियाँ। ग़रीबों का हाट बन चुका था वह।

पर वहीं था ड्योढ़ी में घुसने का फाटक जिसके दोनों ओर बाबू ने बड़े-बड़े गोल 'लैम्प' लगवा दिए थे। जो बेचारे जल के बुझ बहुत जाते थे। यह हमारे बचपन के शहर की बिजली के चढ़ते-उतरते तेवर की वजह से था। कभी पानी बरसता तो बिजली गुल, कभी हवा चलती तो वह नखरे पर उतर आती, कभी सूखा पड़ता इसलिए अँधेरा हो जाता। पर कभी ऐसा भी होता कि दो गोल-गोल पीले चन्द्रमा से जले रहते, जब हम रिक्शे में खटर-खटर करते फाटक तक पहुँचते।

अन्दर बाज़ार का पता भी न मिलता। बजरी की सड़क थी, फ़ालसे की कतार थी और शीशम, बबूल, पीपल, नीम, आम, जामुन के घने पेड़ों के बीच झलकता अपना मकान था। हर दीवाली में उसकी सफ़ेदी और उजली हो जाती।

सबसे ज़्यादा हमें ड्योढ़ी के खाने की याद आ जाती। जिसको लेकर सबसे ज़्यादा शायद हम लड़ते रहे ! याद भी आती चुपके से, जैसे पीछे से आके किसी परिचित ने आँखें अपनी हथेलियों से ढक दीं और कहा बूझो तो जानें।

और याद आने लगे थे वे पेड़ जिनपे सुबह-सुबह फाख़्ता बोलते, वह सड़क जिसे शाम को दो पैरों पर फुदक-फुदक चलते करौंच पार कर जाते, वह छत जहाँ से खेत लहलहाते और बाद में पम्प की भक-भक-भक-भक सुनाई पड़ती थी, वह खेत जहाँ हम हर दशहरे पर नीलकंठ देखने की लालसा में घूमते और देखकर अपने भाग्य को सराहते। याद आने लगे वे ताड़ के पेड़ जिन पर बया के घोंसले लटके रहते। याद आने लगे जाड़ों के आख़िरी दिनों में शीशम और बबूल के फूलों की खुशबू और नीम के पेड़ों के नीचे उसके महीन हल्के सफ़ेद फूलों का भीनापन। उनके फूलों पे बना शहद याद आता। वे धुन्ध-भरी शामें जब सूखी पत्तियों के जलने की महक जगह-जगह धुएँ की लहर के संग उड़ती। बरसातों में निमौड़ियों का पट-पट गिरना और मीठी गरम-सी महक भपाना। छत पे झुकते नीम पर बुलबुल, तोते, एक लम्बा, लाल, जंगली कौआ भी आता था, हरे-हरे फल खाने। कभी कटहल के फूलों से हवा भारी होके गन्धाती। कभी कदम्ब के फूलों की नाज़ुक हवा बहती। जामुन का सिरका बनता जो हम दाल में डालके खाते, नमक और कड़वे तेल का मंजन जो हम खुश होकर उँगली से करते। भिंडी के खेतों में गर्मियों में भिंडी तोड़ना और बदन खुजलाते निकलना। दादा का सत्तू को पानी में घोलकर पीना, अँगीठी के आगे बैठकर हाथ सेंकना। दादी के गन्दे चुटकुले—अंग्रेज बेटा बाप से बोला पा खाना लग गया है। बाबू का राब और बाजरे की रोटी खाकर पेट में दर्द का रोना। माई का...ड्योढ़ी की हर चीज़ से गुँथकर हमारी यादों में समाना।

मकान पुराना था पर ईंट पक्की थी। हमारा रिक्शा आता तो माई खड़ी नज़र आती, बाबू पास, आरामकुर्सी पर बैठे, बरामदे में, हमारे इन्तज़ार में।

सबसे पहले बाबू खुश होकर हमें गोल कमरे में बिठा देते।

दादा की बैठक गोल कमरे में तब्दील हो चुकी थी। दादा की दोनों तस्वीरें और उन्हीं की तलवार जो चमड़े की म्यान में टँगी थी, अब भी दीवार पर थे। पर उनके अगल-बगल बाबू ने विलायती 'सीनरी' सुनहरे फ्रेमों में जड़वा के टाँग दी। गोल कमरे के अलावा सिर्फ़ पूजाघर की दीवारों पर तस्वीरें टँगी थीं। बाक़ी घर की दीवारों पर कुछ भी सजाने के ख़याल से लटकाने का रिवाज़ नहीं बना था अभी। गोल कमरे में ही टी.वी. रखा था, पुराने धँसे टेढ़े-मेढ़े स्प्रिंगवाले कोच सोफ़े पर नए कवर थे, दरवाज़ों पर पर्दे आ गए थे और मेज़ पर शीशे के फूलदान के पास दो पीतल के सारस खड़े हो गए।

दादी के बरामदे में बाबू ने जाली का 'पार्टीशन' लगवाके डायनिंग रूम ईजाद किया था। मेज़, कुर्सियाँ, प्लेटें, चम्मच अब इनका प्रयोग होता। सुबोध ने चीनी

मिट्टी का डिनर सेट और टी सेट सीधे विलायत से लाकर बाबू का जी और खुश कर दिया।

गोल कमरे और खाने के कमरे के आजू-बाजू बाबू का, माई का, पूजा का, बक्सों का, निरे कमरे ही कमरे थे। पहले जहाँ खस की टट्टी लगती थी अब बिजली के कूलर लग चुके थे। कमरों से बिछड़े ज़माने की छोटी-बड़ी चीज़ें, हम भाई-बहन बटोरने लगे। चाव से अपने होस्टल के कमरों में सजाने लगे। दीवाली के मेले में खरीदे मिट्टी के खिलौने, माई की कढ़ी रेशमी रज़ाइयाँ, बाध की बिनी मचिया, लाई आदि परोसनेवाली छोटी-छोटी भौकी (टोकरी), नक्काशीवाली पीतल की तश्तरी, गिलास। मैं तो ताँबे का गगरा भी उठा ले गई ! सुबोध ने दादी का एक ज़रीवाला कढ़ा दुशाला विलायत में, अपने यहाँ, दीवार पर टाँग लिया और पुरानी फूल की थालियाँ और कटोरियाँ विदेश उठा ले गया कि पूरा का पूरा इंडियन डिनर दूँगा।

बाबू ने नया टॉयलेट बाथरूम भी बनवा दिया था जहाँ अपनी नई अकेली ज़िन्दगी की आदत के अनुसार देर तक मनन करते बैठा जा सकता था ! सामने ऊँची-सी खिड़की थी जिसके बाहर जनवरी के महीने में गुलमोहर के पेड़ से पीले पत्ते हवा के संग तेज़ी से झरते थे जैसे रोशनी बरसती हो।

उससे भी पता नहीं कैसे माई की याद आ जुड़ी। कुछ याद नहीं कब माई नहा रही थी और उसने आवाज़ लगाई थी कि टैल्कम पाउडर दे जाओ। दरवाज़े की चटखनी खोल दी थी, मैंने थोड़ा-सा खिसकाके पाउडर का डब्बा अन्दर रखा। माई प्लास्टिक के स्टूल पर बैठी थी, गीला बदन पोंछती। बाहर पत्ते रोशनी की बरसात-से गिर रहे थे। उसकी पीठ पर पानी की बूँदें थीं और वह हाथ पीछे करके तौलिए से कमर रगड़ रही थी। कस-कसके। बीचोबीच पीठ में पड़ती गहरी लकीर के आरपार।

मुझे पता नहीं क्यों अजीब लगी थी माई की नंगी पीठ। मानो मेरी कल्पना में आया नहीं था कि उसके कपड़े के नीचे पीठ होगी !

बस इसी तरह किसी बात से कोई बात जुड़के याद आने लगी हमें ड्योढ़ी। जब अरसा बीत गया उससे अलग हुए।

बचपन क्या वाक़ई भगवान है कि जहाँ भी हो, जैसा भी हो, वहीं मन्दिर बन जाता है ? ड्योढ़ी को हमने क़ैद गाना और घुटन से जोड़ा। फिर उसे ही ऐसे याद करने लगे जैसे कहीं कोई परछाईं है जो हमें रक्षा देगी। वही जगह है जहाँ कोई भूत ऐसा नहीं, कोई डर ऐसा नहीं कि कल उसे निकाल न भगाएँ, जीत न पाएँ।

ड्योढ़ी में हमने घुटन की महक पहचानी थी। खुली हवा में महक इधर-उधर उड़ गई, कोई अपना भान नहीं छोड़ गई। जो पता न चले उसे याद कैसे करते ?

हम ड्योढ़ी को याद करने लगे थे। अलग-अलग। सुबोध अलग, मैं अलग।

कुछ हुआ था मुझे, अकेले मुझे, उस पहली बार के उल्लास के बाद जब ड्योढ़ी छोड़कर बाहर खुले में निकल आई थी। अब सबकुछ सीखने की हुलस एक संयम में दब चुकी थी। मैं अकेली होती गई, सुबोध से भी, जो खुद अपनी ज़िन्दगी में अकेला होता गया, होगा। जिसके बदन पर माई और दादी और बुआ और मेरे स्वरूप की कोई झलक नहीं थी। मैं आज़ाद होती चली गई थी, सबकुछ सीखने की आकांक्षा से, कितने मूल्यों से, कितने बन्धनों से। कुछ बन दिखाने की चाह से...।

खुले आकाश में एक जगह ठहरा वह पक्षी जो माई ने दिखाया था...।

22

'होमसिकनेस' किसी लहर की तरह आकर मुझे तरबतर करने लगी।

बरसात में जब पानी हमारे कमरों के आगे लचककर आता, ज़मीन को बुहारता और लौट जाता तो हमारा जी मचल उठता। जब ताल में पवन हिलोरता हुआ काली-सफ़ेद छाया बनकर फिसलता तो हमारा मन पुकार उठता 'माई'। एक भटकते खयाल से दूसरा जुड़ता चला जाता और ड्योढ़ी से जुड़ी यादों की लड़ियाँ लहरा जातीं। दाल मुँह में डालते-डालते कच्चे आम याद आ जाते जो माई की दाल में पड़ते थे। अप्रैल में हम छत से झुककर उस पेड़ से अमिया तोड़ते जिस पर जाड़ों की सुबह में लाल ताज और काले-सफ़ेद रेशोंवाला कठबढ़ई ठक-ठक अपनी चोंच मारे जाता। उसे देखने हम चुपचाप खड़े रहते छत पर, वहाँ जहाँ फ़रवरी में आम के बौर महकते थे, जिसकी फैली शाखों की ओट से हम फाटक से आने-जानेवालों का मुआइना करते थे, वहीं से दादा के गरजते शेर, बाबू के बैठे गले की मिमियाहट सुनते थे। वहीं साथ खड़े होके कुछ उलझते थे, कुछ सुलझते थे। हम याद करते ड्योढ़ी की सुनहले पानी के वर्क लगी शामों को और हर याद में माई का साया पंख फैलाके हम पर छा जाता।

मैं माई को लिखती। ऐसा कुछ बचा नहीं था लिखने को कि लिखूँ मैं यह

कर रही हूँ, वह सीख रही हूँ। जो भी कर रही थी ऐसा अनोखा था कि कोई लाख चाहे न कह पाता--वाह ! सुनैना यह कर रही है, यह बन रही है।

बहुत कमाल का बना दिया है ना बेटी को ? बाबू ने माई को उलाहना दिया। एम.ए. भी पूरा नहीं किया, न पूछा, न ताछा, अब चित्रकारी के कॉलेज में चली गई हैं।

बुआ आई थीं तो पूछने लगीं--क्यों चित्रकारी पास करके डॉक्टर बना जाता है क्या ?

लोग पूछते क्या करती है सुनैना ? जवाब--चित्रकारी। हाँ-हाँ, वे पूछते, पर क्या करती है ?

सुबोध विलायत में था।

फिर भी बाबू फ़ीस भेजते रहे। मैं अपने बेकार चित्र बनाती रही जिनमें ड्योढ़ी के कोने छिटक आते और ब्रश के थपेड़ों से कुछ के कुछ हो जाते। ड्योढ़ी में विचरती आत्माएँ जिनमें कुछ के शरीर भी थे, एक-सी लगतीं। मांस के लोथड़े इधर-उधर कैनवस पर भटक आते। देखनेवालों को भरमाते यह एक ही हैं कि अनेक को सिरजा है मैंने।

बहुत बाद में जब जूडिथ ड्योढ़ी आई और वहाँ की चीज़ों और सुगन्धों से वाकिफ़ हुई तो वह हम दोनों को माई के संग देखकर ठिठक गई।

हम उसे अपनी छत पर ले गए। वह बोली कि अब वह मेरे चित्रों को कहीं बैठा पा रही है, किसी बेहद आत्मीय और स्नेहिल पर घुटे-घुटे वातावरण में। उन एक या अनेक आत्माओं को देखती है तो मन में तारल्य छाने लगता है पर साथ ही कहीं उबकाई आने लगती है। मन चित्रों के प्रति आसक्त होता है पर घिन से फिरने भी लगता है, उस गुँथन को देखकर। बोली कि यह जगह तुम्हारी रगों में लहू बनकर उफ़न पड़ती है पर ड्योढ़ी ने तुम्हारी सीमाएँ निर्धारित कर दी हैं। चित्रकारी के लिए ठीक है, वह हँसी, पर जीने के लिए...। निकलो, इस घुटन-भरी निजता से, वरना आज़ाद नहीं होंगे।

हम समझते थे हम निकले चुके हैं, बस माई फँसी है।

फिर सुबोध और जूडिथ में टूट गई।

हम ड्योढ़ी में लौटते और माई की जकड़नों को देखकर भकुरने लगते। हमारी आँखों पर हमारी पक्की और पैनी नज़र का चश्मा चढ़ गया था। इसलिए उसकी जंजीरों को हम सही नामों से पहचानने लगे थे। उसे निकाल बचाने की इच्छा विलायत तक पहुँच गई थी जहाँ सुबोध स्कॉलरशिप से पढ़ रहा था और अरसे से रह रहा था।

उसने मुझे भी विदेश बुलाया और बाबू ने माई से पूछा—यह इसी तरह करती रहेंगी क्या, इधर से उधर ?

बाबू ने घबराकर शादी की बातचीत चला दी।

पर कुछ चीज़ें आप ही तय हो चुकी थीं। तो जब बाबू मुझे कहीं ले जाना चाहते थे, मैंने इनकार कर दिया। किसी को ड्योढ़ी में बुला लाए तो मैं सामने नहीं आई। माई ने मिन्नत-आरज़ू की—चलने में क्या हर्ज़, पसन्द नहीं हो तो मना कर देना, आनेवाले की तौहीन तो न हो इस घर में। मैं गोल कमरे में चली गई पर जो इस तरह मुझे देखकर, माँ-बाप से लेन-देन की फ़ेहरिस्त तय करके, स्वीकार या अस्वीकार करेगा उस नवाबज़ादे को मैंने देखने के पहले ही बर्ख़ास्त कर दिया।

बाबू ने माई के आगे हाथ जोड़ लिये—पागल न बनो, ऐसे होने लगी शादी ? इसी तरह माएँ फ़िक्र करेंगी तो सारी की सारी बेटियों के मुँह काले हो जाएँगे।

माई न बोली। वह चुप रहने की अभ्यस्त थी।

मैं रोने की अभ्यस्त थी ! रोने लगी और मुस्कुराने लगी कि कमाल की हैं यह जो अकेली, आज़ाद रहती हैं और रुलाई के बीच एक आत्माभिज्ञानी शब्द मुँह से नहीं निकाल पा रहीं !

''आख़िर क्या चाहती हो ?'' बाबू ने बिफरकर माई से पूछा।

माई चुप नहीं रही। धीरे से कहा, ''कभी बच्चों से किया यह सवाल ?''—वहाँ से उठकर चली गई।

मुझे लगा था मैंने कुछ नहीं करके दिखाया और जो करके दिखाया वह क़ाबिले तारीफ़ नहीं, माई फिर भी विश्वास करती है, किस बूते पर अब तो मैं नहीं जानती, बस इस विश्वास को पाकर लांछन सहने को तैयार हो गई, रोना बन्द करके अपनी बोल गई, और भयभीत हो गई, क्या करूँगी, कर सकती हूँ, ऐसा, कि उसके विश्वास को झुठलाऊँ नहीं, क्या कर डालूँ, उसके लिए, अपने लिए नहीं।

माई डरती थी। हमारे कदमों-तले ज़मीन कितनी ठोस है समझ नहीं पाती, इसलिए घबराती थी। पर इसलिए नहीं कि हमारे कदमों-तले वह ज़मीन नहीं जो देखी-सुनी पहचानी है और बस उसी कारण सुरक्षित लगती है। तो भी माई नहीं बोली ऐसा करो, ऐसा न करो।

चाहा तो उसने भी होगा कि उसके बच्चों की शादियाँ हों, ड्योढ़ी में बत्तियाँ चमकें, शहनाई बजे, बच्चों के बच्चों की बमचख मचे।

प्यारी नूतन को सुबोध के लिए देख वह मन ही मन ज़रूर उम्मीदों से भर गई होगी। नूतन माई बाबू से मिलनेवाले किसी मित्र की लड़की थी। हम बचपन

से उसे जानते थे। बाबू के मित्र का देहान्त हो गया, नूतन और उसकी माँ की परवरिश नूतन के भाई और भावज कर रहे थे।

उस बार माई ने खुद मुझे एक ख़त दिखलाया।—प्यारी आंटी, भइया-भाभी ज़बर्दस्ती कर रहे हैं, माँ कुछ कह नहीं पाती, मैं उनके दुख के डर से साफ़ मना नहीं कर पा रही, मैं अपने क्लास के एक लड़के से शादी करना चाहती हूँ; वह खत्री है भइया कहते हैं, उसका मुँह तुड़वा दूँगा।...और आपसे छिपाया जा रहा है कि मेरी पीठ पर सफ़ेद कोढ़नुमा दाग है जिसका निदान नहीं हो पाया है...।

माई ने कहा, "चलो।"

और हम बाज़ार पार करके नूतन के यहाँ पहुँचे। माई ने उसकी रोती माँ से बात की—सोच-समझके करिए, आजकल के बच्चे हमारे जैसे नहीं कि जहाँ भी बिठा दो बैठे रहेंगे, बच्चे पढ़-लिख जाएँ तो ज़ोर-ज़बर्दस्ती से नुकसान हो सकता है, बच्ची की रज़ामन्दी नहीं तो क्या उसका जीवन नरक बनाओगी, देख तो लो लड़का है कैसा, जात बाद में देखना, असल चीज़ तो बच्ची की खुशी है।

और नूतन को डाँट दिया—डॉक्टर से इलाज कराओ। फिर कभी अपने को नीचा दिखाकर काम साधने की कोशिश मत करना। यह भिखमंगों का ढंग है कि घिन पैदा करके, गन्दे हाथों से छूकर, गिड़गिड़ाते हुए पैसा माँगते हैं कि जान छुटाने को कोई दे दे। कभी अपने को इतना तुच्छ न मानो।

वैसे माई बोलती नहीं थी।

23

इसी बात का तो हमें बचपन से रंज था। "बोला करो माई, लड़ा करो, जो होना चाहती हो वह होओ।" इस तरह तो माई थी ही नहीं–झुकी, मूक, डरपोक छवि, जिसमें सिर्फ़ दूसरों के इशारों पे हरकत होती। हम दया से भर जाते। चिढ़ जाते।

और कोई था जिसे हम माफ़ नहीं कर पाते जिसने किसी को माई बनने दिया। क्योंकि माई 'न बनने' का पर्याय लगा। क्यों नहीं माई को असल, पूरा बनने दिया ?

हम कभी माई नहीं बनेंगे। मैं कभी 'न बनी' नहीं रहूँगी, यह घोर यक़ीन, इसी का गहरा संग्राम, यही हमारा जीवन था।

जब मेरे चित्रों में अदृश्य काया पर लिपटी, झबलेदार, सीधे पल्ले की साड़ी आई तो जूडिथ ने फिर व्याख्या की। कि वह जो उस आकारहीन आवरण में खो गया है किसी का व्यक्तित्व है जो नहीं 'हो' पाया। जिसको 'होने' का हक़ नहीं मिला। जो अगर है तो अपने 'न होने' में है। जिसकी अनुपस्थिति उसकी असलियत है।

जूडिथ ने सुझाया था कि मैं उस तस्वीर का नाम संग्राम रख दूँ। पर उसने

चाहा था मैं उसी कैनवस पर एक और अगोचर काया बनाऊँ, जिसके चेहरे की जगह शून्य हो लेकिन उस शून्य में हल्का-सा कोई अक्स उभरने लगे। और कुछ स्पष्ट न दिखे किन्तु एक-एक गहरे घाव का चिह्न दिखे। व्रण चिह्न।

बचपन में मेरे भी तन पर एक ऐसा चिह्न बना था। बारिश की गड़गड़ाहट और बिजली का चटकना चल रहा था कि अचानक बत्ती गुम हो गई। आँधी आई इसलिए! मोमबत्ती और लालटेन की लरज़ती रोशनी में मुझे शरारत सूझी। मैं आगे-आगे, सुबोध पीछे। कि कूदकर मैं दरवाज़े की आड़ में लुक गई। इत्तफाक यह कि सुबोध बाद में आया, पहले लरज़िश-भरी बिजली की चमक में उसकी परछाईं आई। जिसे देखकर मैं 'भँऊ' सामने लपकी। उसी पल सुबोध ने लकड़ी से पटा, जाली का दरवाज़ा खोला, सीधे मेरे माथे को फोड़ते हुए।

प्रतीक है यह, जूडिथ कहती।

जूडिथ ड्योढ़ी में आई थी तो आँखें फाड़े हर चीज़ को देखती। इमली के पेड़ पे लटकी खट्टी कटारें मुँह बना-बनाके खाती, माई रोटी बेलती तो दीवानी हो जाती, बाबू हवन करते तो उनके बगल में जा बैठती, भोन्दू सुर्ती फाँकता तो उसे टुकुर-टुकुर ताकने लगती और 'टॉयलेट पेपर' के न होने पर अनेक प्रश्न करती! मान लिया, कहती, पानी सफ़ाई के लिए उत्तम है, पर बदन जो गीला हो जाता है उसका क्या करते हो?

हमें ताज्जुब हुआ कि न हमने इस पर कभी ग़ौर किया था और न कभी यह ही लगा कि टप-टप पानी टपक रहा है।

जूडिथ बहुत दिन साथ रही पर ड्योढ़ी से निकलकर शहर की छानबीन करने का उसका जी नहीं होता। हमीं उसे कभी नदी तक खींच ले जाते, कभी किसी के घर, या पुराने महल में घसीट ले जाते।

उस बरस आम की फ़सल ग़ज़ब की हुई थी और बाबू सबको राघव काका के गाँव ले गए जहाँ अमराई में बैठकर, दादा की तरह बाल्टी सामने रखकर, देशी आम पानी से निकाल-निकालकर ढेरों चूस गए। बाबू आम गोल काटके, चम्मच से गूदा उठाके खाते थे, पर देशी आम की अपनी हठ है।

जूडिथ के आने पर यूँ तो बाबू खुश थे पर वे यही मानना चाह रहे थे कि सुनैना की अंग्रेज़ दोस्त आई है। लेकिन सुबोध को किस बात का हौल—धड़ल्ले के साथ हँसता-घूमता, छत पर जूडिथ के संग ग़ायब रहता, रातों को देर तक उसके कमरे में गपियाता, सब सो चुके होते तब कभी आता।

बाबू माई से पूछने लगे—पता किया, पता तो करो, बेटा है तुम्हारा, यह विदेशी लड़कियाँ...कल सिगरेट पी रही थी।

माई ने पता नहीं किया। उसे जूडिथ का मिलनसार स्वभाव रास आया। जूडिथ माँगती चकला बेलन लाओ, मैं बनाऊँ। माई खुश होके उसके लिए तरह-तरह के देशी पकवान बनाती।

जिस रोज़ जूडिथ आयी माई ने अन्दर बक्से से सुबोध का लाया हुआ 'अनब्रेकेबल' टी-सेट निकाला। बाबू ने कहा, टमाटर और खीरे के सैंडविच बनाना और रोल्स और सुनो, चाय अलग, दूध-चीनी अलग भेजना, वहीं बनाएँगे।

सहमे-सहमे कदमों से हरदेई सब चीज़ें लेकर गोल कमरे में आई। उसे भी हज़ार हिदायतें दी गईं, यों खड़ी रहना, चम्मच ऐसे हो तो प्लेट उठा लेना, इस तरफ़ से परोसना।

हम शरमा गए। उन अजीब 'सिन्थैटिक' प्लास्टिक-नुमा प्लेटों पर चम्मच और काँटों की खोखली आवाज़ सुनाई पड़ती रही। फिर मैंने मज़ाक करना चाहा—देख लीजिए जूडिथ, यह आपके बर्तनों की खाली आवाज़ है, जब हमारी थालियों में खाएँगी तो संगीत सुनेंगी !

सुबोध ने बाद में अन्दर जाकर हल्की-सी डाँट लगा दी—अजीब मध्यवर्गीय आदत हो गई है दिखावे की। कृपया जब तक मैं हूँ नया-वया नहीं निकलेगा। जिसमें रोज़ खाते हैं उसी में खाएँगे। भारतीय खाना जो हमेशा बनता है, कटलेट-पटलेट नहीं।

माई ने बाबू की तरफ़ देखा जो हकलाए—"आई नैवर सैड..."—और माई ने चुपचाप आँखें झुका लीं।

बाबू चाहते थे माई पूछे, पता करे। हम चाहते थे माई बोले, बोला करे।

क्या बोलें, क्या मतलब ? माई मिनमिनाई। मुझे समझ नहीं आता कि क्या कहूँगी।

आके बैठा करो, अपने आप बात निकलती है और उसे तो हर चीज़ में रुचि है, कुछ भी बताओ, क्या करती हो, कैसे करती हो, तुम्हारी लाइफ़ क्या है, हम समझाते। यह अच्छा ढंग है हिन्दुस्तानियों का, बस हर वक़्त खाना, खाना, खाना और कोई सरोकार नहीं मेहमान से, टीका करते।

पर माई रसोई में जुटी रही। नहीं बोली। पूछा भी नहीं। शायद सोचा भी नहीं। बस जूडिथ पास आती तो खुश हो जाती। वह जाने लगी तो उसे गले लगाया, दही-चीनी चटाई और आरती उतारके एक साड़ी थमाई।

बाबू हमेशा की तरह स्टेशन तक छोड़ने आए और हमारे डब्बे में बैठ गए

कि देख लें कौन व कैसे लोग हैं हमारे सहयात्री। लगे हर बार की तरह उन्हें घूरने कि मानो आँखों से चीरकर उनके उचक्केपन को फाड़ निकालेंगे ! कभी हमने ऐतराज़ किया था तो बोले, ''अकेली लड़की जा रही है, दुनिया में बदमाश भरे हैं, बहुत सँभलकर रहना चाहिए।''

उस दिन जूडिथ से कह पड़े दिस इज़ इंडिया, ट्रस्ट नो वन। फिर मेरे पीछे लग गए–पैसा कहाँ रखा है सुनैना, सँभाला, सुबोध को दे दो, ठीक जगह है कि नहीं, कहाँ है, मुझे बताओ, सुबोध ध्यान रखना साथ-साथ रहना, किसी को भनक न पड़े कहाँ है, सामान गिन लिया, कितने आइटम हैं मुझे बताओ, किसी स्टेशन पर उतरना नहीं।

उस समय बाबू की मिमियाहट भी ज़रूरत से ज़्यादा ऊँची लगी !

फिर सुबोध की दोस्ती रीतिका से हुई। वह भी ड्योढ़ी आई और बाबू चिन्ता करते बैठे रहते। माई के पीछे पड़े रहते–पता करो, पूछो। कल उसके माँ-बाप हमसे पलटकर पूछेंगे तो हम क्या जवाब देंगे, सुनैना पर क्या असर पड़ेगा, सोचो।

पर माई न उनसे बोली, न हमसे।

रीतिका जूडिथ की तरह ठठाकर नहीं हँसती थी, शान्त थी, धीरे-धीरे उसका संकोच खुला और उसके हर खुलने पर माई को उसका सौम्य भाया। बस जितना उसके आगे था माई उतने को ही देखती, वही देखकर मन में कुछ बात लाती या न लाती, परतें उखाड़ने का प्रयास नहीं करती।

कुछ सवालों से वैसे भी सुबोध को चिढ़ थी। हम न होते वहाँ और बाबू मौका पाते तो रीतिका से उसकी जात, माँ-बाप, खानदान, पेशा, ऐसी बातें छोड़ देते।

सुबोध तन्नाया–क्या मतलब इन बातों से ? बाबू ने लापरवाही जतलाई, गले में खखारती-सी कोई आवाज़ की, फिर माई को अकेले में पकड़ने निकल गए।

हम तो जात-पाँत से ऊपर उठ चुके थे न। परम्परा से, जाति से, देश से ही उठ चुके थे ! हम अन्धविश्वासी नहीं, हम धार्मिक नहीं, हम मध्यवर्गीय जकड़नों में नहीं, वरना क्या हम भी, हमारी प्रयोगशाला में न होते, 'क्लिनिकल' टेबल पर, चीरफाड़ के लिए 'साँपल फ़ॉर स्टडी' ?

हमारी आज़ादी 'बाहर' होने की थी। ड्योढ़ी में अब हम अन्दर के नहीं रहे इसलिए वहाँ भी आज़ाद थे। विदेश में तो थे ही बाहरी इसलिए वहाँ भी जो जी में आए कर सकते थे। सब जगह हम 'बाहर' के और अकेले। खुद मस्त घूमते। औरों को 'टेबल' पर घसीट लेते।

अब कभी-कभी जी में आता है ब्रश फिर उठाऊँ और एक चित्र और बनाऊँ। जिसमें एक झबलेदार साड़ी में कोई काया सिहर रही है जिसका चेहरा अदृश्य है, इसलिए नहीं कि वहाँ कुछ है नहीं, बल्कि इसलिए कि सामने खड़े देखनेवालों की आँखों की जगह शून्य है...।

24

वहाँ जहाँ आँखें होनी चाहिए थीं खाली शून्य था। हम समझ बैठे सामने कुछ है ही नहीं। किसी झोंके में पल-भर को दृष्टि मिल जाती तो हम सन्न से रह जाते कि जहाँ कोई नहीं था वहाँ यह कैसा लरज़िश-सा दर्द ? कौन आया? आया तो गया क्यों ?

हमारी रूह काँप उठती।

जैसे रज्जो के आने पर।

मैं तब हॉस्टल में ही थी। कहीं से लौटने पर चपरासी ने बताया कि आपके नाना आपसे मिलने आए थे और मैंने सिर पीछे फेंकके कहकहा लगाया। किसके नाना, किसका सन्देश किसे दे रहे हो भलेमानस, अपने कोई नाना-वाना नहीं, न थे। पर एक ख़त था, ''बेटी...शुभाशीष...रज्जो की बेटी को देखने की बड़ी इच्छा है...फिर आऊँगा...तुम्हारे नाना।''

रज्जो ? मैं इस नाम से किसी जीव को नहीं जानती। मैंने माई को लिखा। उसका जवाब आया कुछ दिन बाहर मत जाओ ताकि तुम्हारे नाना को फिर लौटना न पड़े।

किसी अजनबी बूढ़े को देखकर ज़िन्दगी में पहली बार आप ही मेरे हाथ

उनके चरणस्पर्श को झुक गए। उन्होंने उठाकर मुझे गले लगा लिया।

हमने कभी सोचा ही नहीं था। माई हमसे पहले भी ज़िन्दा थी ? एक बच्ची थी जिसका नाम रज्जो था ? हमसे अलग कुछ थी ?

हठात् प्रश्नों के जंगल में हमने खुद को सन्नाटे से घिरा पाया। जवाबों की जगह एक मूक हाहाकार हमें डस गया।

फिर नाना हमें कहीं ले गए। कोई थे जिनके घर में किसी तिलकधारी महात्मा की बड़ी-सी तस्वीर थी जो चन्दन की माला पहने थे और जिनके मुख पर सामने जलते दीपक की लौ के साए सिहर रहे थे।

मुस्कुराके नाना ने मुझे किसी के आगे किया, "पहचानो, कौन है।"

दो पल मेरी ओर अपलक देखकर उस शख़्स ने मेरे गाल को हल्के से छुआ, "रज्जो की बिटिया क्या ? सफ़ा। वही चेहरा, बस पहनावा आधुनिक।"

सुबोध और मैं घूमने गए थे। गलियों से होकर, टीले पर चढ़कर, वहाँ जहाँ मन्दिर की घंटियाँ बजती थीं और गुलाबी आसमान रात के आँचल में विलीन होता जाता। खोता जाता।

मैं खोई थी। मैं रज्जो थी। किन्हीं भूली हुई गलियों में घूमती। किन्हीं बीते हुए अपनों से फिर परिचय पाती। उन जगहों में, उन लोगों के साथ, जिन्हें मैंने कहीं छोड़ दिया था।

और अचानक, जैसे किसी ने मुझे झकझोरकर खड़ा कर दिया, क्या पता मैंने उन्हें छोड़ा नहीं हो ? उन्हें साथ लिये यहाँ तक चली आई हूँ ?

मैं डरके चीख पड़ी। जब मेरे बगल में बैठे सुबोध ने सामने गिड़गिड़ाती एक भिखमंगिन से तड़ककर हटो-हटो कहा। मानो पता नहीं यह भी...मेरी उन पुरानी गलियों में...उन पुराने अपनों के बीच...रही हो कभी...पुराने...पर बीते नहीं ?

मैं ड्योढ़ी गई थी। मुझे लगा, पूछेगी माई तो क्या कहूँगी, कैसे कहूँगी कुछ ? माई ने पूछा नहीं। मैंने खुद ही बताया, ऐसी बोली जैसे इससे सहज कोई बात नहीं।

फिर सुबोध की मुट्ठियाँ भिंच गईं। उसने नाना को राजी किया और उनसे माई को फ़ोन मिलवाया। मैं माई के बगल में खड़ी थी।

"मैं रज्जो बोल रही हूँ...बाबूजी..."—एक झुकी हुई बुढ़िया के भीतर से पैंतीस साल पुरानी आवाज़ फूटी।

दोनों फ़ोन पकड़े रोते रहे।

और ऑपरेटर ने कह दिया तीन मिनट हो गए।

माई पहली बार रोई थी।

मैं धक से रह गई क्योंकि मैंने फिर वही सोच लिया था कि जो मेरे सामने हुआ, वही बस हुआ। मेरे पहले, मुझसे छिपा, कोई नहीं है, कुछ नहीं है।

पर हाँ, मैंने पहली बार माई को रोते देखा। रज्जो को माई में रोते देखा और वह कोई और नहीं थी, बस पुराने बीते लिबास में हूबहू मैं ही तो थी।

सुबोध नाना को लेकर ड्योढ़ी पहुँचा। खुदा जाने कैसे चालीस साल के जवान ने और बीस बरस की बच्ची ने उस जर्जर बुड्ढे और उस झुकी हुई बुढ़िया को पहचान लिया।

बाबू कुछ सिटपिटाए थे, कुछ शरमाए-से बैठे रहे। तमतमाते तो दादा थे और वे तो अब थे ही नहीं। करते तो दादा ही थे, बाबू तो बस करने देते थे।

और हम एक तरफ़ खड़े हो गए। छोटे होते चले गए, छोटे, उससे भी छोटे, अदृश्य हो गए। अपनी ज़िन्दगी में हमने माई को जगह दे रखी थी जहाँ हम खुद बीचोबीच थे। पर अब हम ही कहीं नहीं थे। माई थी और उसके जीवन में हमारी कोई जगह नहीं थी, वह खुद उसमें बीचोबीच लौट रही थी, वह फूट-फूटकर जुड़ रही थी।

हमें किसी ने नहीं देखा। हम धीरे से खिसक गए ड्योढ़ी की छत पर जहाँ बचपन से कितने-कितने दिन कुछ जानने की मुराद में गुज़ार चुके थे। वहीं से बैठक में झाँकके देख लेते क्या गोपन वहाँ चल रहा है। वहीं से फाटक से जाते उसे देख लेते जिसकी कहानी हम जानते नहीं थे, इसलिए मानते नहीं थे।

हम जानते नहीं थे इसलिए मानते नहीं थे कि यहीं से कभी रज्जो ने किसी को विदा किया था...। क्या सोचकर, किसके लिए, क्यों...?

सुबोध कुछ ऐसे बोला कि मुझे लगा मेरे कानों को भ्रम हुआ, "हाऊ कुड शी ?"

उससे कुछ होता गया। कोई ऐसा दरिन्दा नहीं, वह बोल पड़ा, न कोई ऐसा मासूम कि उसके संग कुछ भी कर लिया जाए, वह कुछ भी अपने संग होने दे, मानो उसके सिवा कोई चारा नहीं। न ऐसी ताक़त किसी में, न ऐसा कमज़ोर कोई।

मुझे कुछ होता गया। माई, जो मेरे भीतर थी, उसे धिक्कारने में असमर्थ होती गई। खुद को कैसे धिक्कारूँ ? फिर खुद के साथ जियूँ कैसे ?

खुद को जलाने की प्रवृत्ति का अंश तो मुझमें भी था, वह अंश जो माई थी। भगवान पीछे छूट गए, रीति-रिवाज़ धरे रह गए पर यह अंश मुझमें कभी नहीं मरा, उसने मुझे पकड़े रखा और मैं उसे खुद में न चाहते हुए भी उसे निकालने के ख़याल से ही घबरा जाती।

आग को हमने पूजा बना रखा था। उसको यह दे दो प्रभु मेरा यह ले लो, लो जला दो।

वहीं विलायत में सुबोध को बेहोशी के दौरे पड़े। हज़ार जाँच, दहशत। जूडिथ मेरे पास आई और रो पड़ी—'कुछ न हो उसे।'

मैंने माँगा था कि कुछ न हो उसे, बदले में मुझे सज़ा दे दो, पर ऐसे कि केवल मैं जलूँ।

किसी और के जीने-मरने के सवाल के आगे मैं भी किसी ग़ैरहाज़िर से दुआ माँग बैठी—आग लगा दो मेरे जीवन में, पर उसे कुछ न हो।

जूडिथ हँसती आई थी—'बिनाइन' निकला, कोई डर नहीं है।

माई ही थी जो यह प्रताड़ित रहने की प्रार्थना मुझसे कराती थी। जो मुझे अपने लिए कुछ लेते ही अपराधी बन जाती, दूसरे को कुछ देते ही शहीद बना देती। और ये दोनों ही न बनने की मेरी लड़ाई थी।

नाना ने माई को बुलाया था। उनके रिश्तेदार के लड़के का ब्याह था।

यानी माई के रिश्तेदार के लड़के की शादी ?

हम माई के संग जाने को तैयार हुए पर बाबू ने एक बार माई से नज़र मिला ली।

सुबोध चीखने लगा—माई के पिता हैं वे, आप होते कौन हैं ऐसे करनेवाले ?

बाबू दो शब्द बोल पाए—तुम्हारी माई खुद समझती है। और भी लोग होंगे शादी में। तुम बच्चों से कहनेवाली बातें नहीं हैं।

मैंने माई को देखा था। खामोश। वह सुन नहीं रही थी।

मुझे पता था, सुबोध से बेहतर, कि हार हमारी होगी। जो जलने पर खुद आमादा हो उसे किस तरह बचाएँ ? जिसने आत्मसम्मान उसे ही मान लिया हो कि उसे कुचलनेवाला जितनी कसर छोड़े वो, वह खुद पूरी कर ले, क्या सिखाएँगे हम उसे ?

हम जो समझते हैं कि आत्मसम्मान अपने लिए लेने में है, अपने लिए छीनने में भी हो सकता है।

वह कठपुतली थी, इतनों की डोरों पे फिरकते हम उसे देखते बड़े हुए। पर इतनों के खिंचने पर भी वह टुकड़ों में छितरी नहीं, साबुत रही, और खिंचती रही, अपने 'संचालन' की डोर खुद भी थामे, बस पीठ झुक गई, ये सब हमारे पल्ले पड़ नहीं रहा था।

हम पगला उठे थे—कहीं और भी माई लुटी है। उसे बचाने को और भी तड़प उठे। और खुद को उससे बचाने की चिन्ता कर बैठे। कि मानो इस

अजीबोगरीब पद पर हमारी नियुक्ति हुई है और हम जी-जान से कुर्सी की आन रखने में जुटे हैं।

फिर जूडिथ और सुबोध में टूट गई थी और इलज़ामों की जो बोरी उसने सुबोध पर दे मारी उसमें एक यह भी था तुम और तुम्हारी बहन के जीवन का एक ही ध्येय है—माई।

25

सुबोध बहुत धीरे-धीरे बदला। शुरुआत कब हुई पता नहीं। शुरुआत शायद उस रिश्ते के मूल में ही थी जिसमें हम रक्षक थे, माई शिकार। होते-होते वह सब्र खो बैठा कि जो बचना ही नहीं चाहता है उसे कैसे बचाया जा सकता है, तो छोड़ो, क्यों खड़े हैं बेकार चिल्लाने, अपना ही खून जलाने, चलो रास्ता नापें अपना-अपना।

माई ने बहुत धोखे दिए थे। बार-बार लड़ाई में कमज़ोर पड़ी थी। हमारी आड़ में खड़ी होती, हम लड़ते जाते, अचानक देखते कि जिससे लड़ रहे हैं उसी के पास माई खड़ी है। सकपकाके पीछे मुड़ते, माई ने दल बदल दिया है।

एक निरीह, कमज़ोर, प्रताड़ित बेचारी, जिसने अपने अन्दर से अपना अलग हर कुछ निकालके रख दिया है और खुली और खाली हो गई है। चाहे दूसरे उसमें जो चाहें भरें।

भरते ही थे और ये सरासर अक्षम्य था। सुबोध घिन से कह उठता, ''ममता कहकर हमने खोखल को देवी बना डाला है।''

हम चाहते रहे थे कि दूसरों ने जो अपनी-अपनी आग माई को जलाने उसमें डाल दी थी वह माई लड़के निकाल बाहर करे। पर बुझने के लिए नहीं। हम

जो मशालें दें उनसे अपनी ज्वाला बनाए। इस तरह भरा-पूरा इंसान बने।

जब रज्जो की पुकार दूर फ़ोन पर आई तो सुबोध स्तब्ध होकर बोला, "हाऊ कुड शी ?"

रज्जो कहाँ गई, हमें उसका ग़म था। पर जिस बात का गुस्सा था वह था कि रज्जो ने खुद को जाने कैसे दिया ?

हम हम थे, अपने जीवन के जोश में दम्भी, अपने अरमानों की आस में कठोर। हम तो लड़नेवाली पीढ़ी थे और अपने किस्म की लड़ाई के अलावा कोई लड़ाई नहीं मानते थे और सच शायद यह भी है कि अपने जैसों के अलावा कोई इंसान नहीं मानते थे। कोई और है भी, नहीं देखते थे ! 'होना' हमको कहते हैं !

हमें 'इंडीविजुअल' की अपार ताक़त का गर्व था, हमें अपनी उम्र के ज़ोर का दर्प था। मुझे भी अपने अकेलेपन और स्वावलम्ब से ज़रा भी डर नहीं लगता था जबकि मेरे इर्द-गिर्द सबकुछ उतना भी ठोस नहीं रह गया था।

शायद एक 'खोल' था जो हम बचपन से बुनते आए थे। वह हमें इतना प्यारा हो चुका था कि किस आकार पर मढ़ रहे हैं वह चिन्ता ही हमने नहीं की। बस उस खोल की हिफ़ाज़त में दूसरों को लताड़ते रहे।

जो बहुत आसान था। क्योंकि एक माँ और बाप तो थे नहीं हमारे कि अन्धाधुन्ध मोह हो जाए, पक्षपात करने लग जाएँ ! हमारे तो निरे माँ-बाप थे तो पता पाना मुश्किल था कि कौन-सी भाषा हमारी, कौन-सा खाना हमारा, कौन-सी परम्परा हमारी। ऐसे में किसी को भी लताड़ लेते।

धड़ाधड़ हम वही करते। लताड़ते !

माई को भी। जिसे हम बचाना चाहते थे, खुद उसी के लिए उसे लड़वाना चाहते थे, चाह-चाहकर उससे रूठ जाते थे।

पर सुबोध और मुझमें भी फ़र्क आ रहा था, इतनी धीरे कि साफ़-साफ़ पकड़ में न आए। थी तो एक ही बचपन की आग जो हम दोनों की रगों में धधक रही थी। पर उस आग में मेरी भी चिनगारियाँ, अलग, छिपकर, सुलगने लगी थीं। चुपके-चुपके।

हमारा 'हम' अस्पष्ट होने लगा था। कभी हम दोनों का होता, कभी सिर्फ़ मेरा और तब हम मैं और वह हो जाते।

शायद यह हमारे लिंग की नियति थी।

माई के प्रति हिक़ारत मुझमें भी आई। पर रुलाई के साथ। हताशा के साथ। जबकि सुबोध चिढ़कर अलग हो जाता, वहीं बेबस खड़े रहना उसे सहन नहीं

होता।

मैं खुद निरीह हो रही थी। वे जकड़नें मेरे भीतर थीं, उन्हें तोड़ने में मैं असमर्थ थी। कहीं खुद न टूट जाऊँ।

सुबोध को ऐसा कोई लिहाज़ करने की ज़रूरत नहीं थी।

जब माई फिर किसी लड़ाई में चुपके से अपने प्रतिद्वन्द्वी की तरफ़ खड़ी हो गई तो सुबोध का चेहरा गरम हो गया, "असली लड़ाई तो तुम्हीं से करनी है।"

उसके बाद वह चुप हो गया और शाम को जब हम तीनों अपने कमरे में थे तो माई से बोला—अब मैं कुछ नहीं करूँगा। तुम लड़ो। तुम्हारी तरफ़दारी करके हमने तुम्हें और कमज़ोर बना दिया है। तुम खुद बोलो।

"मुझे कुछ बोलना नहीं है—" माई ने अपने शान्त स्वर में कहा।

उसके शान्त से सुबोध के अन्तस में तूफ़ान उफ़न पड़ा, "तुम्हें बोलना होगा"—वह बरबस चीख उठा, रात के सन्नाटे को चौंकाता।

हो सकता है जीवन में यही एक बार था कि मैंने उससे बड़े होने का अधिकार दिखाया और उसे कैसे नहीं बोलना है सोचा।

"शटअप सुबोध।"

कभी-कभी अनुभव का पहलापन काफ़ी होता है असर करने को!

उसी छत पर जिसपे आम की डालियाँ प्यार से हम पर झुकती थीं और जिसके झुरमुट में हमने कितना कुछ देखा था, अचानक सब गड्डमड्ड हो गया। ड्योढ़ी में हमारा बचपन बीता था और ड्योढ़ी से हम निकलने को तड़पे थे। ड्योढ़ी से हम निकल गए थे और ड्योढ़ी में बार-बार उद्विग्न होके लौट आते। उसी ड्योढ़ी में अब हम बैठे थे अजीब-सी घुटन और बेचैनी से घिरे।

जो नई थी। पर पुरानी थी। बीती हुई। पर बीती नहीं।

"उसने खुद को इतना दुर्बल बना रखा है। असल अपराध उसी का है। जुल्म सहनेवाला जुल्मी बनाता है। जाए, लड़े खुद अब अपनी लड़ाई।"

"वह आज तक नहीं लड़ी है..." मैंने उसे बचाना चाहा। सुबोध से ? पर मैं चुप हो गई।

"यहाँ कुछ नहीं हो सकता, सब सड़ चुका है," सुबोध ने फ़तवा दिया।

मैं उलझी फँसी उसे देखती रही। उसकी घुटन मेरी भी तो घुटन थी। मगर...फिर भी...।

"तुम क्या सोच रही हो," सुबोध ने पूछा।

वे बरसात के दिन थे और मुझे याद है कि कोहरे के रंग की शाम थी।

पीछे जिधर भोन्दू और हरदेई रहते थे वहाँ एक छोटा सा ताल बन गया था। उसमें झंकाड़ों, डंडियों के गीले मनहूस ठूँठ काले पानी के ऊपर अधमरे-से झाँक रहे थे। ताल के बगल में लकड़ी की एक टूटी-फूटी बेंच उलट गई थी, हताशा से लिसलिसाती।

हरदेई और भोन्दू का बेटा मर गया हमने सुना था। उसे दमा हो गया था। कोई बहुत ही धुँधली याद थी, एक गंजी खोपड़ी, सूजे पेट और बहती नाकवाले छोटे से बच्चे की। वह इसीलिए बड़ा हुआ था कि दमा हो और वह मर जाए और हम सुन लें, पर कुछ न जानें।

"मैं गोपी के बारे में सोच रही थी।"

"गोपी ?" सुबोध थोड़े रोष से बोला।

"कि यहीं था और हम जानते ही नहीं थे उसकी क्या कहानी है।"

"तो क्या ?" सुबोध ने कन्धे उचकाके कहा, "बहुत कुछ नहीं जानते हम।"

मुझे लगा यहीं कोई सुराग है पर क्या...?

"आई फ़ील कनफ़्यूज्ड।"

सुबोध ने उस धुआँ-धुआँ शाम में धीरे से मेरी पीठ पर हाथ धरा, "तुम आ जाओ वहाँ। यहाँ कुछ नहीं हो सकता।"

और मेरे गम्भीर चेहरे को देखकर मज़ाक करने लगा—यही तो तुम्हारे संग दिक्कत है। यू हैव कन्फ्यू-ज़न व्हैन यू शुड हैव वि-ज़न !

26

बुआ आई थीं किसी छुट्टी में। वे भी माई के साथ क्लब की लेडीज़ मीटिंग में जाती थीं। पर बाकी, दोनों वैसे की वैसी थीं—माई, झुकी हुई, 'बेल्ट' पहनने के बावजूद और बुआ, वही-वही बातें करतीं।

कब कर रही हो सुनैना की शादी, मुझे देखकर माई से पूछने लगीं।

माई मुस्कुराके सवाल से अलग हो गई।

मुझे लगा कि जैसे मैं अभी भी वहीं हूँ जहाँ मैं हूँ ही नहीं। मेरे बारे में ऐसे बात हो रही है जैसे किसी ग़ैरहाज़िर के बारे में।

कुछ पुराने इतिहास ने जड़ किए रखा, कुछ बुआ अचानक बोल पड़ी थीं कि मैंने पाया, मैं खिसियाके चुप हूँ। पर चिढ़ गई क्योंकि शरमा के भी चुप रहती हैं लड़कियाँ अपनी शादी की बात पर।

उस वक्त हम खेत से शलजम-मूली कुछ उखाड़ रहे थे। बुआ का पैर शायद कीचड़ में सन गया और वे चप्पल झटकने, पैर धोने में बात भूल गईं।

पर मेरे लिए वह पल वहीं थम गया था। अन्तराल लम्बाता गया और मैं अभी भी मन ही मन कोई दिलेर, करारा जवाब जुटा रही थी, "वह तय करेगी या मैं ?"..."उससे क्यों पूछ रही हैं ?"..."मुझसे पूछिए, अपने बारे में निर्णय

मैं लेती हूँ।''

फिर बुआ ने मुझसे सीधे ही प्रश्न कर लिए—क्या कर रही हो अब ?... आगे क्या इरादा है ?...। इन नन्हे-मुन्ने लापरवाह सवालों के ऊपर चीखता न पूछा गया असल सवाल—'वह' कब होगा ? जीवन कब शुरू होगा ?

सुबोध बमक गया—आगे इरादे ? माने क्या ? जो तब करना है वह अभी भी कर रही है, देखी है इसकी पेंटिंग्स ?

बुआ हँसीं—''पेंटिंग्स तब देखूँगी जब इसके घर की दीवारों की शोभा बढ़ाएँगी।''

सुबोध के स्वर में सन्ताप छलकने लगा, ''इसी के घर की दीवारों पे आज भी लटकी हैं।''

''हुँह,'' बुआ ने बेबाकी से कहा, ''न यह, न वह जहाँ जाके पड़ी रहती है, घर है उसका।''

मैंने लड़ने को कमर कसी पर फिर रुक गई।

कुछ भी सहज-स्वाभाविक नहीं रह गया। लड़ती तो कोरी प्रतिक्रिया लगती, चुप रहना दब जाना लगता, 'क्या करूँ' में पल निकल जाता।

माई ही 'बीबीजी' को चुप करा देती। ''ऐसे किसी के घर समाप्त नहीं हो जाते। है कैसे नहीं उसका घर ?''

बुआ के सामने बुरका पहन के रहने का जी फिर हो उठा। वह सामने दिखती और मैं सोचती दबे पाँव निकल लूँ, इरादे पूछने न लग जाएँ। यहाँ तक कि जमादारिन, हरदेई, सबके सामने पड़ने में घबराहट होने लगी—बुआ की देखादेखी अब ये भी माई से पूछेंगी, मेरी ग़ैरहाज़िर उपस्थिति में।

पर माई विचलित नहीं हुई। शान्ति से कहती—सबसे बड़ी बात है अपने पैरों पर खड़े होना, आज के ज़माने में वह सीख लिया तो बाकी सब अच्छा ही होगा।

मैंने सुबोध से बुआ की शिकायत की। उसने स्नेह से थपथपी दी और बोला—''डोंट बोदर सुनी, तुम्हारा यहाँ से क्या लेना-देना ?''

पर बुआ मानी नहीं। मेरी स्केचबुक में नंगी लड़की देखकर उन्होंने अपने मुँह पर हाथ धर लिया, ''राम राम !''

सुबोध से नहीं रहा गया, ''आप क्या समझेंगी बुआ कि यह क्या है। आपको तो किसी ने जो अगड़म-बगड़म सिखा दिया उसे ही सही मान बैठीं।''

बुआ को अच्छा नहीं लगा, ''हाँ जी, अब तो तुम सिखा दो कि अच्छा क्या है, बुरा क्या। यही कसर है कि आदिम जाति की तरह निर्वस्त्र घूमें। तभी सुसंस्कृत

समझे जाएँगे।''

दोनों में ठन गई।

सुबोध माई नहीं, मेरे लिए पिल पड़ा था।

''आपकी देवी नंगी हो तो आपको कुछ नहीं होता। देवी है इसलिए नज़र नहीं आता,'' सुबोध लगा रहा। उन कैलेंडरों को लक्ष्य कर रहा था जिनमें लक्ष्मी, सरस्वती, दुर्गा की भड़ाका तस्वीरें होतीं, कसे, झीने, कपड़े में तन को झलकातीं।

पर जब सुबोध बोला कि ''आप लोग अपनी सास के अत्याचार का बदला हर जवान लड़की को नीचा दिखाके लेती हैं, खाली डब्बा हैं आप, जो डाल दें वही खड़खड़ा देती हैं,'' तो अचानक बुआ का चेहरा शुष्क हो गया।

माई ने सुबोध को धीरे से हड़काया—अपनी बात नम्रता से कहो।

मैं बस एक दूसरे को देखती रही। मैं बस देखती रहती।

मैंने माई से पूछा था, बुआ से तो दोस्ती है, उनसे क्यों नहीं कहती ? माई ने बुआ की सास के बारे में बताया जिन्होंने शादी के चन्द रोज़ बाद ही ससुराल छोड़ दी, मायके भाग आईं, पति लिवाने आए, नहीं गईं, नहीं गईं, और मुँह नहीं खोला कि क्यों। पति ने अपने कमरे में उनकी बड़ी-सी तस्वीर लगाई, रोज़ आरती उतारी। बेटे, यानी फूफाजी को ले आए पर पत्नी नहीं आईं, नहीं आईं, न कुछ किसी से बोलीं। पति, यानी बुआ के ससुर, बीवी के नाम एक बन्द लिफ़ाफ़ा छोड़के मर गए। उसमें लिख गए कि मेरा पहला श्राद्ध तुम्हीं करना। जो कर दिया उन्होंने। और तब बुआ से मिलीं, तब अपनी ससुराल लौटीं। पर नहीं बोली, नहीं बोली। बस बुआ पर खूब शासन जमाया।

''कुचले अरमान कुछ भी कहने-करने की छूट नहीं देते।''

''नहीं।''

''समझने का फ़ायदा क्या अगर कुछ करोगी नहीं समझकर ?''

माई बोली, ''समझना है तो हर तरफ़ का समझ लूँ, हर तरफ़ का समझूँ तो करना मुश्किल हो जाता है।''

उसके चेहरे की हार देखकर मैं झुँझला गई। पर सुबोध के चेहरे पर फ़तह देखकर भी। हार और जीत ही मुझे सताने लगे थे। मैं जीत की तरफ़ होती तो अपराधी बन जाती, हार की तरफ़ होती तो शहीद बन जाती।

बस देखने लगी थी इधर से उधर।

बुआ एक रोज़ कहीं से घूमकर आईं। मुझसे बोलीं कि आओ तुमसे बात करना चाहती हूँ। मुझे एक तरफ़ ले जाकर कहने लगीं—''सुनो, मैं जानती हूँ, तुम माई को बहुत चाहती हो, कहीं ऐसा-वैसा क़दम उठाओगी तो उस बेचारी

का क्या होगा ?''

मैं समझ गई, धक् से, कि एहसन की खबर कहीं से ड्योढ़ी में आ पहुँची है।

''लड़कियों की दोस्ती लड़कियों से ही होनी चाहिए। याद नहीं वह नीता तुम्हें...?''

याद आ गई नीता मुझे। जिसको लेकर बचपन में खिल्ली उड़ाई थी बुआ ने, ''अजी निरी देखी हैं लड़कियों की दोस्ती। बड़ी हो जाओ तो पूछेंगे कहाँ गई वह दोस्ती जो कभी न टूटनेवाली थी ? क्यों नहीं हो उसके साथ जिसके संग जीवन-भर रहने की ठानी थी ?''

''...तुम मुझे बताओ...''—बुआ कुछ कह रही थीं।

''मुझे कुछ नहीं बताना है।''

''...माई है तुम्हारी, मुझसे पूछेगी तो मैं क्या जवाब दूँगी ?''

और मेरा सारा आत्मसम्मान मानो किसी की ललकार पर एक साथ तनकर खड़ा हो गया, ''मेरी माई आपसे नहीं पूछेगी और मुझे उनसे कुछ कहना होगा तो आपसे नहीं कहलाऊँगी।''

सनसनाके मैं वहाँ से जो निकली कि दरवाज़े पर बाबू चिन्तित मुद्रा में खड़े पकड़े गए।

''ओ ऽ ऽ ऽ ऽ, समझी,'' मैंने बेधती नज़र से उन्हें देखा, सीधे माई के पास गई, गुस्से से अरुझने को मुँह खोला और रो पड़ी।

माई गम्भीर हो गई। ये बोल कि तुम जानती हो मैं किसी को पूछने नहीं लगाती, वहाँ गई जहाँ बुआ और बाबू फ़िक्रमन्द बैठे थे।

''अपनों का विश्वास बाद में करेंगे, दुनिया-भर का पहले ?''

और कुछ कप-प्लेट उठाकर चली गई।

मैं सम्मूढ़ देखती रह गई। वह अटल विश्वास जो नहीं टलेगा तो नहीं टलेगा। या तो एहसन है नहीं, या है तो फिर वह बुरा नहीं।

सुबोध आया तो मुझे उससे कुछ भी कहने का मन नहीं हुआ। वह किसी पर भी चढ़ बैठेगा।

लेकिन बुआ ने कोई तार छू दिया था। परिमंडल झनझना उठा। मैं बड़ी हो गई थी और नीता नहीं थी, एहसन था और बुआ का कहना था नीता को होना चाहिए।

मैंने शान्त आँखों से माई को परखा। रज्जो की सहेली थी क्या ?

और मुझे लग पड़ा कि इसके पीछे कोई राज़ है जो दादी की, बुआ की,

माई की, मेरी, सबकी सहेली छूट जाती है। कि दादी के शातिर अन्दाज़ों के पीछे और बुआ की कर्कशता के पीछे और माई के शान्त के पीछे और मेरी आधुनिक गहमागहमी के पीछे वही एक सन्नाटा है जिसमें एकतरफे कानूनों की बेक़सी समा गई है और रज्जो खो गई है...।

27

बाबू को यह खुशी तो थी कि सुबोध विदेश में है और कि मैं भी वहाँ घूम आई हूँ, पर हमसे वे त्रस्त रहने लगे थे। उन्हें लड़ना आता नहीं था और दादा रहे नहीं कि हर बात आवाज़ गरजा के निपटाते चलें। और माई को तो हम उल्टी-सीधी कैसी भी पट्टी पढ़ा ही रहे थे—जूडिथ आई और बाबू ने सिगरेट का धुआँ देखा तो यही माना, सुबोध का हुड़कना इसी का सबूत था, मेरी चित्रकारी इसी का सरंजाम, हर तरफ़ माई के नासमझ होने के नमूने।

एहसन की ख़बर पर तो वे पूरी तरह व्यग्र और विवश हो गए। माई से कहते रहे बच्चों को ग़लत शय मत दो, कुछ करो। हम कहते रहे माई से, तुम चुप रहकर बाबू को शय देती हो, बोलो, लड़ो।

बहुत था जो हम उससे नहीं कह सकते थे, बचपन से नहीं पूछते थे। हमारे सामने प्रियवदन सामन्त ने क्लब में माई को नमस्कार किया और बोले कैसी हैं मिसेज़ तिवारी, उस दिन दूर से मिस्टर तिवारी को किसी के साथ देखा था, लखनऊ में, सोचा आप हैं और पास गया, शायद आपकी कोई रिश्तेदार होंगी।

माई ने सौम्य रहकर कहा—नहीं, वहाँ हमारे कोई रिश्तेदार नहीं हैं।

सुबोध और मैं स्कूटर पर बैठकर कभी-कभी उस घर के सामने से निकलते

थे पर माई का बुना स्वेटर नहीं दिखा।

हमने माई से कहना बन्द नहीं किया कि चलो हमारे साथ। विलायत भी। सुबोध बीच-बीच में चिढ़ जाता—छोड़ो नहीं कहते तुमसे—पर फिर, यह टिकट, वह प्रोग्राम, यह किताब, वह इसरार।

पर मुझे ये क्या होता जा रहा था ? किसी का चिल्लाना अच्छा नहीं लगता। सुबोध को भी। लेकिन वह हारता तो चाहती जीत जाए, जीतता तो चाहती हार जाए।

बाबू हमसे कुछ बोल नहीं पाते थे पर माई को सुनाते रहते कि तुम कुछ जानती नहीं हो इसलिए कुछ भी मान लेती हो, थाली का बैंगन हो।

पर वे नहीं माई जानती थी कि जब जूडिथ आई थी तो हमने छत पर 'पंच पार्टी' की थी। उन्हें यह भी नहीं पता था कि माई हमको मुर्गा-मछली भी रसोई में पकाने देती, हरदेई को छुट्टी देकर, बशर्ते कि बर्तन हम राख से खुद माँज देंगे और मांस के हाथों से तेल-मसाले नहीं छुएँगे। खैर, बाबू तो उसे ही नासमझ मानते, हमारे चंगुल में। उन्हें लगता, हम उससे कुछ भी करवा लेते।

माई से कुछ कहो, मना तो करती ही नहीं थी पर करती क्या थी वह अलग बात थी।

वह चुप रहती थी और अब बाबू भी इसी बात से परेशान थे। उन्हें लगता वह अनसुना, अनदेखा करके हमें कुमार्ग पर उकसा रही है।

बाबू पीछे पड़ गए, पता करो, एहसन है कौन ?

पहले माई कुछ बोली—होगा कोई साथ काम करनेवाला, बहुत से लोगों से मिलती ही होगी, सब एक जात के तो हो नहीं सकते।

बाबू फिर भी रट दोहराते रहे तो वह चुप रही, अपना काम किए जाती सुनती, ज़रा देर में बिना कुछ कहे कुछ करने कहीं और चली जाती।

मैंने माई को लद्दाख की रंगीन चट्टानों पर खड़े एहसन की तस्वीर दिखलाई— स्कल्पटर है माई, मूर्तियाँ बनाता है, हमारे इंस्टिट्यूट में है।

बाबू थे कि पूछते रहे—यह तो मालूम होना चाहिए कि कौन है वह, क्या करता है, इसको कहाँ से जानता है, आख़िर मुसलमान है...।

इस क़दर चिन्ता में कुम्हलाने लगे बाबू कि जब सुबोध बोला, "अब मैं यहाँ आना ही नहीं चाहता," तो मुझे लगा अच्छा ही होगा क्योंकि हमें सामने देखकर चिन्ता साकार हो जाती होगी।

शायद इन्हीं परेशानियों में बाबू का स्वामियों-साधुओं से मिलना और बढ़ चला। सुबह सवेरा होने नहीं पाया कि फाटक का ताला खड़खड़ाया। कौन है,

माई उठती। चौकीदार टार्च लेकर भागता आकर बताता, औघड़ बाबा आए हैं। माई चाभी पकड़ाती, ताला खुलता है बाबानाथ अपने एक, दो तीन, जितने भी, थलकते बदनवाले शिष्यों को लेकर बेधड़क घुसे आते। आज यहीं रहेंगे। बाबू के दुखड़ों का समाधान बतावेंगे।

जुटी है माई, किसी और की सेवा में कमी न रहे इस ख़ातिर।

हम भुन्नाते जाते। बोलने मैं भी लगी थी पर दादा की आवाज़ तो सुबोध को वारिसी में मिली थी। गरज पड़ता—जो है वह दो, क्यों नए जोड़-जुटाव में लगी हो, कह दो बाबू से भोन्दू को भेजके होटल से मँगा लें कुछ, यह कोई बात हुई ?

माई चुप कराती—जो है वही देंगे...बस सब्ज़ी ज़रा कम पड़ रही है वह बना दूँ...अरे कौन रोज़-रोज़ आता है...धीरे तो बोलो...।

एक दिन बाबू अन्दर आ गए, "मैंने नहीं कहा था। भेज दो भोन्दू को कचौड़ी-सब्ज़ी लाने। यह रहा पैसा।"

माई हमारी तरफ़ मुड़ गई, "जाओ, अपना काम करते नहीं हो, दूसरों को भी नहीं करने देते। जब घर में खाना है तो होटल का हम किसी को क्यों खिलाएँ ? अब दस मिनट मुझे अकेला छोड़ दो।"

सुबोध ने दाँत पीस दिए, "लैट अस गो सुनी, यहाँ कुछ नहीं बदलेगा।"

माई धीरे से कह गई, "भोन्दू को बात-बात में दौड़ाते कुछ नहीं लगता ?"

मैं अवाक् रह गई। मुझे लगा, जैसे वाक़ई कुछ नहीं हो सकता, जैसे एक का देना दूसरे का लेना है, कि हम सब हारे हुए हैं, फँसे हुए हैं—बाबू, माई, हम दोनों...भोन्दू...। जीत कोई नहीं रहा।

कोई घुटन, कोई हताशा जो धीरे-धीरे हावी हो रही थी हर चीज़ पर, हमारे भोले बचपन की यादों पर, हमारी उम्मीदों पर, हमारे यक़ीनों पर। ड्योढ़ी में हर किसी की घुटन—दादा, दादी, बाबू, बुआ, माई...हरदेई...हमारी...—जगह-जगह दुबक गई थी। उन पीली पड़ती तस्वीरों के पीछे, पुराने कोच के नए धारीदार कवर के नीचे, कश्मीरी कालीन में पड़े छेदों के आसपास, रोशनदान की खुदी जालियों में...। ताकि किसी भी पल कहीं से वह धूल बनकर हमारी साँसों को घुटाने लगे, सैयाल बनके आँखों से बहने लगे।

28

हम बड़े हो गए थे और 'हम' नहीं रह पा रहे थे। हम अब भी एक तरफ़ हो जाते पर यह भी लगने लगा था कि अलग-अलग सच भी हैं हमारे। कि जग के दुख-सुख, कैद-आज़ादी के फैले विस्तार को घेरे एक सन्नाटा है जो भले ही सबके लिए एक है लेकिन हर एक के लिए उसकी अपनी अलग छटा है। और कि स्याह की एक रंगत है जो हमारी है, हम औरतों की, सुबोध की नहीं, बाबू की नहीं। उस रंग का मुझे ख़ौफ़ था क्योंकि उसका ताल्लुक मेरे जन्म के पहले से था। मुझसे पहले वह सन्नाटा मेरा हो चुका था।

इतिहास वह भगवान–या हैवान–है जिसे हम पूज नहीं सकते पर जो सारे में छाया है, अन्दर-बाहर हमें घेरे, अपने चंगुल में लिये। हम उसका अंश-भर हैं। हम मजबूर हैं।

हमने बचपन से मजबूरी को जाना है। हम माई को बचाने को मजबूर थे, न बचा पाने को मजबूर थे, और अब, अब हम घुटने को मजबूर थे, उस चीखते सन्नाटे में जो हमारा इतिहास था, एक मेरा था, एक उसका था, सुबोध का।

सुबोध मानता था कि हम उस सन्नाटे को चीरने में सफल हुए हैं, आज़ाद हुए हैं। वह मेरा स्वावलम्ब देखकर खुश होता–मैं अकेली रहती, गाड़ी चलाती,

चित्रकारी करती। इंग्लैंड भी घूम आई थी जो घर लौटने जैसा था। सुबोध चाहता मैं वहीं आ जाऊँ। जब अपने इस देश के बड़े शहर में अँधेरा होता और हमें किसी सहेली को गाड़ी से उसके घर पहुँचाना पड़ता तो वह कहता कि सुनी, वहाँ यह सब झंझट नहीं है, रात को कभी भी निकल लो, कहीं 'कैफ़े' में बैठ लो, किसी से मिल लो, कितनी 'मोबिलिटी' होती है हमारे पास।

वह ज़िद करने लगा वहीं आओ, पेंटिंग्स की प्रदर्शनी करवाएँगे, ज़रूर कुछ न कुछ हो जाएगा, वहाँ बहुत 'स्कोप' है। यहाँ तो आधा वक्त तैयारियों में बीतता है, बाकी अपने बचाव में, काम के लिए क्या बचता है ?

बाबू का चेहरा झुर्रियों से घिर गया। अब सुबोध सुनैना को किस डगर पहुँचा रहा है ? वहाँ चली गई तो फिर क्या रह जाएगा जिसे नष्ट होने से बचाना है ?

माई ने अभी भी आपत्ति नहीं जतलाई। जीवन अपने मार्ग खुद बनाता है, बनाने दो, बनते रहेंगे।

हम पीछे पड़े रहते कि तुम भी चलो वहाँ, सुबोध का घर है, देखो तो सही। पर बाबू ने बिना कहे समझा दिया था कि बेमतलब हज़ारों रुपए नहीं ख़र्च किए जाते, जाने की वजह तो हो, सुबोध पढ़ने गया था, वह ठीक है।

मेरे जाने की वजह बन गई थी तो बाबू की झुर्रियाँ गहराती गईं पर वे एकदम 'ना' अपने मन में भी नहीं कह पाए होंगे। सुबोध को चक्कर आने लगे थे, घर से कोई तो जाए तीमारदारी के लिए, इसलिए सुनैना को जाना ही चाहिए।

कहते—हाँ, ठीक है, वहाँ उसका कौन है, कोई घर का होना चाहिए। फिर कहते—कोई चिन्ता की बात है नहीं, मेरा ही, कभी गर्मी ज़्यादा पड़े, तो सिर घूमने लगता है, फिर भी डॉक्टर को तो दिखा ही देना चाहिए। और फिर-फिर कहते—डॉक्टर को तो दिखाना ही नहीं चाहिए, उसकी रोटी कैसे चलेगी अगर कहेगा नहीं कि बीमार हो, जो नहीं है उसे रोगी बना देते हैं, सुबोध को घर आ जाना चाहिए, तुम्हारी माई ठीक कर देंगी, वहाँ कोई ठीक से खाना-वाना देनेवाला नहीं है, साथ ले आना। फिर-फिर-फिर कहते—लिख दो आ जाए, जाने की ज़रूरत ही नहीं होगी।

ख़ैर मुझे रोक पाएँ वे दिन जा चुके थे। पर हवाई-अड्डे तक छोड़ने आए। माई ने बेसन के लड्डू भेजे थे। ख़त भेजा था—सब ख़बर फ़ौरन लिखना, सेहत है सबकुछ है, भोन्दू के लिए जैसा स्वेटर लाए थे, 'सेल' में मिलें तभी दो-चार ले लेना, सब खुश हो जाते हैं कि बाहर का है, आशीर्वाद...।

बाबू टैक्सी में जपमाला फेरते रहे—तूरियातीत बाबा...बाबा...बाबा...। हवाई-अड्डे

पर मिडल ईस्ट जानेवाले, नौकरी की हसरत में निकले, बेकार मज़दूर यात्रियों को देखकर घबरा गए–इन लोगों के संग जाना है...बाबा बाबा...प्लेन में भी रोक नहीं...ओफ़ो...हे भगवान् ! पासपोर्ट जाँचनेवाले से बोले–मेरी बच्ची जा रही है, अकेली, ज़रा अपने किसी कर्मचारी से कह दीजिए ध्यान रखें। मैंने दयनीय मुस्कुराहट चमकाई और कन्धे बेबसी में उचकाए। लगा कि जल्दी से अन्दर चली जाऊँ पहले कि मुझे भी हर तरफ़ भेड़िए नज़र आने लगे !

अन्दर जाने से पहले मैं ज़बर्दस्ती बाबू को एयरपोर्ट के रेस्त्राँ में ले गई और दो गिलास प्योर सन्तरा जूस मँगाया। बाबू जूस पी तो गए पर मुझे हल्के से डाँटने लगे–इतना हिलडुल क्यों रही हो, बाबा को याद करो, शान्त बैठकर। और चलने को उठे तो वेटर से बोले चाय गरम भी नहीं थी और थोड़ी खट्टी थी ! इतने घबराए हुए थे कि सुध नहीं थी क्या पिया !

वह मेरा पहला हवाई ज़हाज़ में चढ़ना था। न बच्ची बनने में देर लगी, न चंचल होने में ! पर कितना अच्छा होता अगर बगल में बैठे शेख़ की जगह माई होती। मैं सब देखती और उसे बताती। वह देखो नीचे, इधर समुद्र, उधर समुद्र। अजीब है ना, बादलों के ऊपर हम और नीचे उस पर छितरा सूरज ? बादल ऐसे ठोस कि जैसे पृथ्वी हो। दुबई वह रहा, यह वेस्ट एशिया का रेगिस्तान, जौर्डन, कुवैत, स्कूल का एटलस खुल गया है देखो। नीचे चट्टानों पर बर्फ़ ऐसे ढकी है जैसे सफ़ेद चादरें बिछी हैं। आगे समुद्र, इस्तानबुल, ब्लैक सी, बुल्गारिया, यूगोस्लाविया, लिंज़, माई, गन्दे हिटलर का शहर, जर्मनी, ऐल्प्स, हरियाली देखो, लन्दन...। कहती चखो तो सही, शैम्पेन है, ज़रा-सी। साथ उड़ते।

बचपन से हमारे ऐसे ही ख़्वाब रहे हैं जो बादलों की तरह घुमड़ते रहे और खिड़की-दरवाज़ों से घर में घुस आए। कुछ बरस भी गए।

पर बचपन तो पीछे छूट गया और ख़्वाब तो बादल थे जो घुमड़ते और माई तो बोझ थी जिसे पोटली की तरह उठाए हम कब से चल रहे थे, कभी सँभल-सँभलके बढ़ते, कभी थकके रुक जाते, कभी ऊबके पोटली उतारके रख देना चाहते और आसानी से एक भी चीज़ न कर पाते।

माई बाबू के संग ड्योढ़ी में हमारे इन्तज़ार में रुकी थी। हम जाते रहे, कभी अलग, कभी साथ। ड्योढ़ी शान्त थी पर बाबू के मिलनेवाले आते, अपनी बीवियों को भी ले आते। जो हमसे मिलकर बड़ी प्रसन्न होतीं क्योंकि हमने विलायत की सरज़मीन पर क़दम रखे थे। सुबोध तो था ही हीरो पर मुझे भी कम हीरोइन न समझतीं। मेरी अंग्रेज़ी, मेरे सैर-सपाटे, मेरी आज़ादी, क्योंकि वह उनकी बेटियों की नहीं थी।

बार-बार हम आ जाते—माई अकेली हो जाती होगी, बाबू दिन-भर बाहर होंगे और खेतों-कुंजों से इंसान की सोहबत की कमी कैसे पूरी होगी ?

क्या उन्हीं दिनों नहीं विक्रम भी ड्योढ़ी आया था ? वह पास के ही गाँव में किसी 'फ़ील्ड सर्वे' में लगा हुआ था। सुबोध नहीं था पर मैंने उसे ड्योढ़ी बुला लिया। शायद तो भी बाबू कह लेते कि सुबोध का दोस्त काम से आया है, पर हाइंज़ भी उसी प्रोजेक्ट में लगा था और वह शहर के किसी गेस्ट हाउस में ठहरा था। रोज़ वह अपनी जीप में आता, विक्रम को काम पे ले जाता और कभी मैं भी साथ हो लेती।

तब बाबू को विक्रम के यहाँ होने का कोई बहाना नहीं मिला। माई से बोले जब दोनों लड़के साथ एक ही काम कर रहे हैं तो क्यों ये भी वहीं गेस्ट हाउस में नहीं रहता ?

मैं बिजली की तरह तड़की—क्या मेरे दोस्त यहाँ नहीं रह सकते ?

बाबू की ज़बान डगमगा गई—लो...लोग अच्छा नहीं मानते...आदमी को दो...दोस्त नहीं कहना चाहिए। और अपने आपको उस संगीन स्थिति के लिए सरबसर अपर्याप्त पाकर माई से घिघियाए—तुम्हें समझाना चाहिए, बच्चों की ऐसी उम्र हो गई है कि सही-गलत अब समझ लें।

और अकुलाए से, आँख चुराते हुए निकल गए।

माई कुछ न बोली। वत्सल से झुककर विक्रम को रात का खाना खिलाती। उसके फटे झोले को चुपचाप फेंककर मज़बूत जीन के कपड़े से वैसा ही झोला बना लाई जिसमें ज़िप भी लगी थी। जब विक्रम जाने लगा तो उसने मुझसे एक गिलास पानी माँगा और मेरे पीठ मोड़ते ही माई के पैरों पर झुक गया।

विक्रम चला गया और बाबू सिर धुनते रहे, माई को सुनाते रहे—अब तो बाहर निकलना मुश्किल होता जा रहा है, लोग तरह-तरह के सवाल करते हैं, कम से कम इस शहर में तो साथ न घूमें।

मुझे देखते तो बगलें झाँकते हुए माई के पास से खिसक लेते। न देखते तो इधर-उधर चौकसी करके माई के पास पहुँच लेते—कह तो दिया न, मना कर दिया न ? तभी मैं कहीं से नमूदार होती और वे ऊँचे स्वर में अचानक कह पड़ते—कमीज़ का बटन टाँक देना, गिर गया है।

पहले भी इसी बात को लेकर हमारे अन्दर धुकड़-पुकड़ मची रहती—यह माई को सामने करके सब कहने और करने की नीति। मैं माई के पीछे-पीछे घूमती, बाबू के संग अकेली न पड़ जाए। ड्योढ़ी छोड़कर जाती तो बेचैन

रहती, क्या हो रहा है वहाँ, बाबू क्या कर रहे हैं उसके साथ, माई बताएगी है नहीं।

काश ! माई को निकाल पाती। इतनी हठीली थी हमारी इच्छा कि उसमें कुछ भी असाध्य हो सकता है, कोई अजूबी तैयारियाँ चाहिएँगीं, हम सोच नहीं सकते थे।

कहती रही निकल चलो माई, सुबोध बुला रहा है, घूमने तो जा सकती हो, बाबू चाहें तो वे भी चले चलें।

29

पर जीवन कौन हमारे चुने रास्तों पर ही चला है ? आप ही बढ़ते-बढ़ते परिचित रास्ते से भटक जाता है, किसी अनजान दिशा में मुड़ जाता है।

बाबू को अपने काम से लखनऊ जाना रहता था। कुछ लोगों के साथ मोटर में गए थे, लौट रहे थे और अपने शहर में घुसे ही थे कि गाड़ी में एक ट्रक घुस गया। बाबू और साथ के तीनों सज्जन उछलकर दूर छिटक गए। अँधेरा था, सवेरे तक किसी को पता नहीं चला। जब पता चला तो पाया कि दो साथी दम तोड़ चुके हैं, एक गाड़ी की गद्दी के नीचे खरोंच खाके बेहोश पड़े हैं और बाबू की जान केवल सीधी रह गई है, बाक़ी सब टेढ़ा हो गया है।

हम दौड़े-दौड़े आए थे और उसी दिन जब किसी से बोलने का मन नहीं था तो ट्रेन में टकरा गए सुबोध के बचपन के किसी क्लासफेलो से—आरिफ़ या जामिर या जीवन, ऐसा ही कुछ नाम। जो 'सनी साइड कॉन्वेन्ट' में उसके साथ पढ़ा था। अब बंगाल में व्यापार करता था और तब जब सुबोध हॉस्टल से लौटके आता, मिल-विल लेता था।

हम दोनों की जान पर बन आई थी और वह हँसोड़पन दिखला रहा था पर उसके आगे बेपरदा भी नहीं होना चाहते थे, सो झेलते गए।

"याद है...," वह एक के बाद एक यादें गिना रहा था।–उन दिनों की तफ़री जब स्टेशन पर घूमने आते थे ? प्लेटफ़ार्म पर चाय पीते थे ? और याद है जब फ़लानी मेल आती थी तो कैसे हम सारे झुंड के झुंड अन्दर भागके सीटें हथिया लेते थे, खुश कि अपडाउन करनेवाले समझ रहे हैं जगह नहीं है, झाँक के आगे सीट खोजने निकल जा रहे हैं ? सीटी बजती और हम कूदकर वापस प्लेटफ़ार्म पर होते, ठहाके मारते हुए कि एक डब्बा खाली का खाली जा रहा है ! याद है...यार...?

वह बकता ही रहा। सुबोध अस्वाभाविक मुस्कान के पीछे बैठा रहा।

मैं अलग थी क्योंकि मैं उसे खास नहीं जानती थी, बची हुई थी और सोच पड़ी थी कि सुबोध और मेरे बचपन भी क्या अलग थे ?

पर हम साथ लौटे थे, 'हम' होकर, और जीवन के अप्रत्याशितपन पर बेतरह हताश होकर। इतने हताश कि हताशा के वर्तुल को लाँघकर शक की उस परिधि में जा पहुँचे जहाँ से विश्वास शुरू होता है कि नहीं, ऐसे ही नहीं हो जाता है कुछ भी, इतनी भयानक, बेतरकीब, बेमतलब, मनचली नहीं हो सकती ज़िन्दगी।

हमने समझा था कि सदियों पुराना जंग-खाया फाटक, चरमराता हुआ खुलने लगा है कि पाया कि अचानक उछल के नए, मज़बूत सींखचे माई के चारों ओर खड़े हो गए। और वह फिर से बन्द हो गई।

माई ने सबकुछ छोड़ दिया और बाबू के उलझे बालों से काँच का चूरा निकालती रही।

बाबू का शरीर टूट गया था। प्लास्टर चढ़ाए गए पर सिर एक तरफ़ को अकड़ गया, कन्धा दूसरी तरफ़ को निकल आया, कमर कहीं और अटक गई। पाँव भी सीधे नहीं पड़ते थे। बाबू अपनी तुड़ी-मुड़ी काया को घसीटकर चलते, ज़बान लड़खड़ाकर कुछ आवाज़ें बनाते और माई के हाथों हर काम करते–नहाना, पहनना, खाना।

माई फँस गई, अपने इस 'बच्चे' को उँगली पकड़ के चलाने में।

हमारे भीतर से नई कराह निकली–किस कदर फँसी है माई। तड़पकर काम अधूरा रहने देते, छुट्टी लेते, ड्योढ़ी में लौट-लौट आते।

ड्योढ़ी की चहल-पहल में एक साया विचरता था। शुरू से ही। अब हर तरफ़ नीरव अचल था जो विफलता का था। और वह साया था। और...।

बाबू भी साया बन गए।

उन्हीं दिनों 'वह' आई। माई का बुना स्वेटर नहीं था पर जैसे आप ही कोई स्वर मन में ठनक गया और हम उसे पहचान गए। उसका बदन भी कपड़ों के

नीचे कभी नहीं थलथलाया, तो भी।

माई बैठी रही, बाबू से सटी, उन्हीं के पलँग पर, उनके माथे की पट्टी बदलती हुई। प्लास्टिक के बुने रंगीन थैले में छाता का सिर निकाले वह अजनबी औरत पास कुर्सी पर बैठी थी।

मुझे कुछ-कुछ चीज़ें याद हैं। वह बार-बार खाँस रही थी, ऐसे ही जैसे मामूली ज़ुकाम हो गया हो, और हर खँखार के बाद कहती 'एक्स्क्यूज़ मी।' गले ही गले में खाँसी का गोल उठे, खाँसी न भी आए पर 'एक्स्क्यूज़ मी' ज़रूर आए। जैसे अंग्रेज़ी स्कूलों में पढ़ी लड़कियाँ जब बड़ी होने लगती हैं तो कुछ असहज किफ़ायत से फ्राक पैरों से ढक के, घुटने साथ मिला के, पीठ सीधी करके, गोद में हाथ रखके उसमें रूमाल को घुचड़-मुचड़ गेंद की तरह दबा लेती हैं और बात-बात पर हल्के से हिलकर कहती हैं 'सॉरी', 'थैंक-यू', 'पारडन', 'एक्स्क्यूज़ मी'।

बहुत हवा चल रही थी और माई ने कहा खिड़की बन्द कर दो। मैं उठ के गई थी। बाहर पेड़ और पत्ते जैसे परेशान होकर हाथ-पाँव पटक रहे थे। मुझे मेरा इंस्टिट्यूट याद आ गया जिसके पीछे समुद्र पागल हो रहा होगा।

और जब गुलमोहर के पत्तों को झरते देखा तो माई की पीठ, जब वह इतनी टेढ़ी नहीं हुई थी, जिसे मैंने पानी की बूँदों में चमकते देखा था और जिसके बीचोबीच चिकनी, लम्बी, साएदार दरार पड़ती थी, किसी डाली की तरह, मन की आँखों में आ गई।

मैं ठिठक गई थी, इन असंगत ख़यालों के बीच। पीछे बाबू 'टेढ़े' पड़े थे, 'वह' औरत बैठी थी और खिड़की बन्द करने को मुझे बार-बार परदा पकड़ना पड़ रहा था। जो बदरंग होने लगा था और पेड़-पत्तों, समुन्दर की ही तरह फड़-फड़ कर रहा था जैसे समझता हो वह भी उसी प्रकृति का हिस्सा है !

वह औरत बोली होगी, माई से कि बाबू से, वह कुछ याद नहीं। बस मुझे वहम हुआ होगा, मैंने माई के चेहरे पर उषा-सा शीतल लेकिन सुनहला सन्तोष देखा था।

छत पर सुबोध उदास हो गया। कैसी यातना है माई की, कितनी दुखी होगी वह।

मैंने अपनी 'कन्फ्यूज़न' से मिचमिचाती नज़र उस पर डाली। वह लिंग और समाज और संस्कार के बखेड़ों को उधेड़ने लगा—माई जो झुकी है, माई का जो झुकाव है, और माई होती, बाबू नहीं, खाट पर, तो तुम क्या समझती हो इसी तरह ड्योढ़ी में सब बदलता ?

अब तो माई को अकेला छोड़ना और भी मुश्किल लगता। हम और छटपटाने लगे उसे निकालने की ख्वाहिश से।

सुबोध को विदेश लौटना था। यह फ़ार्म वह फ़ार्म मुझसे भी भरवाके ले गया।

फ़िलहाल मैं ड्योढ़ी लौट आई, अपना पेंटिंग का ताम-झाम बटोरे, विक्रम को ताक़ीद करके कि वहाँ आता रहे, काम निकालके, और बेकाम भी।

बाबू की आँखों की कोरों में पानी का कतरा चमक जाता। वे माई से कुछ अस्फुट तुतलाते, "आ...बा..."

माई मेरे कमरे में आई थी—अब वह बाबू के कमरे में सोने लगी थी—और वहीं बैठ गई पर चुप।

क्या है, जब मैंने पूछा, तो बोली कि हो सके तो यहाँ एक साथ, इस तरह, मत रहा करो।

वह चली गई और खून की जगह मेरी रगों में कमज़ोरी बहने लगी। माई को छोड़कर जा नहीं सकती थी और विक्रम को आने को मना कर दूँ तो...?

एक कौंध के साथ मन में बोध हुआ कि जीवन में पहली बार माई ने मुझसे कुछ माँगा है, माँगा भी नहीं, बस...।

जूडिथ लड़ी थी कि अलग नहीं होओगे तो वह तुम्हारा अस्तित्व जकड़ देगी, तुम्हें क़ैद उसने किया है न कि बाबू, न दादा, न दादी ने, तुम पनप नहीं पाओगे, कुछ बन नहीं पाओगे, इस लिजलिजी निजता के रसातल में धसक जाओगे।

माई ने नहीं कहा शादी कर डालो या छोड़ दो। कितना समझती थी वह ?

विक्रम आया तो समा बोझिल होता लगा। मैं उसके जाने की बाट जोहती। मैं उसके संग अकेले पड़ने से कतराती क्योंकि तो भी नहीं लगता हम अकेले हैं।

और मेरे कैनवस पर लपककर तिर उठी नई-नई आकृतियाँ, बन्द, बेहद निजी कमरों में घटतीं, जिन्हें देखती रहतीं दो मूक आँखें या शान्त साया कोई या मौन फहराता आँचल कहीं। आँखें, बीच शून्य में खुली हुईं, साया दीवार के कोने में खड़ा आँचल कुर्सी के हत्थे पर बँधा। ओट से झाँकते हों जैसे, हर दृश्य को बेहद 'प्राइवेट' बना देने के भी ज़िम्मेदार और उसे 'प्राइवेट' न रहने देने के भी।

विक्रम चला गया। पर वह अजनबी औरत आने लगी।

और माई अब कभी बाबू से उस मरी, दबी, आह-भरी आवाज़ में नहीं बोलती।

एक तेज़ी थी उसके स्वर में, एक व्यस्तता हाथों में, सक्रियता चाल-ढाल में, आत्मविश्वास आँखों में। बाबू को कुछ ग़लत करते देखती तो आवाज़ ज़रा ऊँची करके आदेश देती :

"आँ हाँ, क्या कर रहे हैं ? बैठ जाइए...नहीं आप मत झुकिए, वहीं बैठ जाइए, फ़ौरन...अभी कोई उठा देगा उसे...बैठिए।"

30

माई मेरी मार्गदर्शक थी—जो वह है वही नहीं बनना मुझे।

माई फँसी रही, बस फँसी रही।

बाबू की बीमारी ने, चुपके से हममें घुस आए हिक़ारत के पुट को निगल लिया और बस हमारे अन्दर अपार दुख उमड़ पड़ा। उस औरत के बावजूद वरन् उसको लेकर भी।

कुछ पूछना तो हमने सीखा नहीं, बस चुप, एक तरफ़ खड़े, माई पर दया की दृष्टि डालते रहे।

रहम बाबू पर भी आता था पर सच तो यह है कि बाबू हमारे लिए माई का विस्तार थे बस। अगर थे। उसी की डोर से जुड़े।

और माई, हमारे देखने में, हमारी डोर से जुड़ी थी बस। हर और कुछ देखने के बावजूद।

एक क़ैद होती है, कह देने की, यहाँ तक कि सोच लेने की भी, बल्कि सन्देह मात्र करने की भी, कि फिर उसी से बनी जिल्द में नज़र आती है चीज़। उससे अलग हो तो भी।

हमारी नज़र तो बचपन से पक्की होती आई थी। किसी अनजान घड़ी की

टिक-टिक हमने सुन तो ली पर ऐसे जैसे कानों को धोखा हुआ। किसी अनोखे विस्पन्द पर काँप गए सही, पर उसे भ्रम माना। माई की कोई अपरिचित झलक देखी तो आँखें कौतुक से झपकाकर हम फिर अपनी परिचित छवि का अंकन कर डालते।

या यों कह दें कि देखा जो भी, सुना जो भी, जाना वही—माई फँसी है, दुखी है, सितम की हारी है, और हम हैं, उसे सँभालने पैदा हुए।

पर वहीं छत पर आँखें बन्द किए लेटे होते और अपनी पहचानी धारणाएँ दोहराते हुए आँख खोल देते तो उजला आसमान मिचमिचाके अन्दर भर जाता और सवालों से मिलता-जुलता कोई पैना पदार्थ चुभने लगता।

ऐसा भी तो होता है कि सच इतना फैला हुआ और उलझा हुआ होता है कि उससे आतंकित होकर हम छोटे से, सिकुड़े से, किसी झूठ को बस उसकी स्पष्टता के कारण सही मानते रहें।

या ऐसा भी तो होता है कि किसी कम परिचित में हम कोई बारीक़ी पहचान सकते हैं जो उसे ज़्यादा जानने पर उसके अनेक और तत्त्वों में उलझाकर फिर नहीं देख पाते ? शायद नाना ने जिस शख़्स से मिलाया था वे रोज़ मुझे देखते होते तो न कहते, ''रज्जो की बिटिया...क्या...?''

विस्तार से कैसे सशंकित हैं हम। उसकी अनजान लपटों से।

पर क्यों न डरें अनजान से ? जानते हैं तभी तो आगे बढ़ पाते हैं, वरना वहीं जड़ न हो जाएँगे ? यह तो जीवन की अपनी माँग है कि यह मान लो कि जानते हो और हिलते रहो। इसी हिलने को जीवन कहते हैं।

यह हम बाद में समझे कि हिलते सिर्फ़ हम नहीं है, जीवन भी हिलता है अपने वेग से। जो उसकी आँधी में स्थिर खड़ा है उसके लिए भी वेग वही है, जो खुद डोलता है उसके लिए भी वेग यही है। यह नहीं कि हम हैं जो जीवन को हिला रहे हैं। यह नहीं कि जो ठहरा है उसका जीवन थम गया है।

हमने माई को एक बिन्दु पर खड़ा देखा, वहीं उसे चिरबन्धन में ठहरा दिया।

जैसे ड्योढ़ी में मिलनेवालों ने बरसों के गुज़रने को नज़रअन्दाज़ करके मुझे मेरे बचपन के किसी एक जाने-पहचाने स्वरूप में हमेशा के लिए ढाल दिया। मैं वही कब-की-सी थी उनके लिए और उनकी नज़र से अकबकाके मैं खुद ही बचपन का आवरण ओढ़ लेती। मेरा नाप बालिगों-सा था पर मैं 'छोटे' में खुद को जकड़ के नाटक करने लगती। कभी लगता ड्योढ़ी में एक 'झूठ' बनकर रह रही हूँ। घबरा जाती—भागो, झूठ पकड़ा न जाए।

पर माई को ड्योढ़ी के चंगुल में छोड़कर नहीं जा सकती थी। मैं वहीं रह

गई। सुबोध विलायत में मेरी पेंटिंग्स की प्रदर्शनी करवाना चाह रहा था। उसे यक़ीन था भारतीय औरत की अस्मिता से प्रभावित होकर विदेशी दर्शक मेरे चित्रों पर रीझ पड़ेंगे। उसे खूब-खूब कामयाबी की उम्मीद थी।

लेकिन कैसे क्या किया जाए ? न माई को उसके हाल पर छोड़ सकते हैं, न सुबोध लौटके आ सकता है, न मैं ड्योढ़ी में बस पड़ी रह सकती हूँ।

माई ने काम का ज़िक्र किया। क्या फ्रीलांसर को कहीं कॉलेज इंस्टीट्यूट में रहने की ज़रूरत नहीं, तुम अपने कैरियर को देखो, यहाँ तो सब चल ही रहा है। बाबू की छड़ी की खटखट सुन वह धड़धड़ाके कमरे से निकल गई।

बाबू का घर से बाहर जाना बन्द-सा हो गया था। स्कूटर सुबोध के इन्तज़ार में सायबान में कैनवस-कवर से ढका खड़ा रहता। पढ़ते रहते बाबू। जब तब कोई मिलनेवाले आ जाते। वरना माई को बुला लेते बाबू। वह उनके पास बैठी रहती।

हम बाबू के पास कम जाते। सुबोध तो फिर भी कुछ बात चला लेता। उसके पास बातें थीं बताने को। विलायत में बसे एशियावालों के प्रति बढ़ती दुर्भावना का ज़िक्र करता। बताता वहाँ के लोग कैसी मुस्तैदी से काम करते हैं। और...वग़ैरह...।

मुझे तो कुछ नहीं सूझता कहने को। चित्रकारी की आबरू ड्योढ़ी में धूल-बराबर नहीं थी तो उसके चर्चे होते नहीं। मेरे जीवन में यों भी बाबू को कम ही लगा कि कुछ है जो होना चाहिए। उनकी दुर्घटना के बाद बाबू की बोली भी हमारे पल्ले मुश्किल से पड़ती और बार-बार 'क्या', 'फिर कहिए', 'समझ नहीं आ रहा', पूछते जाने में शर्म महसूस होती।

हमसे न रुका जा रहा था, न छोड़ा जा रहा था। मैं जाती तो फ़ौरन लौट आती, सुबोध जाता तो फिर आ पाने की जुगाड़ करने लगता।

असल में ड्योढ़ी ही फिर से घर बन गई थी, चाहें तो, न चाहें तो। और सुरक्षा, घुटन, इत्मीनान के मिले-जुले अतल में हम अटके जा रहे थे।

31

यह भी होता है कि हम निर्णय लेने से बच जाते हैं, अपने आप ही बात तय हो जाती है। कुछ सन्तोषी जीव तो इसी धातु के बने होते हैं कि जो हो उसे ही फ़ैसला मान, चुपचाप उस पर अमल कर लेते हैं।

हम इस क़दर व्याकुल थे, माई फँसी, मैं भी फँसी, क्या करें ? वहीं, फिर से, ड्योढ़ी में।

जीवन की गति हरहराके सामान्य हो गई थी। बाबू घर के भीतर, पर आराम से, रह रहे थे। माई उनकी देख-रेख ऐसे करने लगी कि जैसे पहले कोई चूक रह गई थी। कभी मैं माई के संग खाना लगा रही थी, ट्रॉली पर रख के बाबू के पलँग के पास ले जा रही थी। बाबू ने नज़दीक पड़ी फलों की टोकरी की तरफ़ हाथ बढ़ाया कि माई बोल उठी, "आँ हाँ, मत खाइए उसे, खाना आ गया है।"

तब तक बाबू एक केला उठाके छीलने लगे थे। वे रुके, अनिश्चित निगाह कभी अधछिले केले पर, कभी फलों की टोकरी पर डाली। फिर माई से अपनी अनर्गल, अस्पष्ट बोली में, "ये...खा...लूँ...?"

जैसे बच्चा किसी कठोर टीचर से पूछे।

माई ने उनके हाथों से केला हटा लिया—"खाना खा लीजिए, फिर इसे खाइएगा।"

एक के पीछे एक दिन जाते रहे। जाड़ों में मैं अपना कैनवस छत पर स्ट्रैच करके पेंट करती रहती। अच्छा लगता था वहाँ जहाँ बचपन की यादें थीं—जहाँ से फाटक को जाती हमारी बजरी की सड़क थी जिस पर साँप अलग दिख लेता, जहाँ ऊँचे रोशनदानों से दीवारों पर लगे मकड़ी के जाले रेशम की डोरों माफ़िक चमकते, जहाँ से लंगूर भाग गए थे पर मोर आते रहे, पंख गिराते रहे।

बहुत चित्र बनाए ड्योढ़ी में मैंने पर ज़िन्दगी वहीं खत्म करने के लिए तो नहीं है, निरुपाय हो सोचने लगती।

नहीं, हम खुश नहीं हुए थे कि बाबू को अचानक पक्षाघात हुआ। ऐसा कि जीवन का दीया बुझने में देर नहीं, यह अन्धा भी देख ले। सुबोध दौड़ा-दौड़ा आया, बाबू ने एक बार आँख मिलाई, फिर मूर्च्छा में चले गए।

माई पास खड़ी थी, डॉक्टर भी था और हम थे, और हरदेई और भोन्दू। बाबू तड़पे थे, बदन में कुछ बिलख रहा था, भावों में हरकत मचल रही थी। हम स्थिर खड़े थे, हाथ बाँधे उन्हें देख रहे थे, पत्थर के बुतों की तरह। जैसे मौत हम हैं, जीवन बाबू।

ड्योढ़ी के कितने ही बीते साए हमारे आसपास आके खड़े हो गए।

तब बाबू ने एक बार और आँखें खोली थीं, ग्लूकोज़ की नली, ऑक्सीजन की नली, सबके बीच फँसी निगाह उठी। हमारी मरी आँखों को देखकर उन्होंने जान-बूझकर अपनी पलकें मूँद डालीं।

फिर वे 'कोमा' में रहे, जब तक रहे।

हम कह नहीं रहे थे, एक-दूसरे में वह भाव पहचानकर आँखें चुरा रहे थे। पर, बाबू जा रहे थे, माई का आखिरी बन्धन टूट रहा था...।

हमारे दिलों में दर्द था। हम कह नहीं रहे थे। वे अजनबी थे पर थे तो हमारे ही बाबू।

बचपन में अंकुरित हमारी कोई आकांक्षा जो दबी-दबी थी, हमारे संग बढ़ती गई, खुलती गई और महत्त्वाकांक्षा में बदल गई, प्राप्ति के द्वार पर आ खड़ी हुई। शायद चोरी से दिल की धड़कन कभी तेज़ हुई हो, फिर आँखों के मुक़ाम से बाबू के लिए सैलाब उछल गया।

पर माई शान्त थी। हमने उसे रोते बहुत कम देखा था। वह बाबू की सेवा में कर्मठता से निरत थी। उसका तरह-तरह के पकवान बनाना, सिलना, बुनना, बागवानी देखना, लेडीज़ मीटिंगों में जाना, बन्द था।

विलायत में वह यह और-और बहुत कुछ कर सकेगी, करना सीख लेगी, सुबोध के सिगरेट के धुएँ में हर्फ़ बनके उभरते।

हमारी तो हमेशा से धुन थी कि माई को माई नहीं रहने देंगे। हमारे तजुरबे ने, गहरे चिन्तन ने, भरी-पूरी सोच-समझ ने हमें सिखा दिया था कि माई एक खोखल है क्योंकि एक समाज उसे खोखल बनाके अपने हित के लिए रखे हुए था। उसमें इंसान हम भरेंगे, उसे पनपने का मौक़ा हम देंगे ताकि सदियों से जुल्म सहता वह खोखल सरक जाए और माई, माई-नहीं होकर भरपूर लहलहाए।

माई-नहीं को हम इंसान कह रहे थे।

डॉक्टर माई से कहते सेहत का ख़याल करे, ताक़त की गोली ले, अपना ध्यान नहीं रखेगी तो दूसरों को कैसे देख पाएगी ? हम भी उसके आराम की फ़िक्र करते। पर माई, टेढ़ी, झुकी, कमज़ोर, लेटते ही बेचैन हो जाती, फिर उठकर फुर्ती से कुछ करने लग जाती।

पता नहीं क्यों, उन दिनों का सोचती हूँ तो बार-बार दिखाई पड़ रही है माई बाबू के बालों में कंघी करती हुई और उसके होंठों पर चन्द्रकान्त स्मित बसी है।

हमने छत से ही देखा था, पीछे बाँस लम्बे हो गए हैं और उनमें खूबसूरत फूल खिल रहे हैं। मैं लम्बी-लम्बी डंडियाँ तोड़ लाई, फूलों से लदी। पीतल के कलश में डालकर माई और बाबू के कमरे में लगा रही थी। माई ने टोका, ''बाँस में फूल खिल जाए तो माने उसके दिन पूरे हो गए।''

बाबू चले गए।

अभी थे, अभी गए।

ड्योढ़ी में बुआ, फूफा, लोगों का हुजूम भर गया। माई ने पूरा बन्दोबस्त रखा। बुआ रोने लगीं, ''भाभी ! सिर के नीचे तकिया रख दो, बर्फ़ कितनी ठंडी होगी।''

माई बस बोली, ''बीबीजी !''

और हमारे बचपन से बाकी संवाद डोलता आया, ''बकवास क्यों करती हो ?''

32

ड्योढ़ी में कुछ बहुत बदला हो हमें नहीं लगा क्योंकि उन दिनों भी माई चुप रहती थी। पहले की ही तरह, हम तब भी यही समझते थे। दो सीधी बातें थीं जो हम आज जान गए हैं—पहली, कि ड्योढ़ी के जीवन की संचालक चूँकि माई थी, सब क़ायदे से चलने लगा था और दूसरी, कि उस शान्त के पीछे क्या था वह हमने उसके लिए अपने बेहिसाब प्यार में कभी देखा नहीं।

बुआ मुद्दत से चाहती रहीं भाई के पास आके पड़ी रहा करें पर फूफाजी की छुट्टियों में ही आ पाती थीं। अब, जब भाई नहीं रहे तो फूफा ने सारी आपत्ति छोड़ दी और बुआ ने मानो ड्योढ़ी को ही घर बना लिया ! या वह भी बूढ़ी होती गई, आज़ाद होती गई, अपने बचपन में लौटती गई ?

बुआ ड्योढ़ी में रह रही थीं। जातीं भी तो बहुत जल्दी आ जातीं।

"देखिए यहाँ क्या-क्या होना है सब हमारी प्लानिंग में हैं, अब आप ज़्यादा सीख न बघारिए," वह बार-बार माई से कहतीं और उसे काम से हटाने की कोशिश करतीं।

कभी-कभी तब माई बाबू के कमरे में उनके काग़ज़-पत्तर ठीक बटोर करतीं।

उसी ने एक पैकेट उस औरत को भेजा था जिसकी पैकिंग से न वह कागज़

का पुलिन्दा लग रहा था, न कपड़ों का पार्सल।

ड्योढ़ी मानो पृथ्वी की तरह किसी के आने और जाने पर निर्भर नहीं थी, वह अपना बदस्तूर गोल-गोल घूमती रही। उसी तरह, मौसम के हिसाब से खाने-पीने, खेत-क्यारियों की चीज़ें बदलती रहीं।

हरदेई अब भी रसोई में हाथ बँटाती थी पर भोन्दू बस अपनी कोठरी के बाहर खों-खों खाट पर पड़ा खाँसता रहता।

नौकरों का ख़ासा बड़ा कुनबा आया था माई के पास शोक मनाने। कभी सड़क झाड़नेवाला जमादार, कभी कोई बढ़ई, कभी डाकिया। त्योहारों पर भी ये लोग आते थे और माई ने वक़्त-बेवक़्त चीनी, अनाज, कपड़ा, पैसा देकर ड्योढ़ी की ज़मींदारी प्रथा भी निभाई।

सुबोध और मैं घर पर ही थे अब भी किसी पल की बात जोहते।

बात का आगा-पीछा नहीं याद पर बरसात थी और एक चिड़िया पर फुलाके, गर्दन धड़ में घुसाके, बुत बनी देर तक सामने एक डाल पर बैठी रही। पड़-पड़-पड़ धीरे-धीरे बेहरकत की बरसात में कभी कोई बूँद किसी पत्ते पर ऐसे पड़ती कि वह अलग से हिल जाता, गीली चमक के साथ। एकदम से चिड़िया कसके पर झटकती और जैसे पत्ता-पत्ता काँप जाता और पूरा पेड़ हिल जाता।

"एक आदमी का होना ज़रूरी है," बुआ तुनकती आवाज़ में कह रही थीं।

माई दाल बीन रही थी और हम दोनों भी कुछ कर-करा रहे थे।

पर सुबोध कहाँ से आ जाता और फिर आके करता भी क्या ?

कुछ कहा सुबोध ने और बुआ न जाने क्यों मुझ पर चिढ़के बोलीं—हुँह, दो दिन विलायत क्या रह आईं और अब जीवन-भर उसका बिल्ला पहने घूमती हैं कि जैसे यहाँ की रही नहीं !

मैंने धीमे से ही कहा—क्या है बुआ, मैं तो हूँ ही यहीं।

"खाक हो। और तुम्हारे यहाँ रहने का कोई मतलब नहीं।"

अपने लड़कीपन पर इल्ज़ाम सुनकर चुप नहीं रहना चाहती थी। बोल गई क्यों नहीं, मेरा भी हक है और माई और हम यहाँ बिना आदमी के सब चला सकते हैं।

पर यह तो ज़िद में अनचाही दिशा पकड़ रही थी !

सुबोध ने सँभाला—अगर चाहें तो। पर हमें यहाँ रहना ही नहीं है।

मतलब क्या बुआ, भड़कीं, यहाँ क्या खंडहर बनाना है ? घबराके बोलीं नहीं तुमसे छूटता विलायत और छूटती है तुम्हारी माई तो ठीक है सुनैना ही करे कुछ यहाँ।

फूफा और बुआ चाहते थे कि ड्योढ़ी के एक हिस्से में स्कूल खोल दें। लैंड सीलिंग ऐक्ट के वार से बचने के लिए बहुतों ने यह रास्ता अख़्तियार किया था। और हम बच्चे अपने घर को बचाए रखें। सुबोध बने प्रिंसिपल। नहीं मानता तो मैं ही रह जाऊँ, और तो कुछ कर नहीं रही।

"क्यों करे यहाँ बुआ ? उसका अपना काम है," सुबोध कहने लगा।

"चित्रकारी यहाँ भी कर सकती है," बुआ डटी थीं।

माई दाल उठाके गई तो बुआ बोली, माई की सोचो।

"हम खुद माई की सोचते हैं," यह सुबोध था।

"उसे अकेला छोड़कर ?" यह बुआ थीं।

"कतई नहीं।"

"तो सुनैना..."

"कतई नहीं।"

बुआ चुप ताकने लगीं किसी अनहोनी सूचना के लिए तैयार।

"माई और हम..." सुबोध ने शुरू किया कि माई को आते देख चुप हो गया। जिसलिए हमें पता था हम आज तक रुके हैं, जो हमें करना है, जिसके लिए हम बड़े हुए हैं, जो मेरे अन्दर प्रतिज्ञा की तरह बड़ा हुआ है, उसी को माई के ही आगे कहने में एकदम से हम चुप हो गए।

सुबोध संकोच से नीचे देखने लगा। मैंने बुआ से कहा, आप चला लीजिए यहाँ स्कूल।

मेरा यहाँ क्या ? बुआ बोलीं पर उनका स्वर भी संकोच से भारी था।

हम वक़्त काट रहे थे। माई से ज़्यादा हम ही ड्योढ़ी में मँडराते रहते, हम ही दुखी रहते, मंजिल को द्वार पर पाकर बस कलेजा थामके बैठे थे कि अब...अब...हुआ...।

फूफा भी आया करते थे। गाड़ी से आए थे बेटों को लेकर और हम पहले की तरह, बस बाबू के बिना, जगह-जगह घूमने निकले।

हमारे शहर में एक रेलवे क्रॉसिंग थी। कहीं भी जाने के लिए उसे क्रॉस करना होता और घर से निकलते ही कोई न कोई ज़रूर कहता, हाय फाटक न बन्द हो।

बचपन में अचानक एक-दूसरे के रास्ते में हाथ या पैर फैलाकर हम कहते—फाटक बन्द, छुक-छुक जा रही है।

फाटक बन्द मिला था और गाड़ियों, ट्रकों, रिक्शों की कतारें बढ़ती चली गईं।

बहुत देर तक फाटक बन्द रहा। फिर ट्रेन की आवाज़ आई होगी, दूर उसकी बत्ती दिखी होगी, धुआँ-सा दिखा होगा। और फिर सामने से छुक-छुक-छुक-छुक करता, खुशी से सीटी बजाता, एक पिद्दी-सा इंजन निकल गया।

माई हँसने लगी। उसका वह हँसना याद है। हँसे जाए, हँसे जाए। पूरा बदन हँस रहा था, आँखों में पानी आ गया, आँचल मुँह में ठूँस लिया और हम उसे देखें, कुछ मुस्काते, कुछ हैरत से।

वह अपने पर शरमाके बोली, इतनी देर से रुके हैं कि जाएगी लम्बी आलीशान गाड़ी और हमें बन्द कर दिया था इसने–उसने उधर इशारा किया जिधर से इंजन पास हुआ था–पितर-पितर मटकता ज़रा-सा चूज़ा !

हम मुस्कुरा दिए, थोड़े दया-भाव से। हँसे नहीं। और न उसकी हँसी को उसके सहज हास्य-बोध से जोड़ पाए। वह असहज हँसी थी, बाबू की मौत के बाद, हमने माना और मानते ही उन दिनों उसको कभी और हँसते नहीं माना। बस इसी बार हँसी थी, बेहद अकेली, बेहद उदास माई।

जिसे अब यहाँ नहीं रहने दे सकते...।

33

हमने बाद में समझा कि हमें कुछ समझ नहीं आया था क्या हो गया? उसके भी बाद में हमने समझा कि कुछ हम समझे थे, नाहक सोच रहे हैं कुछ भी नहीं समझे, पर और था बहुत कुछ जो न तब समझे, न बाद में, न अब। जैसे आँखों को इस्तेमाल करते रहें केवल साया देखने में जबकि भरी-पूरी आकृति भी थी जिसका वह साया है और कानों से सुनते रहें सिर्फ़ सन्नाटे को जबकि सुनने को पूरी-पूरी ध्वनियाँ भी थीं।

और फिर न देखने का, न सुनने का सुभीता रहा जब 'थीं' ने हमें ग्रस लिया।

कितना वक़्त बीता हम नहीं कह सकते। कागज़ात खोलें, ड्योढ़ी के बिकने के, तो ज़रूर तारीख़ें याद आ जाएँगी।

सरसों में माहू लग गया था। माई ने पूरा खेत कटवा डाला। और कोई इलाज नहीं।

घास छील दी गई और ताज़ी कटी घास की महक उड़ी थी।

गरम कपड़े आँगन में धूप में डाले गए कि फिर बक्सों में बन्द हों।

वहीं आँगन में चारपाइयों पर धूप में फैले गेहूँ को गिलहरियाँ दाना-दाना

खाए जाएँ, खाए जाएँ।

हमने वहीं खड़िया से लकीरें खींचकर इक्कड़-दुक्कड़ खेली। पर पहले। पहले।

हरदेई की पुरानी धोती के बगल में माई की बुर्राक सफ़ेद साड़ी चमक उठी।

'कब' का कोई मायने नहीं रहा। वह एक ऐसा वक़्फ़ा था जो हर काल के लिए हमारे जीवन पर चस्पाँ हो गया।

थमी हवा, शान्त ड्योढ़ी, फिर से बनता सिलेसिलेवार ढर्रा, जब हम अब तक का अबोला एक-दूसरे से बोलनेवाले थे और जब मैं चाय का प्याला लेकर माई के पास गई।

उसका हाथ सुबोध की पकड़ से मेरे चाय के प्याले के साथ-साथ गिरा।

"माई," मैं चीखी, "माई, बाबू गए।"

जबकि वह बात पुरानी हो चुकी थी।

"सुनी," सुबोध ने स्तब्ध होकर कहा, "माई गई।"

बाँस के फूल कलश में अभी भी खिले हुए थे।

हम वैसे ही खड़े रहे। शरम भी नहीं कर सके। कलाप भी करना भूल गए। बस खड़े रहे। देखते रहे राख को, जो माई की आँखों से झरी थी, उसकी गोद में ढेर होकर पड़ी थी।...

34

माई बस यह राख छोड़ गई थी।

और हमें।

तब हमने उस राख को औरों की नज़रों से बचाकर अपने पास छिपा लिया। अकेले में, अपनी उसी छत पर उसे बीच में रखकर अबूझ निगाहों से उसे तकते रहते।

यहीं था वह सब जो हम समझते नहीं, समझे नहीं, जो हमसे जुड़ा नहीं था, हमसे अलग, हमारे सिवा कुछ था।

कोई था।

जिसकी पहचान हमने अपनी पहचान के फेर में मिटा दी।

अब तड़प रहे थे।

राजा की ड्योढ़ी बियाबान हो गई। उस बड़े से पुश्तैनी मकान और खेत-चमन को देखनेवाला कोई नहीं बचा था। हमने तो बहुत पहले ही उससे नाता तोड़ दिया था, रहा-सहा भाई ने तुड़वा दिया, ऐन वक़्त पर हमें दग़ा देकर।

वह हमेशा ही धोखा देती आई थी।

हम एक से कब के दो बन चुके थे। अब हम और बँट गए, बहुत से

अलग-अलग 'मैं' में। कोई वकील अंकल से ज़मीन-जायदाद की होशियार बातें करता, कोई रूह बनके ड्योढ़ी के रोशनदानों में लगे जालों में काँप जाता।

ड्योढ़ी बिकने की बात थी। बुआ अपने हिस्से के साथ और हिस्से भी लेने को तैयार थीं। वसीयतों का लेखा-जोखा चल रहा था। तस्वीरें, गलीचे, पीकदान, मर्तबान, तरह-तरह की चीज़ें उतारी-बाँधी जा रही थीं।

ऊपर घिरा हुआ आसमान था, नीचे स्तब्ध तिमिर था।

हम कभी चलना भूल जाते, कभी रुकना भूल जाते। बेतुके भाव मन में आते-जाते। शीशियों में करौंदे का अचार देखकर ताड़ना देना चाहते कि हमें तो बनाना बताया ही नहीं। किसी फ़ोटो को उठाकर यों देखने लगते जैसे पहले कभी देखी न हो—माई और बाबू स्कूटर पर बैठते हुए, पति हँसते हुए, बीवी लजाती हुई, मुस्कुराती हुई, आँख मिलाती हुई।

कब ? कब ? दिमाग भँवर की तरह चकराने लगता। माई बाबू पर मुस्कुराई ? क्यों ? क्या था उनके बीच ? हम कहाँ थे ? हम नहीं थे उनके बीच ?

ड्योढ़ी को क्या हो गया था ? अचानक वह हमसे फुसफुसाने लगी थी, यह भी देखो, यहीं था पर देखा तुमने ?

खाने का स्वाद बदल गया था। ड्योढ़ी की महक बदल गई थी।

वह जगह जो हमारी घुटन की प्रतीक थी, आर्द्र पुकार देती हमें बुला रही थी। उसकी पुकार हमारे मन को बुरी तरह मथ रही थी। उस घर में हमारा अतीत हर तरफ़ फैला था, हमें घूरता था, कभी सूनी धँसी आँखों से, कभी नम, ममता-भरी आँखों से। उन आँखों की विवश बेचारगी हमें तड़पा रही थी।

ड्योढ़ी विषाद और उत्पीड़न के बोझ से भारी थी। पर उसी में फुलझड़ियों की तरह छिटकती हमारी हँसी थी। जहाँ हमारा दबा-दुबका बचपन गुज़रा, वहीं हमारा चहकता-फुदकता बचपन भी बीता। ऐसा दमन कौन कर सकता था कि हमें ख़त्म ही कर देता ? हम बाहर को मौन हो गए तो क्या अन्दर कल्लोल मर गई ? घुटन में बजते हमारे तराने में घुटा-घुटा कुछ नहीं था।

बेरहम दीपावली उस साल भी आई। माई मिट्टी की घंटी में ढककर कपूर का काजल बनाती थी। बुआ ने लक्ष्मी-पूजा की और सिर्फ़ एक दीया जलाया जो घर के द्वार पर रखा गया ताकि ड्योढ़ीवाले, बीती सदियों से, बेरोक-टोक चले आएँ।

हमने अँधेरी छत पर चढ़कर उन्हें अपने घर में जाते देखा, वहीं अकेले बैठके उनके रहस्यमय फ़साने सुने।

फिर एक बार बुआ और फूफा ने कोशिश की—सुनैना का ज़िम्मा हम लेंगे,

कहीं बात पक्की कर देनी चाहिए।

सुबोध संयम से खड़ा रहा।

पर किसी का हक़ नहीं बचा था हमें अपना सिर-दर्द बनाने का।

दिन बीते होंगे। पर ज़्यादा दिन नहीं हुए होंगे क्योंकि वकील अंकल आते थे और ड्योढ़ी के निवारण की बातें चल रही थीं।

सबकुछ बेरहमी से चल रहा था।

फूलों की बहार थी। फ़रवरी हो गया था शायद। हवा चलती और पत्ते परिन्दों की तरह नीचे आ जाते। दिन में धूप में बैठते तो ज़रा देर में गर्मी लगने लगती, अन्दर बैठते तो ज़रा देर में मोज़े पहनने का जी होता।

हरदेई खाना बना रही थी। खेतों में पालक, सोया, शलजम, सेम, मेथी, गाजर, मटर, बन्दगोभी सब थे। कटहल के पेड़ पर कटहल के बच्चे लटके थे। बॉटल ब्रश फूलने लगा था। माई उसके फूलों को बैठक में रखे गुलदान में भरके लगा देती। चम्पा और मोगरा के फूलों के ढेर थाली में सजाती थी। अमरूद लदे पड़े थे। और ठेलेवाला आई शाम हरा चना लेके पहुँच जाता।

अँधेरा जल्दी होता था। सुबोध और मैं सो भी जल्दी जाते। रज़ाई की गर्मी अच्छी लगती। उसी में पड़े-पड़े शहर का शोर सुनते। शादियों की धूम थी। बेसुरा बैंड-बाजा देर रात तक बजता रहता। सुबह ट्रेन की सीटी की आवाज़ आती, फिर पुल पर गुज़रते पहियों की बेचैन धड़-धड़-धड़ निकलती।

साँझ घिरती तो मन अजीब हो जाता। वकील अंकल बहुत मोटा चश्मा पहनते थे और किसी कोण से देखने पर उनकी आँखों के साफ़-साफ़ अक्स लेंस के पार बन जाते, मानो नाक की दोनों तरफ़ दो-दो पथरीली आँखों से घूर रहे हैं।

हवा में नोकदार फुनगियाँ निकली हुई थीं, ठंडी और चुभती। हम खिड़की और पर्दे बन्द करके दुबक जाते। वहीं से वकील अंकल को जाते देखते—आगे वह पीछे चौकीदार उनकी टाँगों पर तेज़ टॉर्च चमकाता। जिससे उनकी पैंट पारदर्शी हो जाती और उनकी टाँगों का आकार हीटर के 'एलेमेंट' जैसा जल उठता—लाल और रोएँदार सलाखें।

मन मायूस रहता। लगता, कुछ नहीं हो सकता। लगता, हम न यहाँ हैं, न कहीं और। लगता सारा विद्रोह धरा का धरा रह गया। लगता, मौत को मौत क्या जाने, जीवन ही जानता है। कि माई तुम क्या जानो हम ही जानते हैं। और यह भी लगता क्यों नाहक इधर से उधर तोड़ने-मोड़ने की कोशिश करते हैं, जो उसे इत्मीनान से चाह क्यों नहीं लेते ?

सुबोध उधर लेटा-लेटा कुछ बोलता और मुझे लगता उसकी आवाज़ दूर, बन्द

खोह से आ रही है। घड़े में मुँह देके बोल रहा हो जैसे।

उन्हीं दिनों सुबोध से एक घड़ा टूट गया था। हरदेई कहीं से पानी ला रही थी, सुबोध उछला और मटका उसके हाथ से लेने लगा कि ज़ोर के शब्द से घड़ा छिटक गया।

बहुत देर तक सुबोध और हरदेई टुकड़े उठाते रहे, ज़मीन पोंछते रहे, और सुबोध बिना रुके कहता रहा था आई ऐम सॉरी, हाऊ, क्लम्ज़ी, सॉरी, आई ऐम सॉरी, पता नहीं कैसे हाथ से छूट गया।

हरदेई उसकी हद-से-पार की इस शिष्टता पर संकोच से गड़ गई थी।

हम बहुत बेचैन होते गए। इट्स ऑल राइट, मैंने कई बार कहा। और सुबोध बेबस दीखता कहता गया—उफ हाऊ क्लम्ज़ी, आई ऐम सॉरी।

एक तार भी आया था—सॉरी अबाउट रज्जो मे गाड रेस्ट हर सोल इन पीस।

और एक तार आया था, कश्मीर से, मेरे नाम सुभान मियाँ का, जो मेरे कुछ नहीं लगते थे, जिन्हें न जाने कैसे पता चला, जिनके हाउस-बोट में कभी एहसन और मैं ठहरे थे। हाउस-बोट की लकड़ी की महक उस तार में थी। एक रात डल में तूफ़ान आया था और हाउस-बोट टूटती लगी। मैंने एहसन से कहा था यह हमारी आख़िरी रात है। पर हम ज़िन्दा रहे और सुभान मियाँ चाय लेकर सुबह-सुबह आए। हाउस-बोट का विलायती नाम था और किसी भी वर्ष की जर्मन, फ्रेंच, रशियन, अंग्रेज़ी पत्रिकाएँ, सुभान मियाँ बड़े करीने से लाउंज की मेज़ पर बिखेरे रखते।

माई के घर को बुआ सँभालने में लगी थीं। हम ड्योढ़ी में दो साए से घूम रहे थे, अपने जीवन की स्मृतियों में मढ़ी चीज़ों को बक्से में बन्द करके ले जाने। चलते-चलते हम ठिठक जाते जब माई की आँखों से झरनेवाली ठंडी राख फिर कहीं पड़ी मिल जाती। कितने कमरों में, कितनी चीज़ों पर। मानो कह रही हो देखो, घूमकर देखो। हम उजाड़ आँखों से अकबकाके पीछे देखते और माई अजनबी भेषों में हमारी तरफ़ आने लगती, कभी हँसती हुई, कभी बोलती हुई, कभी लम्बी बाँह के जम्पर में नीले निशान छुपाती हुई, कभी बाबू के साथ पर वैसे नहीं जैसे हमने देखा, कभी रज्जो...और रोती हुई, पर हमारे लिए नहीं, हमारी किसी जाननेवाली चीज़ के लिए नहीं, पता नहीं किसके लिए, किनके लिए, राज़-भरे अपने अतल में...।

हम तो कब से माई को ही पकड़ रहे थे और अब जब एकदम ही देर हो गई थी, लगने लगा कि हमारी चाभी उस ताले की है ही नहीं जिसे हम खोलना चाहते थे और जहाँ माई थी। खाली हैं हाथ तो हमारे।

हम छत पर खड़े फाटक की तरफ़ देखने लगे जिधर बचपन से देख रहे थे। तब एक अजीब-सा आभास हुआ। कि कितनी ही बार माई यहाँ खड़ी हुई है, अकेली, अवसाद-भरी, फाटक से आने-जानेवालों को दूर से देखती हुई, अपने में कुछ सोचती हुई। क्या ?

पर ग़लत। सरासर ग़लत। माई कभी यहाँ नहीं आती। दीवाली पर भी हम अकेले हरदेई और भोन्दू के साथ यहाँ दीये जलाते थे। तब क्यों ?

तब मुझे एक और बात लगने लगी। कि जहाँ मैं खड़ी हूँ, सच ही ठीक वहीं, माई खड़ी हुई थी। मैंने नहीं देखा फिर भी। यह मुझसे पहले की बात थी क्योंकि मुझसे पहले भी माई थी, और उससे पहले भी, और हम दोनों ने कभी यह सोचा ही नहीं था।

तब मैं तड़पने लगी थी।

मेरे अन्दर माई तड़पने लगी थी।

35

एक आभास था माई से मेरे होने के बीच जो मुझे चैन से रहने नहीं दे रहा था।

जगह-जगह पड़ी राख को देखकर कितनी ही कहानियाँ लहराके उठतीं, अधूरी रहकर ही धुआँ बनके उड़ जातीं। आखिर कौन थी माई ? जिसे हम बचाते रहे ? जिसे हमने निकालना चाहा ?

क्या-क्या निकाल दिया हमने उसका उसमें से ? अपना भरने वहाँ ?

लगा कि हम समझने ही वाले थे पर इतना बड़ा धोखा हो गया हमारे साथ। अब कहाँ से फिर शुरू करें माई के संग जीना कि वह हमारे नहीं, अपने ही रूप में हमें दिखाई दे ? एक अलग माई, न बाबू, दादा की गढ़ी, न हमारी गढ़ी। अपनी ही साँसों से भीजी-भीजी।

माई को पकड़ने निकले थे। बचपन बीत गया, या क्या पता नहीं बीता, पर किसी मोड़ पर बाद का वक़्त भी आ गया, लेकिन माई ने हमारे दिमाग़ को छलनी कर दिया, बार-बार उसमें से फिसल गई। हमने उसे पकड़ने को हाथ बढ़ाया पर अपने हाथ से आगे हम ख़ुद फैल गए, अपना ही कोई छोर पकड़ के रह गए।

हमने उसका पर्दा देखा था। उस पर्दे को दूसरों के हाथों में बेजान पड़ा देखा, जिसने चाहा इधर सरकाया, ज़िसने चाहा उधर झटकाया। हम समझे वह माई ही तो है। पर्दे के पीछे से गरिमा की लहक नहीं आई, कोई भींगा-भींगा सोज़ नहीं सुन पाए। बेरंग बना दिया उस जीवन को जो पर्दा करता था।

हमें ड्योढ़ी में घुटन होती थी। हम वहाँ से निकल जाना चाहते थे, माई को निकाल ले जाना चाहते थे। सुबोध निकल गया। माई चली गई। और मैं कहीं बीच में अटकी रह गई।

बचपन से जिन चीज़ों को देखते आए थे उन्हें विलायत ले जाने की हसरत में सहेजते मेरे हाथ सहसा ठिठक गए। मीना किया हुआ यह चाँदी का गुच्छा माई ने दिया था कि पुराना डिज़ाइन पसन्द है, इसके लॉकेट और बुन्दे बनवा लो। इसके पहले दादी अपनी कमर में चाभियों का गुच्छा इस पर लटकाके खोंसें रहतीं। माई का चेहरा सामने तैर गया। फिर आँखें बन्द कीं पर वही चेहरा नहीं दिखा। मेरे हाथ रुक गए।

"मुझे इनमें से कुछ भी नहीं ले जाना।"

सुबोध भी ठिठक गया।

"मुझे नहीं जाना।"

उसका चेहरा फीका पड़ गया। अजीब से हौल में पीछे मुड़के देखने लगा जैसे कोई चुपके से आ रही हो हमारी तरफ़।

"पागल हो गई हो क्या ?"

किन्तु अब अपने फ़ैसले तो हम खुद अलग-अलग कर सकते थे। करते ही थे।

सुबोध बस रो नहीं दिया, "माई गई सुनैना। बाबू दादा सब गए। ड्योढ़ी भी गई।"

वह मुझे झकझोरने लगा, "माई नहीं रही, सुनी, माई नहीं है।"

हम दोनों रोने लगे।

मैंने कोई प्रतिवाद नहीं किया। माई गई, ड्योढ़ी गई। पर राख बिखरी पड़ी थी जिसके शैतल्य में एक आत्मा जीयी थी, पुलकित हुई थी, किसी की आँखों से झरी सूखी राख में मेरा अस्तित्व रोया पड़ा था। यह राख यहाँ है वहाँ नहीं, चाहे कैद भी यहाँ है वहाँ नहीं।

सुबोध सह नहीं पाया, "सुनी, यह सब छोड़ो नहीं तो कुछ भी मुमकिन नहीं। इस कैद में तुम कुछ भी नहीं कर सकतीं।"

पर उसके लिए आसान था। उसे कैद से अलग होने के लिए अपने ही

स्वरूप को नोचना नहीं पड़ता कि तोड़ा-मरोड़ा विरुपन हो जाए उसका।

"तुम्हें माई जैसी जकड़नों में फँसने की कोई लाचारी नहीं। तुम जवान हो, मैं साथ हूँ।"

वह गुस्सा हो गया, "भावुक न बनो। कोई वजह थी जो तुम यहाँ से हट गईं।"

मैं समझा नहीं पा रही थी मन की शिद्दत को। मैं जीना चाहती थी सुबोध, और ज़्यादा जीना चाहती थी। यहाँ की इस घुटन में मेरा रग-रग जी उठता था, कराहता था, चीखता था। लड़ने को मेरा रोंआ-रोंआ फड़क उठता था।

वहाँ एक छोटे से कोने में मैं आज़ाद थी, बाकी फैले संसार में मैं मरी हुई थी। मैं मरना नहीं चाहती।

"यहाँ मर जाओगी। इस समाज में जी नहीं सकती। सुनी-सुनी," उसकी चीख़ ड्योढ़ी की दीवारों से टकराने लगी, "यहाँ सिर्फ़ मिट सकती हो।"

"तो मिट जाऊँगी," मैं ज़िद में बोल गई। हालाँकि मेरा ऐसा कोई मतलब नहीं था।

और सुबोध बनैले जीव की तरह गरज उठा, "हाँ, तुम भी मिट जाना, माई की तरह, जीतेजी कोई अपनी हस्ती मत रहने देना।"

ग़लत-ग़लत, मैं समझा नहीं पा रही थी, माई मिटी नहीं थी, हमने उसे मिटा रखा था। मुझे माई नहीं बनना, मैं माई वैसे भी नहीं बनूँगी, माई खुद मुझे माई नहीं बनाती, मैं चाहूँ भी तो माई नहीं बन सकती, वह सिफ़त नहीं मुझमें, मैं माई को झकझोड़के झटक देती हूँ, अलग, मुझे त्याग बुरा लगता है क्योंकि वही माई का बोझिल इतिहास है, मुझे उसकी तरह दे-देके देने को ही लेना नहीं बनाना है, मुझे उसकी तरह शहादत में मक़सद नहीं पाना है, मुझे उसकी तरह नम्रता और उदारता को अपराध नहीं बना देना है, उसके इतिहास से लड़ना है, उसे नकारना है, और इसीलिए लेना है, लेके पाना है, उसके बाद दूँगी, लेने के साथ दूँगी, पर तब तक लड़ूँगी, उसी से लड़ूँगी, माई जो शाश्वत है, जो मुझमें है, जो आग में, राख में, हमेशा रहेगी, जिसके आगे मैं शीष नवाती हूँ, उससे लड़ूँगी।

सुबोध मजबूर हो गया, "तुम भी जलती रहना बस।"

माई जलती रही, अन्दर खींचकर आग को। पर समझे, माई की भी आग थी, खोखल नहीं, आग थी ? जिसका दूसरों के लिए जलना हमने देखा था पर जिसका अपना जलना, अपने लिए, हमने नहीं देखा।

ठीक-ठीक, मैं भी जलूँगी, माई की आग को झटक-झटककर बाहर खींचती रहूँगी।

और यहीं। और यहीं।

क्योंकि आज़ादी एक सिमटे से कोने में सन-सन सनसनाती हवा नहीं कैद बस साफ़ नज़र आनेवाले सींखचे नहीं।

मैं नहीं समझा पा रही थी सुबोध को कि मेरे अन्दर-बाहर सब धुआँ-धुआँ हो रहा था। पर यही तो असल था, यह तो धुआँ था, अन्दर-बाहर फैला हुआ जिसमें अनगिनत रिश्तों की मिली-जुली ललक और घुटन थी, जिनका माधुर्य मुझे साँस खींचने को मजबूर करता, जिनकी घुटन मुझे साँस छोड़ने को बाध्य करती। इसी धुन्ध में मेरी आत्मा फड़कती, तड़पती। यह धुआँ था, आग का, माई की आग का, उसके पहले की आग का, आज की आग का और...। धुआँ, जहाँ, चिनगारियाँ अब भी सुलग रही थीं, राख भी झर रही थी और जिसके घिरे हुए कुहासे में एक सिर था, एक धड़ था, जो मैंने भूल से फेंक दिए थे, जिन्हें मुझे खोजना था, जी-जी के, मर-मरके, कि कभी तो मिलेंगे और तब तो सिर धड़ पर लगा ही पाऊँगी।

माई ने बचपन में हमें गड्ढ़े से निकालने के लिए उसमें सीढ़ी लटकाई थी, वह सीढ़ी जिस पर चढ़कर मैं उस तरफ़ पहुँच जाऊँगी। उसी पर चढ़ती रहूँगी तब तक...।

हम दोनों शान्त होकर निकले थे। ड्योढ़ी को छोड़कर चल पड़े थे। बस हाथ में एक ही चीज़ थी मैं ड्योढ़ी की निकाल लाई थी—उस तस्वीर के फ्रेम में पड़ा एक कागज़ का पुर्ज़ा जो चूर हो रहा था, उसी चाँदनी राख में तब्दील हो रहा था, जो शीतल थी, जो मेरे अन्दर थी, जो माई के अनजिए और माई के अनदेखे जीवन की तपिश से हल्के-हल्के सुलगने लगी थी।...

●●●